通い猫アルフィーの贈り物

ALFIE THE CHRISTMAS CAT
BY RACHEL WELLS
TRANSLATION BY KAZUMI NAKANISHI

ハーパー
BOOKS

Published by K.K. HarperCollins Japan, 2021

わたしと同じぐらい猫が好きでたまらない、
姪のクレアへ。

通い猫アルフィーの贈り物

おもな登場人物

アルフィー――通い猫
ジョージ――アルフィーと暮らす猫
ジョナサンとクレア――エドガー・ロードに住む夫婦。アルフィーの本宅住人
サマーとトビー――ジョナサンとクレアの娘と息子
マットとポリー――エドガー・ロードに住む夫婦
ヘンリーとマーサ――ポリーたちの息子と娘
フランチェスカとトーマス――元エドガー・ロードの住人夫婦
アレクセイとトミー――フランチェスカたちの息子
シルビーとコニー――日本からエドガー・ロードに越してきた母娘
ハナ――シルビーたち一家の猫
ハロルド――エドガー・ロードに住む老人
マーカス――ハロルドの息子、シルビーの夫
スノーボール――ハロルドの家の猫

Chapter 1

もうすぐ家じゅうが大騒ぎになって、大好きな時間としか言いようのないものが始まる。家族がランチに集まるのだ。しかも大家族が。通い猫になって、家族は血のつながりだけではないとわかった。ジョージとぼくは毛づくろいしながら、大好きなみんなが来るのをいまかいまかと待ちかまえていた。

初対面の人のために自己紹介すると、ぼくはアルフィー。ジョージはぼくの子どもだけど、正確に言えばもう子どもじゃない。たいていの親は、わが子が成長してひとり立ちしていくのを認めたくないものだ。正直言って、ぼくもジョージがまだ幼くてぼくを頼ってくれたころが懐かしい。あのころは睡眠不足や自分の時間がないことによく愚痴をこぼしていたし、危ないことをしていないかいつも目を光らせていた。それでもあのころに戻りたい気持ちもある。たしかにジョージはいまでもたまにぼくを必要としてくれるけれど、すっかり自立してひとり立ちしているし、ハナというガールフレンドまでできた。立派なおとなになったのだ。おっと、話が脇道にそれてしまった。

通い猫のぼくの家はひとつじゃなくて、一緒に過ごす家族もひとつじゃない。ジョージとぼくの本宅は、クレアとジョナサン夫婦と子どものトビーとサマーが住む家だ。家があるエドガー・ロードは長い通りで、いろんなタイプの家が立っている。うちでみんながよく集まるのは家がわりと広く、大勢の人間や動物が来ても余裕があるからだ。「やあ、来たよ」家族のなかでもおおらかな性格のマットが玄関に近づいてきた。奥さんのポリーと子どものヘンリーとマーサも一緒にいる。リードの先で興奮しまくっているのは、うちでしょっちゅう預かっているパグのピクルスだ。どうやらぼくは人間だけでなく、犬の面倒も見る猫らしい。

ピクルスは目に入ったものを片っ端から食べようとするし、食べられないものは片っ端から舐《な》めてしまう。丸々太っているけれど、まだ子どもだ。ぼくはピクルスが小さいころから何度も子守りをさせられてきた。このあいだ猫ドアにはまって動けなくなったぐらいだから、もうぜんぜん小さくないけれど、家族に変わりはない。猫と犬は普通、仲良くなれないものだから、慣れるのに少し時間がかかったかもしれないが、ピクルスのことはみんな大好きだ。ただ、ジョージはピクルスを家族として受け入れるまでぼくより時間がかかったし、いまだにちょっと邪険な態度を取ることがある。

「ミャオ」ぼくとジョージはマットたちに挨拶し、顔をこすりつけた。一緒に来たピクルスがぼくたちを舐め、次にジョナサンの足を舐めた。ジョナサンが室内履きを履いていてよかった。ヘンリーとマーサは嬉《うれ》しそうな声をあげながら、トビーとサマーがいる二階へ階段をあがっていく。四人は大の仲良しだから、会う機会が多くてよかったと思う。ポリーとマットが飲み物と食べ物の用意を手伝いに行ったので、ぼくたちは次に来る家族を待ちかまえた。

チャイムが鳴り、シルビーとマーカス夫婦とティーンエイジャーの娘コニー、赤ん坊のテオがやってきた。ハナも一緒だ。ジョージのガールフレンドで、お似合いのカップルになっている。

シルビー一家が戸口をまたぎもしないうちに、クレアがぼくたちを踏みつけんばかりの勢いでやってきてテオを抱っこした。テオはいちばん新しく家族に加わったメンバーで、数カ月前に生まれたときから人気の的になっている。ジョージやピクルスが赤ちゃんだったときもそうだった。人間は赤ちゃんが好きなのだ。

「寒いから早く入れよ」ジョナサンが声をかけ、テオを抱いたクレアがリビングへ向かった。

「父さんを迎えに行ってくる」マーカスがひとこと断ってから、通りのはずれに住んでいる父親のハロルドを迎えに行った。

ハロルドが家族の一員になったのも、そのあと息子のマーカスとうちの隣に住むシルビーがつき合うようになったのも主にジョージのおかげだ。それを言うなら、テオが生まれたのもぼくたちのおかげと言ってもいいと思う。

ぼくはにんまりしながら、ジョージとハナに向かってひげを立てた。二階から子どもたちの笑い声が聞こえ、おとなはみんなキッチンにいる。クレアがジョナサンと料理を始めたので、テオはポリーが抱っこしている。ピクルスはぐるぐる走りまわり、子育てで疲れているシルビーはゆったり腰をおろし、コニーはそわそわうろついている。誰を待っているのか訊《き》くまでもない。

チャイムが鳴り、最後のお客さんの到着を告げた。ハロルドが連れているスノーボールはぼくのガールフレンドで初恋の相手でもあるけれど、長い話になるから追い追い説明しよう。それからトーマスとフランチェスカ夫婦に、ティーンエイジャーの息子たち、アレクセイとトミーも戸口に立っている。

またハグとキスが交わされ、顔をこすりつけたり撫《な》でてもらったりがつづいて、ようやく家族が全員そろった。ランチの始まりだ。こんなにうきうきすることがあるだろうか。

ぼくはジョージとハナとスノーボールとこっそり庭に出た。でも置いてきぼりにされるのが嫌いなピクルスも猫ドアから出てきてしまった。実際は犬用のドアだ。猫ドアだとはさまって動けなくなってしまうので、大きな犬用のドアに交換するしかなかった。

「なにしてるの？」ピクルスはもう小さくないかもしれないが、まだ一歳だから赤ちゃんに変わりはない。しかもうちに来てから、ずっと猫になろうとしている。犬は猫じゃないからかなり難しい試練だ。誰でも猫になれるわけじゃない。猫になるにはいろんな能力が求められる。

「静かなところで新鮮な空気を吸いに来ただけだよ」ぼくは答えた。

「家のなかはずいぶんにぎやかだね」

「みんなが集まるのは嬉しいけど、かなりの大家族だよね」ジョージの意見に異論はない。うちは大家族だ。

ランチは大いに盛りあがっていた。うちには全員が座れるほど大きなテーブルがないので、子どもとおとなで分かれて別のテーブルを囲んでいる。ぼくはどう見てもおとなだけど、椅子のそばをうろついていた。猫がテーブルに乗ると、いやな顔をされるのだ。まあ、たまに我慢できずに乗ってしまうけれど。ジョージとハナは子どもたちのそばにいて、ピクルスはテーブルの下でこぼれてきたものを食べようとしている。本当に食べるのが好きな子だ。スノーボールはぼくのベッドで丸まってひと休みしている。コニーとアレクセイはおとなのテーブルにいるが、弟のトミーは子どものテーブルで不機嫌そうにお皿によそった料理をいじっている。どうしたんだろう。誰かが浮かない顔をしていたら、なんとかするのがぼくの役目だ。

トミーに近づいて気を引こうとしたのに無視されたので、むっとした。無視されるのには慣れていない。でもトミーはかなり機嫌が悪そうだ。ぼくはおとなたちがいる安全地帯へ戻った。

「学校で自由研究の課題が出てるんだ。ホームレスについての」アレクセイが言った。

「なかなか重いテーマだな。ぼくのときは図形を描く課題だったぞ」ジョナサンが笑っている。

「歳がばれたな」マットが茶化した。

「わたしのときは羽根ペンを使っていた」ハロルドが大笑いしている。羽根ペンがなにかわからないけど、ハロルドにはすぐ不機嫌になる厄介な癖があるから、笑っているのはいいことだ。

「で、どんな課題なんだ?」マットが訊いた。

「ホームレスの人たちが直面している問題に焦点をあてて、そういう問題があることをみんなに気づいてもらえるような活動を考えるんだよ」

「まあ、ずいぶん大変そうね」とクレア。

「まずは地元のシェルターに行って、そこにいるホームレスの人たちに会ってみようと思ってる」アレクセイがつづけた。「そうすれば、活動するとき自分の経験を活《い》かせるからね」

「それに、寄付をつのる方法も考えられるんじゃないかと思ってるの」コニーが恥ずかしそうにつけ加えた。

「すばらしい考えだわ」フランチェスカが感心している。「ふたりとも偉いわ」

「一緒に行ってやるよ」トーマスが申しでた。「うちの店は地元のシェルターに料理を提供してるから、知り合いがいる。ふたりを連れていこう」

「ありがとう」コニーの表情が明るくなった。

「でもショックを受けないかしら」シルビーはかなり過保護なところがあるから、コニーが心配なのだろう。

「この子たちならだいじょうぶよ」すかさずポリーが言った。「ふたりともしっかりしてるし、思いやりがあるもの。学校でそういう問題について学ぶのはいいことだわ」

「ぼくのときは――」ジョナサンが言いかけ、笑いだした。

「じゃあ、シェルターに行ってから、どうやってこの問題をみんなに知ってもらえばいいか考えるよ」アレクセイが言った。ぼくは顔をこすりつけてあげた。偉い、さすがはアレクセイだ。


ランチのあと、子どもたちはまた遊びに行き、アレクセイとコニーはふたりでどこかへ消えてしまったので、トミーひとりが残された。

「もう帰ってもいい？」トミーは誰に対してもふたこと以上話すことはめったにない。

「だめよ。子どもたちと遊んでやる気になれないなら、そこでおとなしくしてなさい」珍しくフランチェスカの口調が険しい。でもトミーも普段はここまで不機嫌じゃない。

「リビングでテレビでも観《み》たらどうだ？」ジョナサンが促した。

トミーは不満そうだったが、リビングへ向かった。ぼくはスノーボールに目配せした。ティーンエイジャーのことはどちらもよく知っている。なにかと厄介な存在になりがちだけど、本来のトミーはふざけるのが大好きで、小さい子たちのために障害物コースをつくったり競争できるゲームを考えてやったりするのが大好きなのだ。アレクセイとコニーがつき合うようになって、仲間外れにされた気がするのだろうが、家族が集まるときはいつも友だちを連れてくる。どうして今日は呼ばなかったんだろう。

「最近のあの子には手を焼いてるんだ」息子に聞こえないように、トーマスが小声で打ち明けた。

「いまは外出禁止にしてるから、今日も友だちを呼んではだめだと言ったのよ。態度が悪いの」フランチェスカが説明した。なるほど、そういうわけか。

「なにをしたの？」クレアが訊いた。

「乱暴な口をきくし、口答えするし、宿題もしない。このあいだは、わたしの財布からお金まで取ったのよ。あんなにかわいかった息子がすっかり別人になってしまったみたい」悲しそうなフランチェスカに、ぼくは顔をこすりつけてあげた。

「やれやれ、ティーンエイジャーは大変だな。わが家の先行きが思いやられるよ」マットが首を振っている。「でも、トミーらしくないな」

「コニーに話してみましょうか？　あの子とアレクセイがもっとトミーと一緒にいてやるように、頼んでみる？」シルビーが持ちかけた。

「ありがとう。でもトミーとアレクセイはもめてばかりいるの。同じ部屋にいることがめったにないぐらい。アレクセイはトミーはどうしようもないやつだと言ってるし、トミーはアレクセイをいい子ぶったごますり呼ばわりしてる。一時のことならいいって、わたしもトーマスも心から思ってるのよ。だって、このままだと……」

「わたしが杖《つえ》でガツンと一発お見舞いしてやろう。そうすればすぐ解決する」ハロルドが口をはさんだ。冗談のつもりなのかわからない。冗談を言ってる顔じゃない。

「父さん。そういうことはもうしないんだよ」マーカスが言った。

「兵隊になればいい。それが答えだ。軍隊に入ればいいんだ」

「トミーはまだ十四歳よ」クレアが指摘した。

「軍隊に入れば一人前の男になる」ハロルド得意の熱弁が始まり、こうなったらもう誰にもとめられない。

本気でトミーにお仕置きしたいなら、ハロルドの長話を聞かせるべきだ。

Chapter 2

日曜日もぼくが好きな日で、ジョージとエドガー・ロードのいろんな家を訪ねてまわる。今日は凍える寒さで、冬は確実にすぐそこまで来ているが、日曜日の昼食会が開かれている家に立ち寄らないわけにはいかない。日曜日の昼食会というのは、ひとり暮らしのお年寄りを招いておいしいランチをごちそうするもので、シンプルだけどすばらしいアイデアだと思う。それに、通い猫にとっては夢みたいなイベントだ。

孤独を癒すために日曜日に昼食会をやるアイデアは、ハロルドが珍しく不機嫌にならずに思いついた。ジョージは最初にひらめいたのは自分だと思っていて、たぶんそれは正しい。ジョージとぼくは天才的なアイデアを思いつくことで有名で、ジョージのこの才能はぼくから受け継いでいる。この親にしてこの子あり。昼食会はひとり暮らしのお年寄りの孤独感を軽くすると同時に、招く側にとっても大切なものになっていて、このすばらしいアイデアはいまやエドガー・ロード以外にも広がっている。ぼくはジョージとハロルドをすごく誇りに思う。もちろんぼくがひと役買ったおかげではあるけれど、ぼくはやたらと自慢するタイプじゃない。ただ、ぼくがいなければ実現しなかっただろう。

おっと、また話が脇道にそれてしまった。今日はエドガー・ロードで昼食会をしている家すべてを訪ねるつもりだ。最後にはおなかがいっぱいになっているだろうけれど、ごちそうをもらうのだけが目的じゃない。それより大事なのは、昼食会に来なければひとりぼっちだった人が楽しそうにしている姿を見ると、ほのぼのした気持ちになることだ。招いた側も知らない人と出会って顔見知りが増えるから、みんなにとってプラスになる。ハロルドはふたりのお年寄りと息子夫婦の家にいた。スノーボールも来ていたので、ちょっと立ち寄って挨拶した。もっと一緒にいたいけれど、最近はいつもまわりに大勢人間がいるからなかなかふたりきりになれない。お互い歳を重ねたおかげで、若いジョージとハナみたいにいつも一緒にいたくなる愛情とは違ってよかったと思う。

「ぼくとハロルドのアイデアって、最高だったよね」ジョージは毎回こう言う。

「そうだね。すばらしいアイデアだし、みんなが幸せそうにしてるのを見られるのはジョージとハロルドのおかげだよ」誇りに思ってるのは本当だけど、ジョージはうぬぼれすぎることがある。でも責める気にはなれない。うぬぼれるのはとうぜんだ。それにぼくもしょっちゅううぬぼれ屋だと言われる。ただし、ぼくはやりすぎないようにしっかり気をつけている——たいていは。

「それにハロルドとぼくは、ほんとに天才だよね」

「うん」

「ぼくっていちばん頭のいい猫なんじゃないかな」

ちょっと待って。それはぼくだ。「一番めに頭のいい猫じゃないかな」ぼくはにやりとしながら喉を鳴らした。ジョージもにやりとしている。「さあ、そろそろ帰ろう」日に日に寒さが増して暗くなるのが早くなっていた。毛並みで感じる冷気で、もうすぐ本格的な寒さがやってくるのがわかる。出かけるのは大好きで、陽気がいい日しか出かけない猫にはなりたくないが、やっぱり暖かいほうが好きだ。

猫ドアを抜けて家に入った。今日の昼食会に招かれたのは、食事中も編み物をやめないドリスと、すごく頭の回転が速く、政治談議が好きでちんぷんかんぷんの質問をしてはジョナサンをびびらせる元教師のクライブだ。ドリスとクライブには寂しさを感じているという共通点があるのに、いまだにつまらないことで口論する。まるで老夫婦みたいだから結婚してしまえばいいとジョナサンは言っているけれど、クレアは笑えない冗談だと思っている。クレアとジョナサンはまだ若いが、結婚してから何年もたつのに口喧嘩《くちげんか》はしょっちゅうで、でもしょっちゅう笑ってもいる。クライブとドリスが笑い合っているところは見たことがないから、キューピッド役が得意なぼくでも、このふたりをくっつけるのは苦労しそうだ。でも、試さないとは言ってない。〝いずれやること〟リストに加えておこう。

これまでたくさんのカップルの仲を取り持ってきた。クレアとジョナサンは最初にして最大の成功例だ。でも仲間の猫や大事な人間にトラブルがないよう目を光らせているのはなかなか大変で、最近はあまり時間に余裕がない。まさに猫の手も借りたいほどだ。

「見て」家族みんながドリスとクライブと一緒にお茶を飲んでいるリビングへ行くと、サマーが話していた。「ドリスが猫の帽子を編んでくれたよ」

「ニャ?」猫の帽子?

ドリスが誇らしそうに手編みの赤い帽子を見せ、ジョージの頭にかぶせようとした。ジョージはもがいて逃げようとしたが、間に合わなかった。かんかんに腹を立てているのが表情でわかる。猫は服を着せられるのが好きじゃない。余計なことはしないでほしい。立派な毛があるんだから、これでじゅうぶんなのだ。ジョージが前足で帽子を取ろうとすると、みんなが褒め始めた。

「まあ、ドリス。すごくかわいいわ」クレアの顔がぱっと明るくなっている。

「よく似合ってる」とクライブ。

「かわいいね。どうやって編むか教えてくれる?」サマーが言った。

「もちろん、いいわよ」ドリスが嬉しそうに頬を赤らめている。

ぼくはぞっとした。信じられない。ジョージの頭はトマトみたいで、見られたものじゃない。かぶせられたのがぼくじゃなくてよかった。

「だいじょうぶよ、アルフィー。今度来たときはあなたの分も持ってくるわ。でもあなたのほうが少し頭が大きいから、もっと毛糸が必要ね。そうだわ、アルフィーには緑が似合うかも」

ぼくは言葉が見つからず、残り物を探しにこっそりその場を逃げだした。

その夜、寝る前にジョージと外に出て——念のために言っておくと、ジョージは帽子をかぶっていない——夜空を見あげると、いちばん明るい星がまたたいていた。

「あそこにタイガーママがいるよ」ジョージが前足で空を指した。

「うん」ぼくは涙をこらえた。ジョージの母親代わりで、ぼくにとっては大切なガールフレンドだったタイガーが天国に旅立ってからずいぶんたつのに、もういないんだと思うたびに悲しくて打ちのめされてしまう。あれからジョージもぼくもいろんなかたちで気持ちを切り替えたし、生きていればそうするしかなかったけど、たとえいまのぼくが幸せでそばにスノーボールもいたとしても、心のなかにはいまでもタイガーがいる場所がある。タイガーはガールフレンドになる前から、ぼくにとってエドガー・ロードでいちばんの親友だった。

これまで大切な人間や猫を大勢失ってきたが、彼らのいない寂しさは決して消えないと身をもって学んだ。ただ、その反面、心というのはすばらしいものだ。大きくて、大勢の人間や猫を同時に愛せるだけの広さがある。ピクルスのことだって、まさか自分が犬を好きになれるなんて思ってもいなかった。いまは初恋の相手だったスノーボールがまたガールフレンドになっているけれど、タイガーがいなくて寂しい。でもそれでいいのだ。さっきも言ったように、心は信じられないほどすばらしいもので、いくらでも受け入れる余裕があるほど大きいんだから。失ったものを恋しく思いながら、いまそばにいる相手を愛することができる。

「きっとタイガーもジョージを誇りに思ってるよ」タイガーならぜったいそう思っているはずだ。

「うん、わかってる」

慎み深さはぼくゆずりらしい。

「じゃあ、寝ようか」ぼくは猫ドアへ歩きだしながら、最後にもう一度明るい星に視線を走らせた。こっちに向かってウィンクしているようだったので、ぼくもウィンクを返した。

今週は忙しくなりそうで、問題がないかチェックする必要のある人間と猫がたくさんいるから、相変わらずやることがいっぱいだ。特にトミーのことが気になる。注意していなければ。

「ねえ、パパ。ドリスがくれたあのへんちくりんな帽子をどうすればいいと思う？」

「ドリスがうちに来たときは、せめて少しのあいだだけでもかぶるのが礼儀だと思うな」

「でもチクチクするんだ。庭に埋めて、ピクルスのせいにするのはどうかな」

「ジョージ、それはまずいよ」

「だって、かぶりたくない」

「気持ちはわかるよ。でも人間を喜ばせるためにやることだし、ドリスをたまに笑顔にするためにちょっとかぶるだけなら、我慢できるんじゃない?」

ジョージがぼくをにらみ、ひげを立てた。

「そうだね。次はパパもかぶるしね」

家のなかに戻っていくジョージの笑い声が聞こえた。

Chapter 3

いつまでたっても人間にはあきれてしまう。朝が来るとわが家はいきなりてんやわんやの騒ぎになる。大声、いさかい、ひと悶着《もんちゃく》、そして時折り涙。会社に行く用意をするジョナサンは、例によってなにひとつ見つけられず大騒ぎする。クレアは子どもたちを起こしてから――大声を出すのはたいてい子どもたちだ――ぼくたちの朝食をよそい、家族の朝食をつくったあと着替えに行く。トビーは火事でも起きたみたいに階段を駆けおりてくるし、最近朝が苦手になったサマーはむっつりふくれている。クレアは立てつづけに質問する――「今日は忙しいの？　宿題はやったの？　体操服は持った？　なんでトーストを食べないの？」まあ、誰でも心当たりがあるとおりだ。ジョージとぼくは朝食を終えると、クレアが半狂乱になってみんなを出かけさせようとする前に退散する。大げさに言ってるわけじゃない。ほんとに大騒ぎになるのだ。最初に家を出るのはジョナサンで、いつも決まった場所にある鍵がないとぶつぶつ言いながら駆けだしていく。サマーはいつまでも靴を履こうとしない。クレアは何度も同じせりふをくり返すことに腹を立て、遅刻したくないトビーは不機嫌になる。こんなことが平日は毎日起きるのだ。一日も欠かさず。学習しそうなものなのに、学習しない。まったく人間は理解に苦しむ。

猫を見習えばいいのに。ジョージとぼくは朝起きたらしっかり伸びをしてからすばやく顔を洗い、朝食を食べたあと改めて念入りに毛づくろいをすれば、すぐに一日を始められる。てんやわんやの騒ぎなんて起こりようがない。

うちだけが特別なわけじゃない。ポリーのうちも同じだ。ジョージの話だと、隣に住むハナの家族は、うちよりはるかに落ち着いていて、大声が聞こえることもないらしい。シルビーは赤ちゃんのテオを産んだばかりで働いていないし、夫のマーカスはかなり静かな人だ。娘のコニーに至っては、おとなを全員合わせたより分別があるから、学校に行く用意ぐらい自分でちゃんとできる。ただ、最近はもっぱらテオが大声を出すので、家族全員が寝不足の状態だ。サマーが赤ちゃんのときうちもそうだったからよくわかる。睡眠不足のせいで、みんな朝はむっつり不機嫌だった。でもサマーのようにテオも大きくなって、いずれよく寝るようになる。思い返せば、仔猫だったころのジョージも夜ぐっすり寝られるようになるまでしばらくかかった。

話を戻そう。ジョージとぼくはみんなが無事に出かけてしまうまでそばにいないようにした。そのあと静かで平和な時間をいくらか過ごし、ようやくぼくたちの一日が始まった。

「ハナに会いに行ってくる」ジョージが言った。テオが生まれてから、ハナは以前より散歩が好きになった。ハナは日本生まれで、シルビーとコニー親子と隣の家に越してきたときは家の外に出ようとしなかった。いろいろ努力した結果、どうにか出かけるようにはなったが、暖かい日しか外出しようとしない。でもテオが生まれてから、一日じゅう家にいるより寒さのほうがましになったらしい。ぼくはジョージとハナの朝の散歩にはつき合わない。あの子たちにとってデートみたいなものだし、親同伴でデートしたがるはずがない。

寒くて風もあるが、フランチェスカ一家に会いに行くことにした。ぼくがエドガー・ロードに来たとき同じ通りに住んでいたフランチェスカたちは、数年前にレストランを開いたのをきっかけに店の隣に引っ越した。ポーランドから来たあと一生懸命働き、いま経営している複数のレストランは繁盛していて、それは料理がおいしいからだ。たまにいちばんの味見係になるぼくが言うんだから間違いない。

アレクセイとトミーは学校で、トーマスとフランチェスカは店で仕事中だろうから、運がよければおやつをもらえるかもしれないし、あそこで働いている友だち猫のごみばこにも会えるだろう。ごみばこはちょっと野性的なところがあるけれどとても心が広い猫で、長年親しくしている。レストランでネズミが増えないようにするのがごみばこの仕事だ。ぼくはあまりやりたいとは思わないけれど、ごみばこは気に入っていて、真剣に取り組んでいる。それにしても、トミーのことがちょっと心配だ。このあいだみんなが集まったときは、控えめに言ってもトミーらしくなかったし、フランチェスカとトーマスはかなり困ってるみたいだったから、解決策を考える前にどうなっているのかできるだけ調べたい。

吹きつける風のなか、路地を走って店の裏庭へ向かった。ごみばこは肉球を舐めていた

ぱいになってからのほうが考えやすいに決まってる。
いつだって、食後のほうがいいアイデアが浮かぶのだ。

ごみばことアリーと一緒に丸々太ったおいしいイワシを平らげたあと、エドガー・ロードへ戻った。猫ドアからなかへ入ると、家のなかは空っぽだった。ジョージはまだお隣にいるんだろう。ひと休みしてから、通りのはずれに住むスノーボールに会いに行った。エドガー・ロードはかなり長い通りで、いろんなタイプの家があるので人間も猫もいろんな魅力的なタイプがいる。タイガーが住んでいたバーカー家の前を通り過ぎると、出窓にオリバーがいた。ここをタイガーが住んでいた家だと考えなくなる日は来るんだろうか。オリバーはバーカー家の新しい猫で、ここに住むようになってからしばらくたつ。オリバーの姿を見たぼくの胸がうずき、それを察したようにオリバーが前足をあげてみせた。ぼくも挨拶を返し、歩きつづけた。タイガーを失ったバーカー夫妻が新しい猫を迎えてよかったと思う一方、辛い気持ちもある。同時にふたつの気持ちになるのは、生きていればよくあることだ。バーカー夫妻はオリバーに住み心地のいい家庭を与え、オリバーはいいやつだ。それに、どんな猫も愛情にあふれた家庭を持つべきだ。それでもあの家の前を通るたびに、もうタイガーはいないと思い知らされるのはやっぱり辛い。

そのあと猫のたまり場を通り過ぎたが、誰もいなかった。かなり寒くなってきたから、みんな暖かい家のなかでぬくぬくしているのだろう。でも、いつもつるんでいる仲間だし、どうせすぐ会える。ハロルドの家に着いたぼくは、裏へまわって猫ドアからなかに入った。

出会ったころのハロルドは猫好きじゃなかったが、ジョージに命を救われてからは人間より猫が好きになった。スノーボールがいるいまはなおさらだ。スノーボールがエドガー・ロードに戻ってきた当初、ぼくたちの関係はちょっとぎくしゃくした。なにしろぼくにとっては初恋の相手で、お互いに気持ちが整理できなかっただけでなく、スノーボールがタイガーママの後釜になろうとしていると感じたジョージが反発したのだ。関係修復にはしばらく時間がかかったが、最終的には解決し、いまはとてもうまくいっている。

ジョージとスノーボールがハロルドのリビングで一緒にいるのを見れば、それは明らかだ。ハロルドはお気に入りの肘掛け椅子に座り、戦争を取りあげた番組を観ている。一方の肘掛けにスノーボールが座り、ジョージはハロルドの膝にいる。みんなすっかりくつろいでいて、胸がきゅんとなったぼくは少しのあいだ心から大切に思っているジョージとスノーボールが一緒にいる光景を眺めていた。するとハロルドがぼくに気づいた。

「アルフィー、来たのか。これで大入り満員だな」笑っている。ぼくは反対側の肘掛けに飛び乗り、横になった。それからしばらく、その場にいる全員が動かずにいた。みんなが一緒にいれば、いまはこれでじゅうぶんだ。それどころか、みんなで満ち足りて喉を鳴らしていれば、じゅうぶんすぎるほどだ。

Chapter 4

家に帰ると、わが家はまたにぎやかになっていた。スノーボールにトミーの話はできなかった。ジョージがいたから、もう少しよく考えてみるまで心配させたくなかった。親はわが子を守ろうとするものだ。ただ、あらゆるものから守れないのはわかっている。

猫ドアを抜けて廊下に出ると、ポリー一家のパグ、ピクルスがよちよち近づいてきてぼくたちを舐めた。

「やあ、ピクルス」ジョージが舐められたところを拭いている。ぼくもそうした。ピクルスはなんでも舐めるから、この前になにを舐めたかわかったものじゃない。

「元気だった？」ぼくは尋ねた。ピクルスに対するぼくの役目はおじさんみたいなものだ。ピクルスには犬の親がいないから、ぼくには人間以外の保護者をしっかり務める責任がある。仔犬のときから知っていて、何度も世話係を任されるうちにすっかり好きになった。ジョージもそうなのに、あまり認めようとしない。ジョージは世話の焼ける年下の親戚と思っているらしい。ピクルスのせいで何度もトラブルに巻きこまれたが、身近にいる人間や猫のせいでトラブルに巻きこまれるのはいつものことだから、もう慣れた。

「うん、すっごく元気だよ」ふんふんまわりのにおいを嗅いで食べ物が落ちていないか探している。ぼくも食べることは好きだけど、ピクルスには負ける。ポリーにいつもダイエットさせられているから、こっそり食べ物にありつく方法を次から次へと編みだすほかないのだ。食べることでは、誰もピクルスをとめられない。「ジョージ、子どもたちは二階で遊んでるよ、一緒に行かない？」ピクルスが期待をこめてお尻ごとしっぽを振った。トビーとサマーとヘンリーとマーサが楽しそうにはしゃぐ声が聞こえる。

「いいよ」ジョージがあまり気が乗らないふりをした。自分はもうおとなだから、小さい子たちと遊ぶのは面目が立たないと思っているのだ。でも実はまだ遊びたいのをぼくは知っている。階段を駆けあがっていくふたりを見送ってからリビングへ行くと、嬉しいことにポリーとフランチェスカとシルビーが来ていた。テオはクレアに抱っこされてぐっすり眠っているようだ。

「その子が寝るなんて信じられないわ」ぼくの心を読んだようにシルビーが言った。「最近はほんとに大変なの。急成長期に入ったらしくて。四六時中ミルクをほしがるし、眠らないし、もうくたくたよ。この歳で子育てするのがこんなに大変だなんて――」

「でも、テオのいない人生なんて考えられないでしょう？」ポリーがさえぎった。

「それはそうよ。かわいくてたまらない。でもコニーが赤ちゃんだったのはずいぶんむかしだから、生まれたばかりの子がいるのがどんな感じか忘れてたわ。幸いマーカスはやさしくて、いろいろ手伝ってくれるけど、彼も仕事があるから申し訳なくて」

「いまは大変な時期なのよ。最初の一年は」クレアが言った。「でもとてもすてきな時期でもある。トビーとはずっと一緒にいる気がするけれど、たまにあの子がこのぐらいの年齢のときあやしてやれなかったことに罪悪感を感じるの」切なそうだ。トビーは五歳のとき養子に迎えた子だ。うちに来る前の話は、クレアたちもトビー自身ももうしなくなった。いまはすっかり家族になり、ずっと一緒にいたみたいに大切な存在になっている。でも、クレアが言いたいことはわかる気がした。

「テオはまだ三カ月なのよ」フランチェスカが口を開いた。「じきに一日のパターンができるわ。赤ちゃんには自分の日課があるのよ。そうは言っても、わたしだってよく覚えてないけれど。うちの子たち、大きくなるのあっという間」ぼくはフランチェスカを窺《うかが》い、膝に飛び乗った。ポーランドから来たフランチェスカは、気がかりなことがあると英語が少し怪しくなる。いまならトミーの様子をもっと聞けそうだ。フランチェスカがため息をついた。

「トミーは相変わらずなの？」ポリーが尋ねた。

「ええ。むかしからやんちゃで問題をよく起こしたけど、たいていは他愛のないものだった。アレクセイと違って体を動かすのが好きで、スポーツをしていればはめをはずさずにすんでるみたいだった。それなのに最近は先生たちを手こずらせていて、わたしたちにも理由がわからないの。宿題をしないし、何度も居残りをさせられてるし、このあいだはトーマスとふたりで学年主任に呼びだされたわ。授業中の態度が悪くて、先生のあいだでトラブルメーカーと思われ始めてるんですって。規則も破ってばかりで、破ってない規則のほうが少ないほどなのよ。幸い、取っ組み合いの喧嘩はしてないけど、まだやってないのはそれぐらいの気がする」

「それは心配ね」クレアが言った。「トミーは頭がいい子だけど、むかしからちょっと元気がよすぎるところがあったわ。一時的なものなんじゃない？」

「そうだといいんだけど、本当に手に負えないのよ。トミーはもともと子どもたちのリーダーだったのに、いまは友だちに悪影響を及ぼすと思われてるのよ。アレクセイが教えてくれたの。でも弟を裏切ることになるから、あまり詳しくは話したがらなかった。トミーと直接話してみるとも言ってくれたけど、無駄な気がする。喧嘩になるのが落ちよ。トミーがアレクセイを〝ごますり〟呼ばわりするから、アレクセイもかっとなるの」

「いまは外出禁止にしてるんでしょう？」シルビーが訊いた。

「ええ。携帯電話もタブレットも取りあげた。だから、わたしたちのことなんか大嫌いなんですって。ああ、かわいい息子に道を踏み外してほしくないだけなのに」

「そんなことにはぜったいならないわよ。本来は心根のやさしい子だもの。でも、わたしたちといるとき、ちょっと仲間外れな気がしてるんじゃないかしら。小さい子たちとは歳が離れているし、アレクセイはコニーとつき合ってるし」ポリーが言うとおりだ。かわいそうに、トミーは少し孤立している。これにはみんなも気づいているし、ぼくもそれとなく注意を促すようにしている。家族の集まりにトミーが友だちを連れてくることもあるが、問題を起こすようになってから連れてこなくなった。だめだと言われているのだ。

「だから友だちを連れてくるように言ったのよ。いまは外出禁止にしてるから、行動を改めるまではだめだと言ってあるの」とフランチェスカ。「どうするのがいちばんいいのか、本当にわからないわ」

「目を光らせているしかないわよ。わたしたちにできることがあったら、いつでも言ってちょうだい」クレアが言った。

「ミャオ」ぼくも同じ気持ちだ。

「ありがとう。実は、次に家族が集まるとき、ジョナサンになにか言ってもらえないかと思ってるの。トミーはなぜかジョナサンが好きみたいだから」たしかにぼくもどうしてかわからない。

「きっと似た者同士だからよ」クレアが笑っている。「でも、いいことを思いついたわ。トミーはジョナサンみたいな仕事をしたいと言ってたけど、成績がよくなければ難しいでしょう？　だからいい成績を取ったら、仕事を体験させてあげるとジョナサンに言ってもらったらどうかしら」

「いいアイデアだわ、クレア」フランチェスカが言った。「そうしてもらえたら助かるわ」

やっぱり、ぼくの教育の賜物だ。クレアはぼくと同じぐらい、いいアイデアを思いつくようになっている。ただ、ジョナサンが乗り気になるとは思えない。ジョナサンは自分の意見を言うチャンスもないうちになにかをさせられることがよくある。でも、ジョナサンがいやがっても、どうせ無駄だ。クレアがひとたびこうと決めたら、もう変わらない。

トミーが問題を起こしていることを、じっくり考えてみなければ。トミーはいい子だ。陽気で、いつも笑って冗談ばかり言う。アレクセイほど学校が好きじゃないし、勉強も苦手だけど、とてもいい子だ。それにトミーが一生を棒に振るのを黙って見てはいられない。そんなことになるはずないが、フランチェスカと先生の言うことが正しいなら、トミーは道を踏み外しかねない状態で、軌道修正させるにはぼくみたいな猫が必要だ。誤解しないでほしいけど、ぼくひとりでできるとは思っていない。でもぼくには人間の家族や猫の仲間がいるし、なにより決意が固い。あとは計画を立てるだけで、計画を立てることにかけて、ぼくはかなり経験豊富なのだ。

間もなく目を覚ましたテオがびっくりするような泣き声をあげ、シルビーはコニーのお茶を用意するために帰っていった。フランチェスカも家族と向き合うためにしぶしぶ席を立った。がっくり肩を落とした様子で、トミーを本気で心配しているのがわかる。ぼくはフランチェスカに顔をこすりつけて慰め、ぼくがついていると伝えた。

「うちの子たちもおやつの時間にしましょうか」クレアが言った。

「それがいいわ。わたしたちはワインにしない？」ポリーが応えた。子どもたちはたいていけっこう仲良くやっている。ちょっとした口喧嘩はあるが、それはとうぜんだ。週に何度か一緒におやつを食べ、ポリー夫婦が仕事で遅くなってクレアがヘンリーとマーサを預かることがあるからなおさらだ。家のなかがにぎやかになるのは嬉しいけれど、ぐったり疲れもする。

ジョージとピクルスが子どもたちとキッチンへやってくると、ぼくは愛《いと》おしい気持ちと誇らしさと不安がまじった気持ちでみんなを眺めた。大切な誰かを心配する気持ちは、どうやってもとめようがない。いつものように笑顔でおしゃべりしながらおやつを食べる子どもたちの横で、ぼくとジョージはキッチンに置かれたベッドに収まり、楽しい雰囲気にひたった。ピクルスはテーブルの下で落ちてきたものを食べようと待ち伏せし、ポリーとクレアはゆっくりワインを飲んでいる。ここで一時停止ボタンを押せたらどんなにいいだろう。このひとときを少しでも長引かせたい。なにしろこんなに愉快でくつろいでいるんだから。それに時間はあっという間に過ぎてしまう。

ジョージも子どもたちもあっという間に大きくなり、ぼくを含めたおとなはついていくのに苦労している。テオがいるおかげでかろうじて歳を取った気持ちにならずにすんでいるけど、まばたきするあいだにテオもティーンエイジャーになっているだろう。感傷的になりすぎだって？　いやいや、これもみんなトミーが心配だからだ。気をもみ始めると、大切な存在すべてが心配になってくる。

ぼくはそういう猫なのだ。

外は湿っぽくて寒かったが、新鮮な空気のなかで考え事をするために表側の庭に出た。隣の門のそばにアレクセイとコニーがいたので、挨拶しに行った。

「やあ、アルフィー、いまから帰るところだよ。これ以上親を心配させたくないからね」アレクセイが撫でてくれた。

「そうよ、トミーだけでじゅうぶんよ」とコニー。

「ミャオ」うん、トミーのことは聞いてるよ。

「とりあえずホームレスのシェルターには行けたしね。アルフィー、すごく気の毒だったんだ。住む家のない人が大勢いた」ぼくを撫でつづけている。ぼくは顔をこすりつけた。宿無しだったころのことは自分のことじゃないみたいな気がするけれど、よく覚えている。

「だから寄付を集めたいの。学校の課題のためだけじゃない。いつだろうと住む家がないだけでも大変なのに、もうすぐクリスマスなんだもの」コニーの口調に熱がこもっている。

「ミャオ、ミャオ、ミャオ」すごくいいアイデアだ。ただ、寄付集めなんてやったことがない。

「きっと賛成してくれると思ってたよ。あとはどうやってお金を集めるか考えるだけだな。

でも、今日はそろそろ帰らなきゃ」アレクセイがぼくとコニーにさよならを告げて去っていった。アレクセイはほんとにいい子で、それはコニーも同じだ。そのふたりがアイデアを求めている。

ふたりがぼくに声をかけたのは正解だ。

Chapter 5

今日はまた家族が集まる。テオが生まれてからみんなをランチに招いていなかったシルビーが、新たに家族に加わったテオのお披露目会を改めてしたがったのだ。ぼくに言わせればテオはもうとっくに家族の一員だけど、シルビーの気がすむならかまわない。ジョージがハナから聞いた話によると、シルビーはテオのことでさんざんお世話になっているみんなにお礼をしたいようで、だとすると、きっと用意しているのは日本食だ。ぼくは日本食でもそんなに気にならない。なにしろ日本人はぼくと一緒で大の魚好きなのだ。

以前は必要最低限のものしかなかったシルビーの家は、いまや赤ちゃんのものであふれている。あんなに小さいのに、赤ちゃんにはいろんなものが必要らしい。手のかからない仔猫とは大違いだ。猫は自分のことぐらい自分でできるのに、人間が見習えないのはつくづく残念だ。ちなみに犬もあまり猫を見習えない。ピクルスで試したから間違いない。

できれば今日の集まりで、トミーのことをもう少し知りたい。これまで聞いた話を改めて考えた結果、いくつかわかったことがある。トミーはいま反抗期で、学校でも家でも態度が悪い。ぼくはほかの子たちと同じぐらいトミーも大好きだから、このままにはしておけない。でも、どうすればいいのか、いまはなにも思いつかない。問題は、トラブルになりそうだとわかることだ。ぜったいそうなる気がする。

ハナとジョージと一緒に隣の玄関でみんなを待ちかまえた。ジョージもぼくも待ちきれなくて、早めに猫ドアからこっそり入ってきたのだ。この家は静かでいつも片づいていたのに、テオという台風のせいですっかり変わった。いまはそこらじゅう物だらけで、しかもかなり騒がしい。テオはあんなにかわいいのに、すごく声が大きいのだ。

その一方、ここは以前より幸せな家庭になった。引っ越してきたころのシルビー親子は苦しんでいた。日本で離婚という試練を経験したあとだったのだ。コニーはなんとかイギリスでの暮らしに馴染《なじ》もうとしながら母親を心配していたが、やがてシルビーがマーカスと出会って三人は家族になり、さらにテオが生まれてほんとの家族になった。

ハナもエドガー・ロードでの暮らしに慣れるまで、少し時間がかかった。日本ではかなり平穏な暮らしをしていたのに、エドガー・ロードは、まあ、平穏とはあまり縁がないとだけ言っておこう。

すぐ隣に住むクレアたち家族が最初にやってきた。クレアは脇目も振らずにテオのところへ行くと、奪い取らんばかりの勢いでシルビーの腕のなかから抱きあげ、赤ちゃんとお人形遊びが大好きなサマーはクレアの横に張りついてテオを抱かせてほしいとせがんでいる。次にピクルスを連れたポリー一家が到着した。お行儀よくしていればピクルスも一緒にいていいことになっているのに、行儀がよかったためしがないピクルスは誰かれかまわず舐め始めた。すぐさまマーサもテオを抱っこしたいと言いだした。テオは人気の的なのだ。まさに喧嘩が始まりそうになったとき、シルビーが時間はたっぷりあるんだから順番に抱っこすればいいとなだめた。かわいそうに、テオは今日、小包みたいに手から手へ移動させられるのだろう。ジョージが仔猫だったころを思いだす。あのときもみんなジョージをかまいたがったのに、大きくなると関心を失ってしまう。それが避けがたい事実なのは過去の経験から断言できる。でも、あえて言えばそれほどひどい話じゃない。四六時中かまわれなくなることには利点がある。テオももう少し大きくなれば、その日が来るのを心待ちにするようになるだろう。

「わたしの孫息子はどこだ？」息子のマーカスと現れたハロルドの声が響き渡った。ぼくは抱かれているスノーボールに向かってひげを立てた。会えて嬉しいが、きちんと挨拶するのはスノーボールが床におろしてもらってからでいい。ぼくと同じでスノーボールも立派なおとななのに、ハロルドはたまに赤ちゃん扱いする。

数年前、ぼくたちの関係は前途多難な始まり方をした。スノーボールにはなぜかぼくの魅力が通じなかったのだ。でも最終的には振り向かせることができた。そう、ぼくにもちゃんと魅力があるのは、誰だって追い追いわかってくれると思う。

ハロルドがスノーボールを床におろしたので、ぼくたちは鼻でキスした。

「さあ、父さん、座って。そしたらテオを渡すから」マーカスが言った。やっぱり小包扱いだ。

ふたたびチャイムが鳴り、フランチェスカ一家が到着した。

「遅くなってごめんなさい」フランチェスカの口調にいらだちが聞き取れる。

「こいつのせいなんだ」トーマスがやさしくトミーの背中を押した。

「友だちと出かけたかったのに。こんなとこじゃなくて」トミーがふくれている。

「ニャ！」ぼくがいさめると、トミーがにらんできた。陽気なトミーはどこへ行ってしまったんだろう。トミーがリビングへ行って隅に腰をおろし、腕を組んだ。むっつりしていて、思いどおりにならないときのサマーより不機嫌そうだから、これはただごとではない。

「ごめんなさい」フランチェスカがクレアたちとキッチンへ向かいながら謝っている。「でも、もうほんとに手に負えなくて。携帯を返してほしがってるんだけど、こっちも折れるわけにいかないし、外出禁止をつづけるしかないから、今日のあの子はずっと機嫌が悪いと思うわ」

子どもたちもいぶかしそうにトミーを窺い、距離を置いている。アレクセイとコニーは肩をすくめ、話しかけようともしない。ピクルスだけはなにも気づかないらしく、トミーに近寄って舐めだした。トミーはむっつりしたまま無視している。そのうちピクルスも雰囲気を察してこそこそ逃げだした。

フランチェスカがアレクセイを肘で小突いている。

「トミー、一緒に来ないか？　コニーが新しいゲームを買ったんだ」アレクセイが頑張っている。やさしい子だ。ぼくの教育の賜物。

「いい」

アレクセイがお手あげという表情を母親に向け、コニーと二階へ向かった。

トミーのことをのぞけば、にぎやかで楽しい一日だった。子どもたちは喧嘩もせずに仲良く遊び、テオも大騒ぎを楽しんでいるようだった。これからテオは騒がしいのに慣れなきゃいけないからよかった。日本食はすごくおいしくて、ぼくたち猫もたっぷりごちそうをもらった。ただ、ピクルスは例によってダイエット中なので、量を制限されていた。

「ねえ、そろそろクリスマスの相談をしない？」ランチが終わって子どもたちが遊びに行ったあと、クレアが言った。クリスマスと聞いて、ぼくの耳がぴんと立った。一年でいちばんいい季節。

「勘弁してくれよ、クレア。その話は、さすがに早すぎる」ジョナサンが言い返した。

「なに言ってるの」とクレア。「もう十一月なのよ、少なくとも来週にはそうなるわ」

「クレアの言うとおりだわ。準備しないと。去年も大勢だったけれど、今年は招待する日曜日の昼食会のメンバーも増えてるもの」とフランチェスカ。

「考えておかなきゃいけないことがたくさんあるわ。計画を立てないと」ポリーがうなずいた。「食べ物だけでなく、送り迎えの足とかプレゼントとか、いろいろ」

「ランチの会場はうちの店を使ってもらってかまわないよ」トーマスが申しでた。

「でも準備は手分けしてやるべきだ。負担が集中しないように」マットが分別を見せた。

「わたしはいまずっと家にいるから、喜んで協力するわ」シルビーが口を開いた。「テオと一緒にお菓子を焼くぐらいのことはできると思う」

「じゃあ、決まりだな」とマーカス。「今年も盛大にエドガー・ロードのクリスマスをやろう。テオにとっては初めてのクリスマスだから、完璧なクリスマスにしたい」

「レストランでやったら、エドガー・ロードのクリスマスとは言えないぞ」ハロルドが言い放った。以前のハロルドはクリスマスが好きじゃなかったが、ぼくたちと出会い、スノーボールと暮らすようになってから考え方が変わったらしい。ジョナサンもそうなればいいのに。「みんながよければ、招待客のリストはわたしが担当しよう。クリスマスをひとりぼっちで過ごす知り合いがひとりもいないようにしたい」ちょっと恥ずかしそうだ。ハロルドは協力することに慣れていない。息子のマーカスもそう言ってるぐらいだから、自分からこんなことを言いだすのは珍しい。この変化はジョージの影響に違いない。もちろんぼくの影響もあるけど。

「よかった。あとはうちの息子の問題さえ解決すれば、完璧だ」トーマスが頭を掻《か》いている。気の毒に。トミーとトーマスはむかしからとても仲がよく、好きなものも同じで性格もよく似ている。アレクセイは母親似で、感受性が強くまじめだ。

「ぼくがちょっと話してみるよ」ジョナサンが申しでた。「思春期の子に詳しいわけじゃないけど、やるだけやってみる」ぼくは喉を鳴らしてジョナサンの脚に体をこすりつけ、褒めてあげた。でも、どうせクレアの差し金だろう。

ぼくはジョナサンとトミーがいる裏庭にこっそり出ていった。ジョナサンはビール瓶を持ち、トミーはむくれている。

「いいか、いったいなんでそんな態度を取ってるのか知らないが、これだけは言える。このまま学校で問題ばかり起こしていたら、卒業しても金融の仕事にはつけないぞ」

「とにかく学校がいやなんだよ。なにかをやれって命令ばかりして、自分で考えるチャンスすらくれないんだもん」トミーが地面を見つめながら答えた。今日一日でいちばん長くしゃべっている。

「人生なんてそんなものさ。やりたいことがあれば、ルールを守るしかない。ぼくみたいな仕事をしたいんだろう?」ジョナサンが訊いた。

「うん。お金持ちになりたいし、お金を扱う仕事もすごくやりたい。株の本も読み始めてるんだ」トミーがもごもご答えた。

「それなら、なんでいかれた態度を取るんだ?」ジョナサンは遠回しな言い方をしないタイプだが、いまはぼくもそうするのに賛成だ。

「わかんないよ」相変わらず地面を見つめている。「間抜けな子どもみたいに扱われて、みんなにあれこれ指図ばかりされるのにうんざりしてるのかも」

「それはトミーが間抜けな子どもみたいなことをやってるからだろ」ジョナサンが核心を突いた。「成績をあげて学校でも問題を起こさず、親を安心させたら、ひょっとしたら、ひょっとしたらだが、ぼくのオフィスで仕事を体験させてやれるかもしれない」

トミーの瞳がぱっと輝いた。すごく嬉しそうで、笑みさえ浮かべている。

「ほんと?」

「ただし、行動を直すのが先だ。態度を改めない限り、連れていくつもりはない。わかったか?」

「わかった」トミーが答えた。

「それから、学校への不満と反抗期ってこと以外になにかあるなら、ちゃんと話してくれ。将来を棒に振るような真似《まね》はよすんだ、トミー。なんの得にもならないぞ」ジョナサンがトミーの髪をくしゃくしゃ撫で、家のなかへ戻っていった。肩の荷がおりた顔をしている。

なんだかトミーには小言より味方が必要な気がしたので、ぼくは隣へ行ってそっと前足をかけた。

「ああ、アルフィー、さっきは撫でてあげなくてごめんね。ずっといらいらしてるんだよ。なんでいらいらするのかも、たいていはわからないんだ」

「ミャオ」ぼくは脚に体をこすりつけてあげた。トミーはぼくが知ってるトミーのままだけど、いまは反抗期で、それが厄介なのは経験から学んでいる。ちなみに人間だけに留《とど》まらない。ジョージも反抗期のときはぼくとまったくしゃべろうとせず、途方に暮れたものだ。幸い、そういう時期はいずれ終わるから、トミーもそうであってほしい。

「とにかくすごく腹が立って、そのあと腹を立てたことが悲しくなるんだ。誰も遠ざけたくないのに、どうすればやめられるのかわからない。言ってる意味わかる?」

「ミャオ」ぼくはおとなしく頭を撫でられていた。頭を撫でられるのは大好きだ。トミーに悪気がないのはわかっているし、これも反抗期のなせる業なのだ。もしかしたら病気の一種かもしれないけれど、よくわからない。ぼくはしょせん猫で医者じゃない。

「ぼく、もっと頑張ってみるよ」言葉と裏腹にがっくり肩を落としているし、声も悲しそうだ。ぼくは精一杯体をくっつけてあげた。トミーにはぼくが必要なんだから、そばにいてあげよう。寂しさがひしひしと伝わってきて、ぼくは懸命にひとりぼっちじゃないと伝えようとした。すてきな家族や友だちに囲まれているのに寂しいなんて筋が通らないかもしれないが、生きていれば筋が通らないこともあるし、感情だっていつも筋が通っているとは限らない。

Chapter 6

　スノーボールの家の裏庭で少しだけふたりきりになれた。こんなことはめったにない。なにしろハロルドはすごく寂しがり屋なのだ。かなり高齢でこれまでいろんな病気になってきたから無理もないし、ジョージや友だちの誰かがしょっちゅうそばにいるようにしている。でも今日はデイサービスに行ってチェスかトランプをする日で、ジョージはハナに会いに行ったから、少しのあいだふたりきりになれるチャンスを利用しない手はない。めったにないことだから、なおさらありがたく感じるんだろう。

「生きるって、おもしろいわね」落ち葉で遊びながらスノーボールがつぶやいた。哲学的なところはぼくにそっくりだ。ジョージの親代わりを務めることで、ぼくは確実に物事を深く考えるようになった。

「そうだね。きみが引っ越してしまったときは、もう二度と会えないと思った。でもきみは戻ってきて、こうして毎日会える」

「ええ。それにこれからもきっと前の家族が恋しくなるだろうけれど、ハロルドをすごく好きになってきたわ。いびきももう気にならないし。それにジョージがかわいくてたまらない。また仲間に会えたのも嬉しい」

し、一度なんか庭で自分で自分を埋めそうになった。でも遊んでいるのを誰かが見ていれば、たいていは問題ない。

いつも隠れる肘掛け椅子のうしろにピクルスが隠れると、ジョージはわざとほかの場所をあちこち探しまわってから見つけてやっていた。今度はジョージがリビングのカーテンのうしろに隠れた。ぼくは部屋じゅうを走りまわってもジョージを見つけられずにいるピクルスを見ていられなかった。ジョージはかくれんぼをするたびにたいていあそこに隠れるのに、ピクルスは覚えられないのだ。ぼくは笑うべきか泣くべきかわからなかった。しかたがないので、おとなの話し相手を探しに行った。

「アルフィー、来たの」クレアが抱きあげて撫でてくれた。「クリスマスに向けてリストをつくり始めたところだったのよ。あなたもクリスマスは大好きでしょう?」そう言って、ぼくを床におろした。

ぼくもクレアもクリスマスは大好きだ。一年でいちばんすてきな季節。家族と友だちと幸せとごちそうの季節。正直に言うと、なかでもクリスマスのごちそうがいちばん好きだ。クレアがわくわくしているのが伝わってきて、ぼくもわくわくした。もうすぐ子どもたちはプレゼントを届けてくれるサンタに手紙を書き、今年ほしいものを頼むのだろう。ジョージとぼくは食べ物だけでじゅうぶん満足だけど、毎年おもちゃとおやつをもらう。でもいつだってクリスマスのいちばん肝心なこととして思い浮かぶのは、家族全員が集まることと、みんながいてくれることだ。ぼくにとっては自分の幸運を数える季節でもあって、幸運は数えきれないほどある。

クリスマスの計画を立て始めるのは、いつでも大歓迎だ。普段は十二月に入ってツリーや飾りつけや学校のイベントとともに本格的に盛りあがってくるけど、少し早めにクリスマス気分にひたるのも悪くない。いやがる猫なんているはずがない。

お茶の時間のあと、ポリーが帰りたくなさそうな子どもふたりと疲れきったピクルスを連れて帰っていった。ぼくはジョージを探しに行った。

「近所に女の人が越してきたんだって」やっとふたりきりになれたので、エルビスから聞いた話を伝えた。ピクルスがいるところでは話したくなかった。その女の人の様子を見に行こうとジョージを誘うつもりだけど、ピクルスを連れていくわけにはいかないから、目の前でこの話をしたらかわいそうだと思ったのだ。それにピクルスは出かけるぼくたちを追いかけてきては面倒を起こす傾向があるから、そうならないようにしたほうが無難だ。

ぼくはフランチェスカとポリーが住むフラットを訪ねていたころが無性に懐かしくなっていた。大昔の気がする。「どうやら猫を飼ってないみたいだから、自己紹介しに行かない？」好奇心旺盛な通い猫のぼくは、エドガー・ロードに誰かが引っ越してくるたびにわくわくがとまらなくなる。まず最初に知りたいのは猫を飼っているかどうかで、もし飼っていなければ会いに行って魅力を振りまく。その人に猫が必要かどうかは、やってみなければわからない。ただ、たいていの人間には猫が必要だ。

「パパ、今日はいろいろあって疲れちゃったんだ。でも、明日の朝まで待ってくれたら一緒に行くよ。ハナに会いに行く前に」

「わかった、そうしよう」ぼくはがっかりした気持ちを表に出さないようにした。でもジョージはこの家にずっと住んでいるも同然で、ぼくと一緒にほかの家を訪ねることはあっても生粋の通い猫とは言えないから、わかってやらないと。それに明日の朝でもかまわない。ジョージが言うように今日はいろいろあって、ぼくも疲れている。それでもやっぱりちょっとがっかりだ。我慢するのは得意じゃない。

その日の夜、クレアとつかのまの静けさを満喫しながら、ぼくは朝になるのを待ちかねてあまりじりじりしないようにした。ジョナサンは残業で、二階にいる子どもたちは寝る準備はすんだけれどまだベッドには入っていない。ジョージも二階だ。

チャイムが鳴り、ぼくはびっくりして玄関へ走った。ぼくが知る限り、誰か来る予定はないはずだ。クレアが玄関を開けると、アレクセイとコニーがいた。ぼくはすかさずアレクセイに飛びついた。これこそまさに求めていたものだ。かわいがってくれる人に抱きしめてもらうこと。アレクセイは頭をぽりぽり掻いてくれるのもすごくうまい。

「ふたりとも入って。ベビーシッターを頼んでた？」クレアが戸惑っている。アレクセイとコニーはクレアとジョナサンが出かけるとき子どもたちのベビーシッターができる年齢になっている。ポリーの子どもたちのベビーシッターをやることもあり、アレクセイの話だといいアルバイトになるらしい。

「ううん」アレクセイが答えた。「相談したいことがあるんだ」

クレアがふたりをキッチンへ連れていった。ぼくとしては、ぜひともふたりの話を聞きたい。

「実は」コニーが口を開いた。「アドバイスをもらえないかと思ったの」

「もちろんいいわよ。どうしたの？」クレアがふたりのあいだにすばやく視線を行き来させている。

「学校でホームレスの課題が出て、地元のシェルターに行ったのは知ってるでしょう？それでロンドンのホームレスの人たちがどれほど悲惨な状態か思い知らされたんだ」

「ええ、アレクセイ、気の毒な話よね」とクレア。

「それにもうすぐクリスマスでしょ」コニーがつづけた。「もちろん、いまだって助けは必要よ。でもクリスマスは、住む家がないのはいっそう辛い気がするの。冬用の暖かい服とか毛布とか食べ物とか、役に立てそうなものをいろいろ寄付できたらと思って」

「立派な心がけだわ。ホームレスはこの国の大きな問題だもの、ロンドンに限らず」クレ

「そのうえ、近所の人たちも巻きこむんだね、日曜日の昼食会みたいに」

「うん。そうだよ。いつも来るお年寄りだけじゃなく、ホームレスの人たちも昼食会に招待したらどうかな」

「でも、アレクセイたちはシェルターのためにお金を集めようとしてるんでしょ？　シェルターではいまでも食事を出してるよ」たしかに。ちゃんと話を聞いているとわかって、ぼくはほっとした。「それに、ホームレスの人たちは助けを求めてあそこに来てるんだから、集めたお金をあげたほうがいいよ」

「そうか、そうだね。だとすると、思ってたより難しそうだな」

「でもパパならきっとなにか思いつくよ。これまでだってそうだったでしょ」

「ありがとう」信じてくれているとわかって胸がじんとなり、ぼくはジョージをがっかりさせないようにしようと心に決めた。ぐっすり眠って目覚めたときは、いいアイデアが山ほど浮かんでいますように。これまででいちばんいいアイデアを思いついてみせる。ぜったいに。

Chapter 7

背筋の毛がぞわぞわするほど気が高ぶって朝早く目が覚めてしまい、目を開けて伸びをしたとたん、今日は越してきたばかりの女の人に会いに行くんだと思いだした。どうか食べ物の趣味がいい人でありますように。そしてひとり暮らしでもあまり寂しい思いをしていませんように。でももし寂しがっているなら、もってこいの場所に越してきたことになる。ぼくたちは寂しい人に手を差し伸べるのが得意中の得意なのだ。アレクセイとコニーのためにいい案がないかずっと考えているけれど、もうひとり友だちをつくるためにそれはいったん棚上げにするしかない。またあとで考えよう。

実際、ジョージは友だちづくりは自分の役目だと思っている。去年、ジョージは入院しているハロルドに会いに行き、そこで誰もお見舞いに来なくて気を落としている人たちを元気づけていた。それを自分の天職だと言っていた。ジョージを心配してあとをつけたぼくに、例によってピクルスがついてきてしまったせいでジョージはその役目を果たせなくなってしまったが、それはまた別の話だ。要するに、ジョージはぼくに似て、救いを求めている人に手を差し伸べるのが得意で、エドガー・ロードに新しく越してきたひとり暮らしの女の人のためにできることがあるかもしれない。

大きな影がのしかかるように迫ってくる。つかまったらと思うとぞっとする。

「道を渡るしかない」息切れしながら、なんとか口に出した。さほど遠くないところに車が一台近づいてきているのが見えるが、渡りきれるように望みをかけるしかない。ほかにどうしようもない。「できるだけ急いで」ぼくは念を押した。

「勝手にわたしの庭に入ってきたりして、つかまえてやる」女の人の怒鳴り声が聞こえ、ぼくたちは車道に出た。父親であるぼくには息子を守る義務があるからジョージを先に行かせたが、全速力で走るジョージにかなり遅れを取ってしまった。クラクションを鳴らしながら車が急ハンドルを切り、ぎりぎりのところでよけていった。エンジンの音とクラクションが響くなか、ぼくたちはひたすら走りつづけた。

　ようやく無事に反対側の歩道に辿《たど》り着《つ》き、立ち止まって振り向いた。女の人は怒った顔で拳を振りまわしているが、次々に車が来るおかげで追いかけてくる気配はない。

　ぼくたちは息をはあはあさせながら歩道に横たわった。まだ頭のなかで車の音と女の人の怒鳴り声が響いていた。ジョージはかなり長い間横になっていた。間一髪だった。

「猫好きじゃなさそうだね」息が整ったところでジョージがつぶやいた。

「そうだね。帰ろうか」ぼくはしょんぼり応えた。本当にがっかりだ。ゴミ袋を持った人に追いかけられたのも、車に轢《ひ》かれそうになったのも不愉快だけど、これ以上ジョージの機嫌をそこねたくないから、さっきのことはあまり大げさに騒ぎ立てないほうがいい。

「ハナに会いに行ってもいい？」ジョージが言った。「頭のおかしい女の人に襲われたあげく、車に轢かれそうになったんだから、気分がよくなることをしたい」

「もちろんいいよ」気が咎《とが》めた。全部ぼくの責任だ。いつもジョージが危ない目に遭わないようにしているのに、また知らず知らずのうちに危ない目に遭わせてしまった。「それと、これからこの通りを歩くときは、あのフラットに近づかないようにするんだよ」ぼくはまじめな顔で言い添えた。

「じゃあ、あの人には好きになってもらわなくていいってこと？」これは皮肉だろうか。でもいちかばちかやってみるつもりはない。

「ジョージ、ハロルドはぼくたちを追い払ったときも保健所やゴミ袋で脅してくることは一度もなかったよね？」

「うん」

「そう。だからあの人に好きになってもらおうとするのはやめよう。無事ではすまないかもしれないからね。わざわざそんな危険を冒すことないよ」

ぼくは簡単にはあきらめない猫だけど、人間の友だちはもうたくさんいるから、あんな人に友だちになってもらわなくてもかまわない。あの人のために危ない橋を渡るつもりはない。クリスマスカードを送る相手のリストにはぜったい加えない。もちろん、そんなリストがあるわけじゃないけれど。

Chapter 8

隣に行くジョージと別れて家に帰ったあとも、さっきの経験が尾を引いていた。まだちょっと落ち着かず、この気持ちをどうすればいいかわからない。気分を明るくしてくれる友だちに会いに行く？　なんでこんなにうんざりしているのかじっくり考えてみる？　それともひと眠りする？　ぼくは伸びをした。ひと眠りしよう。早起きしたんだから、やっぱりひと眠りするべきだ。

ドスンという大きな振動で目が覚めた。目を開けると、ベッドに飛びこんできたピクルスに押しつぶされそうになっていた。ピクルスはかなり重たいのだ。

「ピクルス、会えて嬉しいけど、どいてくれる？」ぼくはできるだけやさしく話しかけた。

ピクルスが身じろぎして体の上からおりたが、ベッドがぎゅうぎゅうなのに変わりはない。

ピクルスがぼくを舐めた。

「買い物に行くから、アルフィーに面倒を見てもらいなさいってクレアに言われたんだ」

「そうなんだ。ぐっすり眠ってたみたい。クレアが出かけたのにも、きみが来たのにも気づかなかった」

「いびきかいてたよ」

「いびきなんかかかないよ」

「でも、そんな音を立ててた。それはそうと、ジョージはどこ？」

「ハナの家じゃないかな」

「なんだ、つまんない。じゃあ、アルフィーが遊んでよ」

「いいよ」ぼくはため息をこらえた。「なにして遊ぶ？」

「ボール遊び」

よかった。いちばん楽な遊びは、つまり面倒なことになる可能性が低いのは、ボール遊びだ。廊下でボールを転がしてやると、ピクルスがそれを追いかけてぼくのところまで持ってくる。何時間つづけても平気なので、ぼくはちょっと退屈するが別にかまわない。そのあいだに通りのはずれに越してきた怖い女の人やトミーのことを考えられるし、それぞれをどうするかも考えられる。いまのところ、なにも思いつかない。トミーについてはこのあいだジョナサンと話したことで、なにか変化があるように祈るしかない。怖い女の人は、近づかなければだいじょうぶだと祈ろう。それと、ぼくの前足が痛くならないうちにピクルスがボール遊びに飽きるように祈ろう。なんでどの祈りもあまり叶《かな》いそうな気がしないんだろう。ピクルスがボールに気を取られているすきに、玄関脇のテーブルに飛び乗って休憩した。テーブルには食べ物の写真つきのちらしがいっぱいのっていて、そのなかにクレアが予約しようと言ってそこに置いたクリスマス恒例の劇のちらしもあった。どういうものかぼくはよく知らないけれど、毎年クリスマスにやるショーみたいなもので、子どもたちが楽しみにしている。ぼくたちも行ければいいのにと一瞬思ったが、連れていってもらえるとは思えない。

「アルフィー、ボールを転がしてよ」ピクルスに催促されたので、床に飛びおりた。前足が痛かろうが、当分は解放してもらえそうにない。

クレアがピクルスを散歩に連れていったあと、思いがけずスノーボールが来てくれた。

「来てくれるなんて思わなかったよ」ぼくは顔をこすりつけた。

「ハロルドが用事があるみたいで出かけたから、会いに来たの」

ぼくは危ない目に遭ったことと、アレクセイとコニーのアイデアについて話した。

「その女の人には近づかないほうがいいわ」

「そのつもりだし、元気が出たらみんなにも警告するよ」ぼくは言った。「でも、いまはアレクセイとコニーのことを考えよう。今日このあと来ることになってるし、きっとアイデアを期待してる」

「よく考えて、アルフィー。クリスマスよ、あなたにとってのクリスマスって、なに？」

「ぼくにとってのクリスマスは、ごちそうと家族、友だち、幸せ、ジョージとピクルスを

とは言えない。ただ……。

「床からどうやって拾いあげればいいの？」あらゆる答えを知っていなきゃいけない気がするのに、わからない。どうやらジョージは知っているらしい。

「こんなふうに前足を下に滑りこませるんだよ」ジョージが見せてくれた。片足でちらしの端を持ちあげ、屈《かが》んでくわえている。

「教えてもらわなくてもできた気がする」ぼくはもごもご言い訳した。

「うん、きっとできたと思うよ。でもぼくには若さという強みがあるからね」

気を悪くするのはやめておこう。ぼくはジョージの真似をしてみたが、見た目ほど簡単にはいかなかった。いらいらしてきたぼくを見て、ジョージが笑いをこらえている。何度やってもちらしが滑ってしまい、なんとか少し持ちあげられてもうまくくわえられない。しまいには床に頭をぶつけて痛い思いまでした。

「できそうにないよ」ぼくは言った。

「パパ、あきらめちゃだめだよ。ほら、もう一度やるから見てて」

ジョージに教えてもらいながらじれったい練習をもう少しつづけ、舌を使うと、ようやくできた。やった！　何度も試したせいでちらしはちょっと湿っているし、頭もちょっとずきずきするけれど、いざというときちゃんとできる自信はついた。

「チームワークだね」ぼくはジョージに言った。もっとも、本当にチームワークと言えるのかわからない。でもこれがうまくいけば、苦労した甲斐《かい》がある。そう思って自分を納得させるしかない。

「チームワークだよ、パパ」ジョージが相槌《あいづち》を打った。「じゃあ、ぼくはおやつがもらえないか見てくるね。パパに教えてたらおなかが空《す》いちゃった。おやつを食べたら、ハロルドに会いに行ってくる」ぼくはちらしの上に寝そべった。ぐったり疲れてベッドまで行く気にもなれなかったので、その場で目を閉じた。


玄関が開く音で目が覚め、起きあがるとクレアがひとりで帰ってきた。

「ただいま、アルフィー。今日のお茶の時間はポリーとマットが子どもたちを外に連れていったの、わたしがひと休みできるように。子どもたちもきっと喜んでるわ」クレアがにっこりした。たまにクレアは疲れて見えるし、家事に追われているので自分の時間もあまりない。外で働いていないのはクレアだけかもしれないが、ぼくが知る限り誰より忙しい。

「ミャオ」たまには休まなきゃ。

「それに、もうすぐアレクセイとコニーが寄付金集めの相談をしに来るわ。いいアイデアを思いついているといいんだけど。だって、わたしはなにも思いつかないんだもの。ああ、ほんとにやることがありすぎるわ。でもふたりをがっかりさせたくない」

「ミャオ」だいじょうぶ。ぼくに任せて。

準備はできている。ぼくは玄関でそのときを待ちかまえた。早く始めたい。うまくできるかちょっと心配なのもあるけれど、考えれば考えるほどいいアイデアの気がしてじっとしていられない。早くふたりに来てほしい。

ようやくチャイムが鳴り、身構えた。入ってきたアレクセイとコニーが軽くぼくを撫で、クレアについてキッチンへ歩いていく。ぼくの出番だ。練習の成果もあって三回めでなんとかちらしをくわえ、そのままゆっくりキッチンへ行った。落とさないように気をつけた。ちらしは思ったより大きくてまわりがよく見えず、テーブルとの距離を勘違いして脚にぶつかったときは危うくちらしを落としそうになったが、なんとかやり遂げた。このぶんだと頭のこぶがふたつになりそうだ。

「じゃあ、なにも思いついてないの？」クレアの声が聞こえ、ぼくは振り向いてテーブルに飛び乗るタイミングを窺った。

「そうなんだ、さんざん考えたんだけどね。スポンサーつきのは当たり前だからやりたくないし、大勢の人に参加してほしい。ホームレスの人たちにおいしいクリスマスディナーや暖かい服や寝袋を提供するためにお金を集めるのが目的なんだ。たくさんお金が集まって、大勢に参加してもらえることをしたい」かわいそうに、アレクセイがしょげている。

「シェルターにいる人たちに、クリスマスらしいことをしてあげたいの。住む家がなくてもできるかぎり喜んでもらえることをしてあげたい」コニーがつけ加えた。

「これぞというアドバイスができなくてごめんなさい。でもこれからも考えてみるわ」クレアが困っている。いまだ。ぼくは深呼吸してテーブルに飛び乗った。危なかったが、なんとかちらしを落とさずにすんだ。テーブルの真ん中へ行き、口を開けると、ひらりと落ちたちらしはちょっとぼろぼろになっていた。どうかまだちゃんと読めますように。とりあえず唇を舐めたら、やっと舌の感覚が戻ってきてほっとした。ついでにぶつけた頭を前足でさすった。

「なにを持ってきたの？」クレアがちらしを手に取った。「劇のちらし？　なんでこんなものを持ってきたの、アルフィー」

「きっとなにか伝えようとしてるんだよ」アレクセイが撫でてくれた。

「ミャオ」そうだよ。いつになっても、みんなちょっと鈍いところがある。

「劇を観に行きたいの？」クレアが訊いてきた。やっぱり鈍い。

「ニャー」違うよ。

「ぼくたちに劇をやってほしいの？」アレクセイが言った。首を振ろうとしたが、まだ頭がずきずきする。

「そんなの無理よ」とクレア。

「ミャオ、ミャオ、ミャオ」まったくもう。ぼくにはこれ以上説明できない。だからテーブルの上でぐるぐるまわった。どうしてそんなことをするのか自分でもわからないが、じをそれぞれが選べる」

　クレアはつくったリストの話をいろいろしてくれた。最初にやるのは会場探しだ。大勢が入れて舞台があり、無料で使える場所が必要だ。お金を集めるのが目的なのに、お金を使うわけにはいかない。すべてを理解できたわけじゃないぼくもコニーとクレアとアレクセイと一緒にキッチンのテーブルを囲み、アイデアをしぼった。正直言って、ちょっと不安だった。

　クレアはいろんなところに電話をしたが、どこもなにかしら問題があった。学校に頼んでみたアレクセイも、学校に関係ないことでは講堂を使わせられないと断られてしまった。どうやら〝保険〟の問題があるらしい。

　フランチェスカはレストランを使ってもいいと言ってくれたが、本番当日は休むにしても、店でリハーサルまでやるのは無理だ。トーマスも店に来るお客さん全員に訊いてくれたのに、使える場所はなさそうだった。クリスマス会は始まりもしないうちに中止になってしまうんじゃないかと、いてもたってもいられなかった。自分のアイデアがだめになるなんて考えたくない。だめになったことなんて一度もないんだから。少なくとも、ほぼなったことがない。

　みんなちょっとしょげていたある日、ピクルスを連れて現れたマットがいきなりまくしたてはじめた。

「落ち着いて、マット」クレアがとめた。「なにを言ってるのかわからないわ」

「会場だよ、見つかったんだ。エドガー・ロードの教会ホール。通りのはずれの奥まったところにあって、ここからもそんなに遠くない。ちょっとさびれてるけど、とにかく一緒に来て見てくれ」息を弾ませ、興奮している。ほんとに見つかったの？

「どうやって見つけたの？」コートをつかんで外に出たクレアが、子どもたちを頼むとジョナサンに叫んだ。もちろんぼくもついていった。

「ピクルスをダイエットさせるために、ポリーに言われていつもより長めに散歩させているあいだに見つけたんだ。窓からのぞきこんでみたら、少し埃《ほこり》っぽかったけど条件は満たしてそうだった」

「マット、もしそれが本当なら、あなたは危機を救ったヒーローよ」

　そんなところにうってつけの建物があるなんて、どうしてこれまで気づかなかったんだろう。歩いてもたいした距離じゃないし、子どもたちがもっと小さかったころ、しょっちゅう通った公園のすぐ先を少し入ったところにあるらしい。公園にはいまでもたまに行くが、むかしほどじゃない。サマーが赤ちゃんだったころは、ベビーカーに乗ったヘンリーやマーサと一緒に行ったし、クレアやポリーとピクニックもした。もちろんあのころはまだジョージがいなかった。なんだかはるかむかしの気がする。ジョージの言うとおりだ。このところ、かなりノスタルジックになっている。エドガー・ロードに来たばかりのころ、っとした。一瞬立ち尽くし、できるだけ音を立てずにあとずさった。

「ニャッ！」なにかが落ちてきた。重くはないが、逃げだそうとしてもがいたら埃の味がした。あまりおいしくない。

「ミャオ！」大声をあげたらアレクセイとコニーが駆けつけてきた。

「うわ、アルフィー。クモの巣と埃まみれになってるよ」かぶったものを前足で必死で払っているぼくに向かってアレクセイが言った。

「見て、マネキンがあるわ」コニーがぼくを驚かせた〝人間〟を起こした。なるほど、本物の人間じゃないといまならわかる。

「クレア、ちょっと来て」アレクセイに呼ばれ、クレアもやってきた。

「すごい」とクレア。「セットに使えそうなものがそろってるんじゃない？　ラルフ、使ってもいいですか？」

「ええ、ここにあるものはなんでも使ってかまいませんよ。それで、クリスマス会では、具体的になにをするんですか？」

「まだ決まっていませんが、クリスマスソングを歌ったり、キリスト誕生の劇をしたりするのはどうかと思っています。それと、もちろん聖歌も。クリスマスに関するものなら、いろんなことができると思うんです。おとなも子どもも楽しめるものを」コニーは赤くなって足元を見ている。知らない人の前ではおずおずしてしまうのだ。

「誰が出るんですか？」ラルフが訊いた。

「ミャオ」ぼくに決まってる。

「いや、その、それはオーディションで決めるつもりです」アレクセイが答えた。「ご興味がありますか？」

「ひょっとしたら。人数は多くありませんが、うちには優秀な聖歌隊がいますから、きっと参加したがるでしょう」

「それはすてきだわ。ポスターをつくりますから、オーディションの日取りが決まったらお知らせしますね」クレアが言った。

「ぜひお願いします。鍵をふたつ預けておきますので、いつでも自由に使ってください。いまは誰も使っていないので」

「牧師さんもぜひ参加してくださいね」クレアが言い添えた。「改めて、本当に感謝します。ありがとうございました」

ぼくがなにをするかという話題はいまのところ出ていないが、どうせ時間の問題だ。

ホールを見たあと隣の家に寄り、ジョージとハナに今日の出来事を話した。

「わたしも出るわ」ハナが言った。「最初はなんだか恥ずかしくて出ないって言ったけど、コニーが頑張ってるから参加したほうがいい気がするの」

「そうだよ、きっとぼくたちもいい役がもらえるよ」ぼくは言った。「なんの役かはわからないけど、ぜったいみんなの人気をさらえる」

「忘れてるといけないから言っとくけど、このなかで舞台の経験があるのはぼくだけなんだからね」とジョージ。

「え?」

「ぼくは赤ちゃんのイエス役をやったことがあるから、堂々とした演技の仕方や、あがらないこつを教えてあげる。そういうことはよく心得てるからね」

「すごいわ、ジョージ」ハナが感心している。

ぼくはしっぽをひと振りした。学校でやった劇でトミーに飼い葉おけに入れられたとき、ジョージは居眠りし、起きたときは自分がどこにいるか忘れて飛びだしたものだから大騒ぎになった。ジョージの舞台経験をざっくりまとめるとこうなる。とうていアカデミー賞をもらえるレベルではないけど、言わないでおこう。せっかくハナがひとこと漏らさず耳を傾けているんだから、このままにしておこう。

「もう赤ちゃんのイエスをやるには大きすぎるかな」ジョージががっかりしている。

「テオにやらせるんじゃないかな。本物の赤ちゃんだから」ぼくは言った。

「そうだね。じゃあ、ぼくはおとなの役をやるよ。でもパパとハナは心配しないで。アドバイスはちゃんとしてあげる」

「助かるよ」やれやれ、まだ舞台経験者気取りをつづけるつもりなんだろうか。ジョージのことだ、つづけるに決まってる。

そのときテオが大声で泣く声が聞こえ、テオを抱いたシルビーがぼくたちのところへやってきた。「あら、みんないたのね。これからテオを連れてクレアのところへ行ってくるわ。一日じゅう家にいると、頭がおかしくなりそうなの」

「このままここにいたほうがよさそうだね」シルビーが出かけたあと、ジョージが言った。

「うちはかなりにぎやかになりそうだから」

「ぼくは行くよ」ジョージとハナに言った。「スノーボールに会場の話をすると約束したんだ」ジョージの演技指導を受けられないのは実に残念だ。

「安心して、ハナ。ぼくが演技のこつをたくさん教えてあげるからね」

スノーボールの家まで行くあいだに、毛の根元までずぶ濡れになってしまった。愛の力は偉大だ。ありがたいことに、スノーボールの家のリビングはぬくぬく暖かかったので、ヒーターの前で寝そべっていたらすぐ乾いた。ぼくたちはハロルドがうとうとするのを見届けてから、キッチンへ話しに行った。

「会場が決まったことは聞いたわ。クレアがうちに寄って、ハロルドに話してたの。ハロルドはオーディションまで受けるつもりでいるのよ。コニーのおじいさんになったんだから、協力するのが筋だと思ってるみたい」

「やさしいね。でもハロルドになにができるんだろう」ずいぶん穏やかになったとはいえ、いまだに少し気難しいところがある。

「クレアはサンタの役はどうかと言ってたわ」

「でも、サンタになったら感じよくにこにこしてなきゃいけないんだよ」つい笑ってしまった。サンタの格好をしたハロルドなんて、ジョナサンのサンタと同じぐらい似合わなそうだ。

「家族に囲まれてずいぶん陽気になったわ。わたしと赤ちゃんのテオもいるから余計に。だからきっとだいじょうぶよ」

「そうかもしれないね」スノーボールはいつも人間のいちばんいい面に目を向ける。「ぼくは、ぼくたちがどんな役をやるのかが気になるよ。ジョージは演技に詳しいつもりでいるけど、もしかしたら猫だからって、ほかの動物の格好をさせられるかも」

「そうなれば、演技の幅を広げられるわ」スノーボールが切り返した。猫はどの動物より勝っている。だからスノーボールが言いたいことはよくわかった。

Chapter 10

数日後の雨の日、ぼくたちの計画に文字どおりの意味でも比喩的な意味でも水を差す事件が起き、クリスマス会への意気込みも、申し分ない会場が見つかったことも一瞬でかすんでしまった。ぼくの家族はすごく絆《きずな》が固いから、なにかあればみんなの耳に入り、自分のことのように感じる。いいことも悪いことも。そして今回は悪いほうだ。

トミーがカンニングをして一週間停学になったのだ。腕に答えを書くなんてばかにもほどがある真似をしたせいで見つかった。そもそもどこからそんなことを思いついたんだろう。アレクセイがコニーに話し、コニーはシルビーに話し、それを聞いていたハナがぼくとジョージに教えに来てくれた。ちょうどそのときクレアはフランチェスカと電話中で、フランチェスカは泣いているようだった。そのあとすぐトーマスから話を聞いたマットがポリーにも伝え、全員でうちに集まってどうすればいいか話し合うことになった。もちろんトミーは来ないし、アレクセイも問題ばかり起こす弟を見張るように言われて家に残っている。その役目を代わりたいとは思わない。

おとなだけの話し合いになり、全員がリビングに集まった。コニーはテオのベビーシッターをしているが、テオの世話はトミーよりはるかに楽に違いない。

「どうすればいいかわからないよ」トーマスが口を開いた。「ほんとに頭にくる」

「また校長に呼びだされたのか？」マットが訊いた。

「ええ。校長はすごく怖い人で、自分が叱られてる気分だったわ。トミーは以前から態度を注意されていたのに、またこんなふざけた真似をして、それなのになにも話そうとしないの。ぼそぼそなにかつぶやくだけで。家庭に問題があるんじゃないかと言われたわ」フランチェスカが涙ながらに説明した。トーマスが肩に腕をまわしている。

「学校を出たあと、トミーはなにか言ってた？」ポリーが尋ねた。

「すっかり青ざめて、反省してたわ。成績をあげるために頑張ったけれど、もし落第点を取ったらジョナサンの会社に連れていってもらえなくなると思って、テストで必ずいい点を取れるようにしたかったんですって」

「そんな。仕事を体験してみたければ、いい成績を取れとぼくが言ったんだ。ぼくのせいかな」さすがのジョナサンもショックを受けている。

「もちろん違うよ」トーマスが言った。「たぶん、どっちに転んでもおかしくない難しい年ごろで、本人もどうすればいいかわからなくなってるんだと思う。でも、停学になったからには、正しい道に戻してやるしかない。だからこれまでみたいに怒鳴りつけるばかりじゃなくて、ほかにできることがないかアドバイスがほしいんだ」

「ずいぶん長く外出禁止にしてるけれど、このままだと外に出せるころには五十歳になってしまうわ」フランチェスカが悲しそうに微笑んでいる。

「罰を与えるんじゃなく、仕事を与えて忙しくさせたらどう？」クレアが提案した。

「そう。あのときもそのつもりで言ったんだ」とジョナサン。「いずれうちの会社で仕事を体験させてやってもいいけれど、まずは態度を改めさせないと。いまみたいなことをしているうちは、見返りが大きすぎる気がする」

「なあ、クリスマス会はどうかな？」出し抜けにマーカスが口を開いた。

「その話はあとにして。いまはトミーの話をしないと」シルビーがたしなめた。

「違うよ、トミーにも手伝わせたらどうかと言いたかったんだ。アレクセイとコニーがやってるのはすごくいいことだろう？　手伝わせれば忙しくさせておけるし、ぼくたちで目を離さずにいられる」

「舞台に立つのはいやがると思うわ。学校のお芝居にも一切出ないぐらいだもの」とフランチェスカ。

「でも、舞台に立つ以外にもやることは山ほどあるわ。さしあたってポスターづくりがあるし、そのあとはセットづくりを手伝ってもらえばいい。トーマス、セットはあなたの担当だから、手伝わせればいいのよ」クレアが意気込んでいる。

「あの子はSNSやビデオ撮影も得意よ」フランチェスカがつけ加えた。

「ちょうどいいわ。どっちも宣伝するにはもってこいだもの」とポリー。

「いまの状況を本気でどうにかしたいなら、クリスマス会を手伝えと言えばいいの？」フランチェスカはまだ半信半疑でいる。

「ぼくはいいと思うよ。そうすればアレクセイとも一緒に作業できるから、また仲良くなるかもしれない。みんながそれぞれあの子の力になれる。すごくいいアイデアだ、マーカス」マットの声が弾んでいる。

「ああ、ほんとに」ジョナサンが言った。「小さい子たちとも一緒に作業するように言ったらどうだ？　以前は仲良くしてただろう？」

「それがいいわ」とクレア。「うちの子たちもトミーと遊べなくなって寂しがってるから、一緒にポスターをつくればいい」

「ある意味、罰だな」ジョナサンが笑った。

「ジョナサン、トビーもサマーもすごくいい子なんだから、罰になるわけないでしょ」クレアがたしなめたが、笑いをこらえきれずにいる。

「いや、わからないぞ。サマーがいばり散らしてトミーをこき使おうとするに決まってる」また笑っている。

「つまり、あの子にクリスマス会を手伝わせて家族のそばにいさせれば一種の罰になるけれど、それほどひどい罰にはならない、そういうこと？」フランチェスカが話をまとめた。

「そのとおり」

ぼくはみんなが誇らしくて嬉しくなった。自分たちだけで結論を出し、それぞれの役目を果たそうとしている。ぼくにはこれ以上のアイデアが出なかっただろう。いや、出るには出ただろうけど、似たようなアイデアだったはずだ。

フランチェスカ夫婦は帰り、一緒に行くには寒くて時間も遅かったから、この話を聞いたトミーの反応は知りようがない。だからジョージに話して聞かせた。そして、明日ごみばこがなにか見聞きしていないか訊きに行き、ついでに停学になったトミーの様子を確認することにした。フランチェスカたちから話は聞いたが、自分の目で確かめたい。トミーの面倒を見るのもぼくの仕事なんだから。

そうと決まったら早めにベッドへ入り、しっかり眠ろう。トミーやクリスマス会のことで頭がいっぱいで、なかなか寝つけなかった。でも起きたときは改めてすぐにでも出かけたい気持ちになっていて、ジョージをせかした。

「なんでそんなに急ぐの？　トミーはどこにも行かないよ」

「どうなったか早く知りたいんだよ。来たくなければ来なくてもいいよ」

「ううん、行く。トミーだけじゃなくてごみばこにも会いたいしね。朝からばたばたしたくないだけ。だからちょっと落ち着いてよ」

生意気なこと言って。ぼくは肉球を眺めて落ち着こうとしたが、早く出かけたい気持ちはおさまらなかった。〝落ち着いた猫〟にはなれそうにない。

　何時間も待たされた気がしたころようやくジョージの用意が整い、出発した。幸い雨は降っていないが、寒かった。いつも使うルートは仕事や学校や買い物に行く人であふれていた。ぼくたちは決然とした足取りで歩きつづけた。やることがたくさんある。先を行くぼくにジョージも軽い足取りでついてきた。

「どうした、最近はやけによく来るじゃないか」ごみばこが歓迎してくれた。

「うん。アリーはどこ？」裏庭に入りながらぼくは訊いた。

「ちょっと出かけてる。気晴らしにな。おれは緊急事態でない限りここを離れたくない」

　ぼくの頬がほころんだ。ごみばこはぼくたちを助けるために何度も裏庭を離れたが、ここを留守にするのはそういうときぐらいだ。

「ねえ、ごみばこ。トミーのことでなにか見たり聞いたりしてない？」ジョージが尋ねた。

「ああ、そのことか。それなら、ゆうべたしかにちょっとした騒ぎがあった。フランチェスカとトーマスがトミーにクリスマス会を手伝わせようとしたのが、トミーもアレクセイも気に入らなかったんだ」

「そうなの？　なんで？」いいアイデアだと思ったのに。

「トミーはクリスマス会なんてくだらないと反抗してた。でもまあ、最近のあの子のことはおまえも知ってるだろう？　アレクセイは大事な計画をトミーにめちゃくちゃにされたくないと言い返した。それを聞いたトーマスは見たことがないほど腹を立てて、トミーにはちゃんと手伝わなければずっと外出禁止のままだと言い渡し、アレクセイにはふさわしいチャンスをやって弟の力になれと言った。そのあとはフランチェスカも含めて、みんなしばらく口をきけなくなっていた」

トーマスは体は大きいがすごく穏やかな人だから、よほどのことがなければそこまで怒らない。これはよほどのことなのだ。

「じゃあ、トミーはまだ態度を改めてないの?」ジョナサンと話したことや、停学になったことで、さすがのトミーも反省してくれればいいと思っていた。でも違った。こうなったら会の手伝いに効果があるように祈るしかない。

「クリスマス会で、またみんなの絆が強まると思うんだけどな」楽観的すぎるだろうか。

「これはパパのアイデアなんだよ」ジョージが胸を張って誇らしそうにしている。ぼくは胸が熱くなった。

「だと思ったよ。いかにもアルフィーが思いつきそうだからな」ごみばこが応え、みんなでにやりとした。

トミーがフランチェスカと外に出てきて、ぼくたちを撫でてくれた。

「よく来たわね、アルフィー、ジョージ」

「ねえ、ぼくも店に行かなきゃだめ? 家にいちゃだめ?」ジョージを抱いたトミーが尋ねた。

「だめよ。宿題があるんだから、ちゃんとやるか見届けたいの」

「こんなのひどすぎるよ」トミーが愚痴をこぼした。

「ひどくなんかないわ。あなたのせいでパパとママはさんざんな思いをしてるし、学校にはいまみたいなことをつづけていたら落第すると言われてるのよ」

「お説教は聞き飽きたよ」トミーがうんざりしている。

「ミャオ」ほんとに態度が悪い。気の毒に、フランチェスカは叱ればいいのか泣けばいいのかわからない顔をしている。ぼくはフランチェスカに顔をこすりつけ、トミーを無視した。いまは困ったことばかりしていても、奥底にはぼくが知ってるトミーがいるはずだ。それを表に出す方法を見つけさえすればいい。

しばらくごみばこと過ごしておやつを楽しんでから、裏庭をあとにした。クリスマス会を手伝ううちに、今度こそ元どおりのトミーに戻ってくれたらいいと思う。全員が参加すれば最高のイベントになるし、大事な家族がひとつになれる。それを思うと、やっぱりこれは最高のアイデアだったかもしれない。

ジョージはハナに会いに行ったので、ぼくは仲間がいるのを期待しながらたまり場へ向かった。朝からひと仕事したせいで心が弾んでいた。トミーもぼくたちが帰るときは宿題をしていたから、いい兆候だ。ネリーとエルビスがいたので、最新ニュースを話して聞かせた。話し終えたとき、サーモンが現れた。

「アルフィー、ちょうどよかった。おまえが聞きたがりそうな話があるぞ」

「なに?」悔しいけど、サーモンはぼくが噂話を聞かずにいられないのを承知の上で、もったいぶってなかなか話そうとしない。

「怖い思いをさせられた人間がいただろう? 最近越してきた女の人。ゆうべ、うちに来たんだ。バーバラという名前で、おれの家族が訪ねたとき留守だったから、住所と隣人監視活動について詳しく書いたメモを残してきたんだ。それを見て来たらしい」そこで口を閉ざし、肉球を眺めている。

「サーモン、早くつづきを話してよ」ネリーがせかした。ネリーはサーモンに対して寛大なところが一切ないから、ぼくたちの辛抱強さが理解できないらしい。

「まあ、そう焦るな。バーバラは夫を亡くしてひとり暮らしになったせいで、家を売って狭いフラットに越してくるしかなかったんだ。寂しくてたまらないと話していた」

なるほど、興味をそそられる話だ。知ってのとおり、ぼくは寂しい人間に詳しいから、ぼくとジョージにひどいことをしたのは寂しいからかもしれないと思っていた。とはいえ、やっぱりわからない。寂しいなら、なんでぼくたちにはあんなにひどいことをしたくせに、グッドウィン夫妻には礼儀正しいんだろう。

「ただ、おれには目もくれなかった」サーモンがつづけた。「だからやっぱり猫好きとは思わないが、隣人監視活動は喜んで手伝うと言ってた。なかなか興味深いだろう？」

「教えてくれてありがとう」ぼくはお礼を言った。情報を得るにはサーモンを味方にするのがいちばんだ。「助かったよ」

ネリーがにらんできた。ちょっとやりすぎたかもしれない。

「とにかく、いま話せるのはこれで全部だ。じゃあな」

サーモンはほんとに変わってるけど、実を言うとぼくは最近かなり好意を持っている。聞いたばかりの情報について考えていると、ジョージがやってきた。

「あら、ジョージ」ネリーがすかさず駆け寄った。ネリーはジョージのおばさんみたいな存在で、タイガーが天国に旅立ってからは母親に近い役目を果たしている。

「木登りしようよ」ジョージが飛び跳ねながらネリーを誘った。ネリーはよくジョージと木登りするが、ぼくにはできない。高いところは苦手なのだ。

「ハナに会ってるんだと思ってた」ぼくは言った。

「あまり気分がよくないんだって。起きたときは吐き気がして、食べたもののせいじゃないかって言ってた」

「かわいそうに、早くよくなるといいね。シルビーたちは獣医に連れていくつもりなの？」

「ううん。もうよくなって、いまは疲れてるだけみたい。きっと古くなった魚かなにか食べたんだよ。それにシルビーたちはテオで手一杯だから、余計な心配をかけたくないんだ」

「でも、ほんとにだいじょうぶかあとで様子を見に行くんだよね」獣医は好きじゃない。悪い人ではないが、つつきまわされたり変なものを突っこまれたりするのは、あまりいい気がしない。そんなぼくでも、病気のときに役に立つのはわかっている。それにぼくは大騒ぎするのが好きなタイプだ。

「もちろん行くよ。でもハナはだいじょうぶ。パパは大げさなんだよ」ジョージが木へ駆けだし、ネリーがすかさずあとを追いかけた。ぼくはちょっとむっとした。ハナが心配なだけなのに、あんな言い方はないと思う。みんなの無事を確かめたいだけなのに。

エルビスと一緒に茂みの陰に寝そべり、木登りして遊ぶジョージとネリーを眺めながらつかのまの平和で静かな時間を堪能した。

「ぼくって大げさかな?」エルビスに訊いてみた。

「おいおい、アルフィー、自分のことは自分がいちばんよくわかってるだろ。ただ、おれたちはみんなそう思ってるけどな」

「あまり高いところまで登るんじゃないよ」ぼくが大声で注意すると、ジョージがうるさそうに前足を払ってしりぞけた。

「ほらな」エルビスがひげを立てた。

Chapter 11

さすがにこのお仕置きはちょっと厳しすぎるんじゃないだろうか。カラフルなサインペンが並ぶキッチンのテーブルをサマーとトビーとヘンリーとマーサと囲み、クリスマス会のオーディションのポスターをつくらされるトミーを見て、ぼくは思った。

「いいか？」アレクセイの口調が険しい。「少なくとも十枚いる。書いてほしいことはメモしておいた。トミー、文字は小さい子たちより字がうまいおまえが担当してくれ。残りのみんなは字のまわりに目を引くようなクリスマスのものを描いてよ」

「目を引くって、どういう意味？」マーサが訊いた。

「見た人が参加したくなるような、すてきなものって意味だよ」アレクセイが説明した。「ぼくはこれからもう一度会場を見に行くけど、どこまで進んだか確認しに一時間ぐらいで戻ってくる」責任者の立場をまじめに捉えている。

トミーが不満そうにうめくのを見て、テオをあやすクレアが笑いをこらえている。アレクセイが出かけると、クレアはテオを抱いたままリビングへ向かい、ピクルスもついていった。ジョージはうちにテオがいるあいだ隣は静かになるだろうから、ハナに会いに行ってくると言っていた。つまり、ポスターづくりを監視するおとなは実質ぼくだけになった。

「よし、さっさとやっちゃおう。少しでも早く終わらせたい」トミーがぶつぶつ言った。

「なにを描けばいいの？」ヘンリーが訊いた。

「なんでもいいよ」トミーがため息まじりに答えた。

「なんでそんなにいやそうなの？　前は仲良しだったのに」ヘンリーが悲しそうだ。

「そうだよ」とトビー。「楽しかったのに」

「いまだって仲良しだよ。トミーはなにかの真っ最中なだけ」みんなの視線がサマーに集まった。トミーまでサマーを見ている。

「なにかって？」マーサが訊いた。

「ほら、十代のなにかよ。みんなもそのうち同じになるんだよ。あたしはならないけど。だって、あたしはすごくいい子だからトミーみたいにはならないの」ぼくはテーブルに飛び乗ってサマーに顔をこすりつけた。この子にはたまに感心してしまう。さすがのトミーも笑いをこらえて唇をひくひくさせている。

「なんでぼくがなにかの真っ最中だって思うの？」トミーの口調が穏やかになっている。

「ママとパパが話してたから。トミーはほんとはいい子だから、きっとだいじょうぶだって言ってたよ。でもパパは、もしこのままだったら、刑務所にいるトミーに会いに行くことになるって言ってた」

　トミーが吹きだした。そんなトミーをサマーたちはためらいがちに見ていたが、すぐ一緒に笑いだした。なにがおもしろいのか、わかってるんだろうか。ぼくもわからない。刑務所の話は聞いたことがあるが、楽しい場所とは思えない。シェルターにいる猫みたいにずっと檻《おり》に入れられるのだ。それに少なくともシェルターにはやさしく面倒を見てくれる人間がいるけれど、刑務所にはいない。

「わかったよ。ぼくはみんなと仲良しだし、最近はちょっと機嫌が悪かったけど、もうだいじょうぶ。みんなで見たこともないほどかっこいいポスターをつくれば、アレクセイも大喜びして偉そうなことを言わなくなる」

「そんなことないよ」とマーサ。「だって、あたしたちもオーディションに行くつもりだけど、選ぶのは自分とコニーだってアレクセイが言ってたもん」

「ぼくたちは選ばれないかもしれないってこと？」トビーが心配している。

「選ばれるに決まってるよ」ヘンリーが安心させた。

「そうだよ。あたしたちは天才なんだから」サマーが断言した。

「みんなはなにをやるの？」

「四人で『赤鼻のトナカイ』を歌うんだ」トビーが答えた。「かっこいいラップみたいな曲をやりたかったのに、クリスマスソングじゃなきゃだめだってママに言われたんだ」

「『赤鼻のトナカイ』をラップにすれば？」トミーが提案した。

「でもラップのつくり方なんてわかんないよ」とヘンリー。

「そうか。じゃあポスターをつくったら、あの曲をラップにするのを手伝ってあげようか？　みんなトナカイの格好をするの？」

「そのほうがいいなら」ヘンリーは気が進まなそうだ。

「するよ」サマーがきっぱり宣言した。

「ピクルスもトナカイになるよ。どうやって鼻を赤くしたらいいか考えないといけないし、トナカイの角はもう買ってあるんだけど、ママはピクルスが食べちゃうんじゃないかって心配してる」マーサが言った。

「きっと食べちゃうよ」トミーが笑った。笑うと本来の姿に戻る。ぼくはトミーに歩み寄り、顔をこすりつけて褒めてあげた。やっぱり変わってないんだ。

「ほんとに手伝ってくれるの？」トビーはまだ少し疑っている。

「うん。こんな感じにしてもいいんじゃない？　お鼻が真っ赤なトナカイは、いつも仲間外れ。いつもひとりで留守番。でもある真っ暗な嵐の晩、ヒーローになったその子の出番。うわ、思いつくままに言ってみたけど、けっこういいな」また笑っている。

「すごくすてき」マーサがかわいらしく褒めた。「男の子はラップをやって、歌はみんなで歌えばいいわ」

「それに、トナカイになったピクルスはすごくかわいいと思う」サマーが話を締めくくった。それはいいけど、ぼくとジョージとスノーボールとハナはどうなるの？　ぼくたちがなにをするのか、誰もひとことも触れていない。

戻ってきたアレクセイは、きれいに積みあげられたポスターに目を見張った。

「二十枚つくったよ」トミーがまた不機嫌な口調に戻っている。

「すごいじゃないか。どれもほんとによく描けてる」アレクセイに褒められ、子どもたちも嬉しそうだ。

チャリティークリスマス会　オーディション開催のお知らせ

ヘレン・ストリート・シェルターを支援する、クリスマス会のオーディションを行います。やりがいのある活動に協力してくださる方募集。どなたでも大歓迎。歌、ダンス、演技ができる方。十一月一日土曜日に教会ホールにお越しください。

クリスマス気分を盛りあげ、クリスマスに住む家のない人たちを励ましましょう。

のんびりしている暇はありません。いますぐご参加を！


星やツリーに加え、サンタの絵も描いてある。たしかにほんとによく描けている。

「オーディションの練習もしたんだよ」トビーが言った。

「偉いじゃないか」アレクセイに背中を叩かれ、トミーが顔をしかめている。「会場の準備は順調だけど、オーディションをして出演者を決めて、そのあとは舞台セットをどうするか考えたり、チケットを売ったりしなきゃいけない。仕事が山積みだよ」ちょっと元気がない。

「コニーはどこ?」マーサが訊いた。

「お母さんと出かけたよ。シルビーはいつもテオにかかりきりだから、クレアに子守りをしてもらってるあいだは、コニーとふたりで過ごしたいんだって」

「元気出して、アレクセイ」サマーが励ましている。

「トミー、ポスターを貼るのを手伝ってくれない?」アレクセイが尋ねた。

「いやだと言ったら、ママに言いつけるんだろ?」

「まあね。でも手伝ってほしいからで、告げ口したいからじゃない。それに、そうすればおまえも面倒を起こしてる暇がなくなる」

「ミャオ」トミーはなにかと面倒を起こす子だ。それは断言できる。


ポスターを貼りに行くアレクセイとトミーにぼくもついていった。トミーはいかにもいやいややっているように振る舞っていたが、アレクセイは頑《かたく》なだった。ポスターが街灯に貼られるのを見ていたら、むかしの記憶がよみがえった。数年前、近所で猫さらいが相次ぎ、猫を探す貼り紙が次々と街灯に貼りだされたことがあった。あのときはぼくが立てた計画が失敗し、安全な計画のはずだったのに、ジョージを危ない目に遭わせてしまったことではいまだに自分を許せていない。話せば長いし、最終的にはうまくいったとはいえ、今回貼りだされるポスターの内容がいいお知らせで本当によかった。

「うちの店にも一枚貼って、学校にもいくつか持っていったほうがいいな。おまえは停学中だから、やるのはぼくになるけど」アレクセイが言った。

「わざわざそれを言う？　自分でも意外だけど、早くまた学校に行きたいよ」

「そうなの？」

「友だちに会いたい。またサッカーをしたい。それに、一日じゅうひとりで家にいると、ちょっと退屈なんだ。お店で山ほどお皿を洗わなきゃいけないし。もう最悪だよ」

「ママにそう言えばいいのに、きっと喜ぶよ」

「知ったこっちゃないね」やれやれ、まただ。

「ぼくから言っておくよ。隣人監視活動をしてる家にも持っていこう。おそろいのセーターを着て、どこへ行くにも双眼鏡を持っていく夫婦の家に」アレクセイが誘った。ぼくは賛成の声をあげた。いいアイデアだ。グッドウィン夫妻は知らない人がいないから、オーディションの知らせもあっという間に近所に広まるだろう。

ぼくはグッドウィン家の玄関先でチャイムを鳴らすふたりのあいだに立って待ちかまえた。ヘザーとヴィクが同時に現れた。エドガー・ロードに来てから、この夫婦がひとりでいるのを見たことがない。うしろにサーモンもいたので、ひげを立て合って挨拶した。

「やあ、なにかよからぬことでもあったかな？」ヴィク・グッドウィンが尋ねた。

「よからぬことをしに来たんじゃないわよね。そんなタイプには見えないけど」ヘザーがつけ足した。

「お会いしたことがあるはずですが。アレクセイとトミーです、レストランの」アレクセイが戸惑っている。グッドウィン夫妻はアレクセイとトミーを見かけたことが何度もあるはずだ。なにしろこの夫婦はエドガー・ロードを四六時中監視しているようなものだし、二年前のクリスマスにこの通り全体が停電になってフランチェスカたちのレストランでみんなでランチを食べたときも会っている。

「ええ、そうね。でもだからって悪いことをしないとは言いきれないでしょう？」ヘザーの言葉に、ぼくはしっぽをひと振りした。ほんとにこの夫婦ときたら。

「チャリティークリスマス会をやろうと思ってるんです」アレクセイが言った。「それで、出し物をしてくれる人のオーディションをしたくて、ポスターをつくったんです」

　トミーはずっと足元を見ている。

「おふたりはこの通りで大事な役目を担ってるので、ポスターをお見せすれば、ひょっとしたら……」アレクセイがそつなく口ごもった。おだてに効果があると知っているのだ。

「わたしたちがオーディションに？　もちろん行くとも。この通りの住人にもひとり残らず知らせておこう。正直言って、そうとうな数を集められると思う」

トミーとアレクセイがすばやく目配せしている。

「ありがとうございます、助かります」アレクセイが言った。ふたりとも礼儀正しくしているが、笑いをこらえているのがわかる。

「オーディションではなにをするつもりですか?」トミーが尋ねた。

「そうだな、エドガー・ロードの合唱隊をつくれるかもしれない。それでクリスマスソングを歌うとか?」ヴィクが答えた。

「わたしたちはすばらしい声をしてるのよ、自分で言うのもなんだけど」とヘザー。

「それはすてきですね」アレクセイが言った。「牧師さんが聖歌隊もたぶんオーディションに参加すると言ってましたが、きっと歌うのは聖歌だと思います。おとながやるキリスト誕生の劇もやるつもりなんです、楽しいイベントになると思って。おふたりにも参加していただけたらすごく嬉しいです」

「なんだかわくわくするな」ヴィクがアレクセイが持っているポスターに手を伸ばした。

「もらっておこう。それと、改めて言っておくが、かなりの人数を集めてみせる」

「ありがとうございます」

「ミャオ」ぼくはサーモンに別れを告げた。クリスマス会をするというぼくのアイデアは、見事なほどうまく実現に向かっているようだ。

Chapter 12

ジョージを探しに隣へ行くと、上を下への大騒ぎになっていた。マーカスは顔を真っ赤にして泣き叫ぶテオを必死であやし、シルビーは電話中で、コニーは手を貸したいのにどうしていいかわからずうろうろしている。

「どうしたの?」ぼくは一気に不安になった。

「なんでもないよ」ジョージが答えた。「歯が生え始めてうずうずするせいで、しょっちゅう泣くんだ。シルビーがクレアに相談して、ポリーが薬を買ってきてくれることになってる。テオがずっと泣きっぱなしで、ここの家族はまともに頭が働かなくなってるから。ぼくとハナも同じだよ」

「じゃあ、心配しなくていいんだね?」でも心配だ。テオはいかにも痛そうに泣いている。

「ええ。赤ちゃんはみんなこうなるみたい」ハナは疲れているようだが、あんな声を聞かされつづけたら疲れてとうぜんだ。

「ふたりとも逃げずにいて偉いね」むしろ逃げないのが不思議だ。静かな場所へ解放してくれる猫ドアがすぐそこにあるのに。

「ここにいたかったの、もしものときに備えて」ハナが言った。

「ぼくはハナを置いていけない」とジョージ。

「そうだね」ぼくは帰ってもかまわないか迷っていると、玄関が開いてポリーとハロルドとスノーボールがやってきた。

「ああ、父さん。ごめん、うっかりしてた。買い物に行くんだったね。テオが一時間前から泣きっぱなしなんだよ」マーカスが困り果てている。ぼくが知る限りマットの次に穏やかな性格なのに、ストレスですっかり参っているのだ。

「だいじょうぶよ。テオをこっちへ。粉薬を買ってきたから。うちの子にもクレアの子どもたちにも、すごくよく効いたのよ。効かなかったときのために塗り薬も買ってきた」ポリーがテオを受け取り、シルビーに包みを渡した。シルビーが出した粉薬をポリーがテオの歯茎にこすりつけた。鼓膜が破れそうな大音響にもかかわらず、それは実に興味をそそられる光景だった。しばらくするとテオが泣きやみ、目を閉じたので、みんなほっとした。テオもぐったり疲れたのだろう。

「お湯を沸かすわね」どさりとソファに倒れこんだシルビーとマーカスにポリーが声をかけた。ハロルドはテオを抱いて肘掛け椅子に座っている。

「間が悪ければ、わたしは帰ってもいいぞ」ハロルドが言った。

「なに言ってるの。いてよ」とマーカス。「父さんはテオをあやす天才なんだから」

「この子はおまえの母親にそっくりだ。もちろんおまえにも似ているが、赤ん坊のころのおまえは母親によく似ていた」感傷的になっている。ハロルドの奥さんが亡くなったのは何年も前だが、悲しみは消えていない。その気持ちはぼくも痛いほどわかる。

「立派なおじいちゃんになった父さんを見たら、母さんもきっと誇りに思ったよ」マーカスが言った。その場にいる全員が感情的になっていた。たぶんテオから伝染したんだろう。

ようやく騒ぎがおさまり、コニーは宿題をしに二階に行ったので、ぼくは遅ればせながらスノーボールに挨拶した。

「ぼくは帰るね」ジョージが言った。「そろそろ夕食の時間だから」

「ぼくはもう少しいるよ」できればもうしばらくスノーボールと静かな時間を過ごしたい。そんなご褒美をもらえることをしたのかわからないが。

最近あったことをスノーボールに話しているうちに、話すことがたくさんあって驚いた。クリスマス会の準備を急ピッチで進めているので、みんなそれにかかりきりだ。どれほど忙しくても、七面鳥とぼくたちのごちそうを注文するのを誰かが覚えていてくれますように。

「わたしたちがなにをするのか、まだわからないの？」スノーボールもジョージの演技指導を受けさせられている。みんな笑わないようにしているが、はっきり言ってジョージの演技は最低なのだ。

「うん。来週のオーディションのあと決まるんじゃないかな。とうぜんぼくたちが主役になるだろうけどね」

「わたしたちもオーディションを受けなきゃいけないのかしら」

「まさか。それはないと思うよ」ぼくは言った。「だって、ぼくたちが欠かせない存在で才能があるのもみんな知ってるから、黙っていても役をもらえるに決まってる。でもそれはそれとして、オーディションにはみんなで行こうよ。しっかり見張っていなくちゃ。手を貸してあげないと、クレアたちがなにをしでかすかわからないからね」

「たしかにそうね。みんなで行きましょう、ジョージとハナと。ほかのみんなはほんとに参加する気がないの？」

「うん、ないみたい。猫らしくしてるのが好きな猫もいるからね」

「別にかまわないわ。きっとすごく楽しい会になるわ。ほんとにわくわくする。わたしたちには刺激が必要なのよ」

「そんなこと言わないでよ。刺激が多すぎて困ることもあるんだから」これは冗談ではない。


しょっちゅうハナの家に行っておばさんみたいな存在になっているスノーボールとしぶしぶ別れて家に帰ると、わが家も寝る前の大騒ぎになっていた。シルビーの家に静けさが戻ることはめったにないが、どうやらそれは伝染するらしい。

サマーとトビーがトナカイの歌をめぐって喧嘩している。

「なんであたしがひとりで歌うところがないの？」サマーが言った。

「みんなで歌ったほうがいいからだよ」トビーが言い返した。

「でもトビーとヘンリーはふたりだけでラップをやるじゃない」

「それはサマーがラップはやりたくないって言ったからだろ」

「ごまかさないで」

どうしてクレアが喧嘩をとりなさないのか不思議に思っていたら、寝室から大きな声が聞こえてきた。もめたときクレアとジョナサンは寝室へ行くが、やっぱりみんなに声は聞こえてしまう。

ぼくは子どもたちのことをジョージに任せ、おとなの問題を解決しに行った。

「とにかく、ぼくはオーディションになんか出ない。話は終わりだ」ジョナサンが言った。

「でも出なきゃだめよ。アレクセイとコニーにはとても大事なことだし、トミーにとっても、それにわたしにとっても大事なことなの。みんなで参加しなくちゃ」クレアはあきらめない。

「なあ、ぼくは歌も踊りも演技もできないんだぞ。ぜったい出たくない。そういうのは苦手だし、とにかく問題外だ」

「でもやらなきゃ」

「断る」

正直言って、このふたりはたまに子どもみたいに手がつけられなくなる。ぼくはベッドに飛び乗ってふたりを見つめ、やめるように伝えようとしたが、どちらもくだらない言い争いに夢中でこっちには目もくれない。

「チャリティーが目的で、すんなりいかないのはあなただってわかってるはずよ。わたしも精一杯手伝ってるけど、やることがありすぎるから、あなたにも協力してほしいの。オーディションが終わったら、進行表をつくって、小道具を選んでリハーサルをして、さらにチケットを売って軽食を用意しなきゃいけない。立派な目的があるんだから、ぜったい成功させたいの。だからお願い」クレアが気色ばむのも無理はない。どれだけたくさんやらなきゃいけないことがあるかこうして言葉にされると、愕然《がくぜん》としてしまう。ぼくのアイデアは天才的だったけど、山のような作業が必要だったのだ。

「できることはなんでもするよ。でも頼むからオーディションは勘弁してくれ」ジョナサンが態度をやわらげた。たしかに舞台にあがるのは向いてなさそうだ。

「ああ、もうどうしよう。やることが山ほどあるわ。うちのクリスマスの準備もあるのに、仕事を引き受けすぎたかもしれない。でもアレクセイに約束したし、必ず会を成功させたい。そうだわ、資金集めもしなきゃ。リストに書くのをうっかりしてた」両手で髪を梳《す》いている。ぼくはクレアからジョナサンへ視線を移した。そうだ、ジョナサンにできるのはこれだ。ぼくが知る限りジョナサンの会社はお金をもうける仕事をしてるんだから、クリスマス会に寄付してくれないだろうか。

「ミャオ、ミャオ、ミャオ、ミャオ」ぼくは大声で訴えた。

「アルフィーもあなたがオーディションに出るべきだって言ってるわ」クレアが言った。

「ニャッ」違うよ、そんなこと言ってない。ぼくはもう一度訴えた。「ミャウ、ミャウ、ミャウ、ミャウ」直接ジョナサンに話しかけ、その場でぐるぐるまわってきちんと伝わるようにした。

「なにか伝えようとしてるけど、そういうことじゃない。アルフィーはそんなふうにぼくを裏切ったりしない。ほかにぼくができることがあるって言いたいんだ」

ぼくは喉を鳴らし、そのとおりだと伝えた。

「そうだ、なんでもっと早く思いつかなかったんだろう。資金集めだけど、うちの会社にスポンサーになってもらったらどうかな。オフィスに募金箱があって、全国的なものだけでなく地元の慈善活動も援助しようとしてるんだ。だからクリスマス会のスポンサーになって、ポスターやチケットに会社の名前を書いてもらえれば、開催に必要な資金を提供できるはずだし、最終的にはそうとうな寄付も期待できる」

ぼくはちょっと疲れて横になった。よかった、やっと伝わった。できればもっと察しがよくなってほしいものだ。

「明日、頼んでみてくれる？」クレアが意気込んでいる。

「もちろん。まだアレクセイには言うなよ。でもきっと説得してみせる。うちの会社にとってはまさにうってつけだし、世のため人のためになることだからね。ただし、ひとつ条件がある」

「いいわよ、なんでも言って」

「オーディションには出ない」

「わかった」

どうやら全員の願いが叶ったらしい。ただ、ぼくの願いは完全には叶っていない。おなかが空いた。

「子どもたちは仲直りしたの？」夕食を食べながら、ジョージに尋ねた。

「うん、ぼくがちょっと手を貸したからね。サマーとマーサがオープニングでメンバー紹介をして、トビーとヘンリーはラップをやって、残りはみんなで歌うことになった」

「まったく、ぼくたちがいなかったら、みんなどうしてたんだろうね」

ぼくもジョージも身震いした。考えるまでもない。

Chapter 13

オーディションの日がやってきた。ぼくはわくわくすると同時にほっとしてもいた。わくわくするのは、ついにぼくたちがどんな役をやるのかわかるから。ほっとするのは、ここ数日アレクセイもコニーもクレアもピリピリしていたから。そのせいでぼくは頭がおかしくなりそうだった。

「誰も来なかったらどうする?」三人とも、何度もこのせりふをくり返した。でも大勢の人が来ると言ってくれてるんだから、心配しすぎだ。みんなで会場へ行くと、入口でラルフ牧師が待っていた。そしてすごく嬉しそうにドアを開けてなかに入れてくれた。明かりがついたとたん、最後に見たときよりはるかにきれいになっていてびっくりした。

「まあ、すっかりきれいにしてくださったんですね」クレアが感心している。さわやかな香りまでする。気分を盛りあげるために、ラルフはクリスマスソングもかけてくれていた。『ホワイトクリスマス』に合わせてぼくが体を揺するあいだに、みんなは会場のなかを見てまわった。

「人のためになる立派な活動ですからね。教区民の方たちも手伝ってくれました。オーディションには聖歌隊が参加しますし、みんなとても楽しみにしていますよ」にっこりしている。ラルフはいくつだろう。クレアやジョナサンより年上だが、ハロルドよりずっと若い。白髪で眼鏡をかけ、身なりがきちんとしている。ぼくはラルフに体をこすりつけた。力になってくれたお礼をしたい。

「よかった」アレクセイがほっとしている。

「わたしたちが座るテーブルを用意しない？　公開オーディション番組みたいに」コニーが提案した。

「エドガー・ロードで公開オーディション？」アレクセイが笑っている。

「いいわね。そうしましょう」クレアが会場の中央にテーブルを移動させた。

いまはぼくたちだけで、ジョナサンは家でサマーとトビーの面倒を見ている。でもあとで子どもたちを連れてくるし、ポリー一家も来る。シルビーとマーカスもハロルドとテオを連れてくることになっている。どうせ劇のスターはテオになるだろうけれど、みんなまだそのアイデアを思いついていないらしい。ジョージとハナとスノーボールもあとでみんなと来る。それにグッドウィン夫妻は約束を守ってオーディションに参加してくれそうな人を大勢集めてくれた。タイガーが住んでいた家に住むオリバーは、家族のバーカー夫妻もグッドウィン夫妻の合唱隊に加わったと話していた。フランチェスカ夫婦も来るし、トミーは一緒にSNSで宣伝している友だちのチャーリーを連れてくる。トミーはまだあまり乗り気じゃないものの、クリスマス会の手伝いが罰だということをしぶしぶ受け入れた。

ぼくたちを撮影してくれるといいんだけど。SNSでは猫がいちばん人気があるに決まってるんだから。ぼくたち猫が役に立つことといったら限りがなさそうだ。

クレアが〝オーディション審査員団〟と呼ぶ三人がペンとノートを持って席についた。ぼくもテーブルの上に座って舞台を見るつもりでいる。ぼくの手助けが必要なのはわかりきっている。ラルフは〝オーディション用の服〟に着替えて聖歌隊と合流するために帰ったので、どたばた騒ぎが始まるまでぼくたちだけであれこれ考える時間が少しできた。

「誰も来なかったらどうするの？」コニーが数えきれないほど口にしてきた言葉をまたくり返した。

「ミャオ」ぜったい来るよ。ぼくは保証した。でも開始時間が近づくにつれて、三人の不安が伝わってきた。だからジョナサンとポリーとマットが子どもたちを連れて現れたときは、ほっとした。

「順番待ちの列をつくってる人たちに襲われそうになったよ」ジョナサンが言った。「ヴィクとヘザーが、ぼくたちは関係者だと言ってくれたおかげで助かった」

「じゃあ、人が集まってるの？」とアレクセイ。

「いっぱいいるよ」サマーが舞台にあがって、くるくるまわりだした。

「よかった。そろそろ始めたほうがよさそうね」クレアが言った。「ジョナサン、それまで子どもたちをおとなしくさせておいてくれる？」

それは無理じゃないかな。サマーはマーサと舞台で踊りまわっているし、トビーはヘンリーと積みあげた椅子によじ登っている。結局ポリーが子どもたちの面倒を見ることになった。早くジョージとハナとスノーボールも来て、手伝ってあげてほしい。「トミーが来ないと始められないよ。動画撮影はあいつの担当で、オーディションの様子をインスタグラムやツイッターにあげることになってるんだ」アレクセイがうろたえた声をあげたとき、騒ぎ声が聞こえてトミーとチャーリーがやってきた。うしろにフランチェスカとトーマスもいる。

「外にいる人たちに動画を撮るって言ったら、いまからやってくれって言われて撮ってたんだ。これでテレビのオーディション番組みたいに行列の映像をアップできるよ」トミーはふくれっ面を忘れてしまったらしい。

「見てよ、みんなに手を振って歓声をあげてもらったんだ」チャーリーがつけ加えた。

みんなでチャーリーが見せた画面のまわりに集まった。たしかに大勢の人が大騒ぎしているように見える。ぼくもさすがにここまで集まるとは思っていなかった。

「上出来だわ」クレアが言った。「トミー、チャーリー、協力してくれてありがとう」

「今日は息子たちが誇らしいわ」フランチェスカがちょっと感激している。

「学校の子たちも何人か来てるよ」チャーリーがアレクセイとコニーに言った。チャーリーのわくわくしている様子が伝わってきて、みんなの気持ちもさらに高まっている。「てっきり興味はないと思ってたのに、そうじゃなかったんだ」

「じゃあ、始めましょう」クレアがパチンと手を叩き、残りの家族も到着してオーディションが始まった。

　オーディションはテレビでやっているオーディション番組とは似ても似つかない代物で、似てるところがちょっとでもあるとしたら、笑わずにはいられないほど下手な人がいたことだ。ぼくたちも毎週土曜日の夜、家でその番組を観ている。ぼくには理解できないものもあるし、途中で寝てしまうことが多いけれど、ジョージは大好きであとで全部話してくれる。それを思うと、あの子はほんとに舞台の世界が好きな猫なのだ。

　公平に見れば、オーディションはそれほどひどいものじゃなかった。ただ、男の人がやろうとしたジャグリングとかいうものはクリスマスとなんの関係もないだけでなく、その人はクリスマスらしい服も着ていなかったし、ボールを投げるたびに落としていた。

「ありがとうございました」またしても落としたボールを拾う男の人にクレアが告げた。

「次の方」

　スーツにシルクハットをかぶった年配の男の人が、いろんなものを持ったロングドレスの年配の女の人と舞台に歩み出た。かなり歳を取っていて、歩くのもかなりゆっくりだ。

「わたしは手品師マービン。こちらは美しいアシスタントのドリーです」マービンが大げさな身振りをつけて自己紹介し、杖を振った。

「こんにちは」クレアが挨拶した。「訊かなくてもなにをなさるかわかる気がします」

これもクリスマスとどんな関係があるのか、さっぱりわからない。

「まずは、このウサギを消してご覧にいれましょう」手品師マービンの言葉で、ドリーが舞台にテーブルを置き、大きな袋からウサギを出した。よかった、ぬいぐるみだ。マービンがウサギをテーブルに置き、シルクハットを脱いでかぶせた。

「帽子にウサギを入れるんじゃなくて、帽子から出すんだと思ってた」アレクセイに小声で話しかけられたコニーがシーッと言っている。

「アブラカタブラ！」マービンが唱え、帽子の上で杖を振った。そして自信満々で帽子を持ちあげたが、ウサギはまだそこにあった。

「ドリー、手品のタネは仕込んだのか？」マービンの顔が赤い。

「ええ、そのつもりだけど」ドリーがあわてている。「次の手品をやりましょう、急いで」

ジョナサンとマットとトーマスが肩を震わせて笑っているのを、ぼくは見なかったことにした。

「そうだな、えーと、お次はウサギを花に変えてご覧にいれましょう」

みんなで注目したが、ウサギはウサギのままだった。マービンがまた顔を赤くして、うろたえ始めた。ぼくにはなにがどうなっているのかわからず、見たところ手品師マービンも同じようだった。

「では最後に、美しいアシスタントのドリーをのこぎりで半分にしてご覧にいれましょう」

のこぎりを差しだすドリーを見て、その場にいた全員が震えあがった。

「もう結構です」クレアが叫んだ。「どうもありがとうございました。手品はやらないと思います、クリスマス会なので。でもほかのかたちで参加していただけたら嬉しいです」

「サンタを消しましょうか？」マービンが申しでた。

とうていできるとは思えない。

つづいて五人ぐらいの同級生が舞台に出てきたのを見て、アレクセイとコニーがほっとした顔をした。

「やあ」アレクセイが声をかけている。

「アレクセイ、コニー、そしてもうひとりのレディ」ひとりが一歩前に出た。「『ドラマー・ボーイ』をやります。ただしジャスティン・ビーバーとバスタ・ライムスのバージョンで」少年が咳払《せきばら》いして携帯電話をいじると、音楽がかかった。歌はとてもよかった。アレクセイとコニーが笑顔で顔を見合わせ、クレアはぼくに向かってにっこりした。

「これがあれば今風になるね」アレクセイがクレアにささやき、クレアもうなずいている。

つづいて舞台に現れたのは、どうやら地元で有名なダンスグループらしく、舞台を埋めるほど大勢の少年少女の踊りは本当にすばらしかった。ひとりは頭でまわることまでしたので痛そうだったけれど、本人は平気らしい。

「どんどんレベルが高くなっていくわね」コニーが小声で言った。

次に出てきたヴィクとヘザーの合唱隊はほとんどがエドガー・ロードの住人で、歌った『クリスマスの十二日間』は実のところかなりの出来だった。

「ありがとうございました」歌が終わったところでクレアが声をかけた。

「いやいや、こちらこそ。今日は衣装の準備が間に合わなかったが、出演させてもらえるならそろいの衣装を着よう」ヴィクとヘザーは今日もおそろいの服を着ているが、ほかのメンバーが巻きこまれるのも時間の問題らしい。

次に現れたラルフの聖歌隊は、ほれぼれするような声で『きよしこの夜』を歌った。本当に見事な歌声で、会がかたちになりつつあるのが感じられた。

サマーとトビーとヘンリーとマーサがピクルスを連れて舞台にあがり、上手に『赤鼻のトナカイ』を歌ったときは拍手喝采になった。ラップでさらに盛りあがったが、ピクルスはあたりのにおいを嗅いでうろうろし始め、舞台から落ちなかったのは幸いだった。

「ママたちも来たわ」子どもたちの歌が終わったところでコニーが言った。

「オーディションを受けに来たわけじゃないのよ」シルビーがちょっとあわてている。

「応援しに来ただけ」

「そんなこと言わないで」コニーが訴えた。

「実は、テオに赤ちゃんのイエスをやってもらえないかと思ってるんだ、テオは赤ちゃんだから」アレクセイが打ち明けた。

「でもテオはオーディションを受けられないよ」マーカスが応えた。「なにしろ赤ちゃんだからね」

「ぼくより上手にできるはずないよ」ジョージが小声でハナに話しかけている。

「その必要はないよ、もうイエスをやることは決まってるから。あとはほかの役を決めればいい」アレクセイが言った。

「いま台本を書いてるの。少し今風にアレンジするつもりよ」とコニー。

「あまりめちゃくちゃな話にしないでね」フランチェスカが釘《くぎ》を刺した。

「だいじょうぶ。意味のある楽しいものにして、歌も加えるつもり。きっとすてきになるわ」コニーが応えた。

クレアが劇のオーディションを受けたい人を集めた。会場はまだ驚くほど人であふれ、オーディションがすんだ人まで見物している。早くもみんな盛りあがっているらしい。それにクリスマスソングを聞いたせいで、ぼくも本格的にお祭り気分になってきた。

劇のオーディションにしぼられたので、舞台にあがるのは役者だけになった。どのぐらいせりふがあるのか知らないが、全員思うところがあるらしい。ひとりの男の人は、ぬいぐるみの羊まで持参していた。

「こんにちは、フレッドといいます。羊飼いの役をやりたいと思ってます」

「ありがとう、フレッド。始めてください」クレアが笑いをこらえている。

「いい子だ、いい子だ」羊に向かって同じせりふをくり返すフレッドに、みんなどう反応していいかわからなかった。

次から次へと舞台にあがる人がいた。そのあいだ、クレアとアレクセイとコニーはずっとメモを取っていた。なにを書いているのかわからないが、ぼくも審査員の一員だし、少なくともそう思いたい。字は読めなくても、特に上手な人がいたときはつついて教えることはできる。ただ、いまのところ、あまりつつく機会はない。

ハロルドが舞台に登場したのは意外だった。小刻みな足取りでゆっくり舞台の中央に向かっていく。ハロルドは出しゃばるタイプじゃない。日曜日の昼食会のアイデアをクレアに打ち明けさせるのに、かなり苦労させられたほどだ。自信満々でないのは明らかなのに、それでも会に参加したいと思ってくれている。

「こんにちは。お名前と希望する役を言ってください」アレクセイが言った。

「わたしの名前は知ってるだろう」

「ええ、でも知らない人もいるかもしれないわ」クレアが助け舟を出した。

「そうか、それもそうだな。名前はハロルドだ。そこにいるコニーの祖父で、サンタのオーディションを受けに来た」

「いやだ、サンタをリストに入れるのをうっかりしてたわ」コニーがあわてている。

「とんでもない話だ。クリスマス会にサンタがいなくてどうする」ハロルドの声が響き渡った。

「そうよ」とクレア。「サンタの登場をエンディングにしたらどうかしら。ラストで『クリスマスおめでとう』みたいな歌をみんなで歌って、サンタにお菓子を配ってもらうの。クリスマス恒例の劇でやるみたいに」

「わたしは歌は歌わないぞ」ハロルドが言った。

「じゃあ、代わりに子どもたちに歌ってもらって、ハロルドは客席に向かってお菓子かなにかを投げればいい」とアレクセイ。「最高のエンディングになる」

「最高のエンディングになるなら、喜んでやろう」ハロルドが得意そうだ。

「よかった。〝ホー、ホー、ホー〟って言える？」とコニー。

「ホー、ホー、ホー」ハロルドが練習してきたように、よく響く声でくり返した。

「すごい、ありがとう。追って連絡します」アレクセイが言った。

「もう終わりか？」ハロルドが訊いた。

「ええ、すごくよかったわ」クレアに言われ、ハロルドは戸惑った顔をしていたが、ふたたびゆっくりした足取りで舞台をおりていった。

だんだん退屈してきて、ぼくはテーブルの上で横になった。オーディションは延々つづきそうで、大事なのはわかるけど、劇のせりふはもう聞き飽きた。昼寝でもしようかと思っていたとき、ぞっとして目が覚めた。ジョージとぼくを脅したあの年配の女性が舞台に出てきたのだ。

「バーバラといいます。舞台のお仕事は経験豊富です。以前住んでいたところでは、地元のアマチュア劇団に何年も入っていました。演技指導をしたこともあります」

「そうですか。それはすてきだわ。始めてください」クレアが言った。

「生きるべきか死ぬべきか、それが問題だ――」

「なにあれ？」アレクセイがささやいた。

「『ハムレット』のせりふよ」とコニー。

「それはわかるけど、ハムレットは男だし、クリスマスの劇にはなんの関係もない」

クレアがふたりを黙らせたあとも、バーバラは舞台をうろうろ歩きながら、ぼくにはさっぱり理解できないことをしゃべりつづけた。外国の言葉だろうか。

寝てしまいそうになるほど長々としたせりふを終えたバーバラがいきなり舞台に倒れこみ、あたりが静まり返った。クレアもアレクセイもコニーもぽかんと口を開けている。

「死んじゃったの？」見物席から声がした。

「道をあけてくれ」ヴィク・グッドウィンが近づいてきた。ヘザーもついてくる。

「応急処置の訓練を受けている」ヴィクが舞台に駆けあがり、バーバラに触れた。「余計なことをしないで。まだ演技中なのよ」バーバラが体を起こした。ジョナサンとマットとトーマスがまたしても笑いだし、フランチェスカが肘でついて黙らせている。助けようとしたヴィクとヘザーをはねのけてバーバラが立ちあがり、お辞儀した。

「まあ」クレアが口を開いた。「なんと言うか、その、こういうものは初めて見ました」

「ありがとう」バーバラがお礼を言ったが、褒め言葉だったんだろうか。

「ええと、じゃあ、これで終わりみたいですね」アレクセイが言った。「みなさんすばらしかったです。来てくださってありがとうございました。全員になにかの役をやっていただくようにします。地元のイベントですし、シェルターのためにお金を集めるのが目的ですから」拍手喝采があがった。アレクセイは自分の仕事をしっかり切り盛りし、あとで連絡できるように全員に名前と連絡先を残していくように頼み、クレアは裏方仕事を手伝いたい人はいまのうちに教えてほしいと頼んだ。

ちょっと待って、なにか変だ。ぼくはテーブルから飛びおり、スノーボールとジョージとハナに話しかけた。

「ねえ、誰もぼくたちの話をしなかったよね」

「アルフィーが審査員をしてたからじゃない?」ハナが言った。

「でもさ、ぼくたちには出る気がないと思われてたらどうする？」とジョージ。「ぼくはみんなのなかでいちばん舞台の経験があるんだから、出てほしいと思ってもらわなきゃ」

「そうだね。出たがってると伝えたほうがいいかもしれない」

「どうやって？」スノーボールが訊いた。

「急いで、みんながいるうちに舞台にあがろう」ぼくはジョージたちと舞台へ向かった。

「行くよ、みんな」そして小声で話しかけた。「できるだけ大きな声を出すんだ」

「ミャオ、ミャオ、ミャオ」猫の聖歌隊みたいだ。会場が静まり返った。

「なんなの？」バーバラが声を張りあげた。

「どうやらあの子たちもクリスマス会に出たいらしい」ジョナサンが答え、マットとトーマスと一緒に大声で笑いだした。楽しくて笑っているんだといいけど。ぼくたちを笑ってるんじゃなく。

「もちろんアルフィーたちにも出てもらうわよね、アレクセイ」フランチェスカが言った。

「うん、ママ。うっかりしてた」アレクセイがクレアに話しかけている。

そうだよ、忘れてたなんて信じられない。

「録画してるから、そのままつづけて」トミーが言い、チャーリーをつついた。「ＹｏｕＴｕｂｅで金の盾をもらえるぞ」手伝うのはいやだとさんざん文句を言ってたくせに、たまにいやがるのを忘れてしまうようだから、手伝いはほんとに効果があるかもしれない。

ぼくたちは鳴いたりもったいぶった歩き方をしたりしながら動きまわり、ジョージは何度かジャンプまでした。ハナはちょっと恥ずかしそうでスノーボールのそばを離れずにいたが、気持ちは伝わったと思う。そして少し疲れるまでやめなかった。ついに足をとめたとき、拍手喝采が起きた。

「猫たちもオーディションを受けてるわ、なんておもしろいの」誰かが言った。

「こんなにおもしろいもの見たことない」

「本物の猫が劇に出るなんて聞いたことないわ」バーバラが吐き捨てるように言ったが、すぐ言い負かされた。

「もちろんあの子たちにも出てもらわなきゃ」コニーが言った。

「忘れてたなんて信じられない」アレクセイが首を振っている。

ぼくも信じられない。ジョージは軽快なダンスみたいなものをやり、ハナは勢いよくしっぽを振って、スノーボールは床で転がっている。床はみんなの靴でちょっと汚れているから、やめたほうがいいかもしれない。ぼくは舞台の中央へ行き、腰をおろしてお辞儀みたいに頭をさげた。すぐにジョージたちもやってきたので、一列に並んで終わりにした。

「ねえ、急に史上最高のクリスマス会になる気がしてきたよ」トミーが満面の笑みを浮かべている。

「ミャオ」お礼なんて言わなくてもいいよ。

Chapter 14

オーディションが終わるとクリスマス会のかたちが見えてきて、みんな活気づいた。翌日クレアはみんなをうちに呼び、二階で子どもたちが歌の練習をしているあいだ——これから数週間、ずっと聞かされるはめになりそうだ——ぼくたちおとなはまとめ役のクレアとアレクセイとコニーを囲んでリビングに集合した。

トミーは部屋の隅で、また不機嫌な顔をしている。

「思ったよりかなり大がかりになりそうなの」クレアが口を開いた。「力になりたいと言ってくれる人が殺到したから、できれば全員に参加してもらえるようにしたい」

「でも、期待にそえない人も出てくると思うよ」アレクセイが言った。「テレビのオーディションだってそうでしょ」芸能界かぶれのジョージに感化されたんだろうか。

「そんなに集まってるのに、まだぼくも手伝わなきゃいけないの?」トミーが訊いた。

「そうよ」フランチェスカがにべもなく答えた。「いつまでもごねていないで、今度ばかりはいいことにつき合いなさい」

トーマスがフランチェスカの腕に触れ、夫らしさを見せた。

「あのどうしようもない手品師はどうするんだ?」とジョナサン。

「マービンとドリーは劇に出てもらうつもり。ジャグラーのピーターも」コニーが答えた。

「調べてみたら羊飼いは何人いてもいいみたいだから、余った人は羊飼いをやってもらおうと思ってる。そうすれば、みんな劇に出られるからね」アレクセイが説明した。

「進行はこんな感じで考えてるの。オープニングはクリスマスらしいダンスをやろうとしてるグループで、次は学生の歌にして、次はサマーたちとピクルスの『赤鼻のトナカイ』。劇はその次でどうかしら。少し目新しい内容になるようにアレクセイとわたしで台本を書くつもりだけど、気を悪くする人が出ないようにするわ。劇の前半が終わったところで、ラルフの聖歌隊に『きよしこの夜』を歌ってもらう。そのあとやる劇の後半にも歌を入れるわ。最後はサンタと子どもたちが舞台に出てきて、お菓子みたいな危なくないものを客席に投げてもらって、そのあとみんなで『おめでとうクリスマス』を歌うの」コニーが前に置いた進行表を見ながら説明した。こんなに自信のある口調は初めて聞く。

「言うことないよ、上出来だ」マットが言った。

「わたしがなんの役をやるのか、早く知りたくてうずうずするわ」とポリー。

「ミャオ！」今日もまだ誰もぼくたち猫の話をしていない。

　クレアとアレクセイとコニーが目配せし合った。

「アルフィーたちにはぜひ羊をやってもらいたいの」クレアが慎重に口を開いた。

「そう。羊になって羊飼いと出てきてくれないかな。すごく大事な役だよ」とアレクセイ。

「欠かせない役とも言えるわ」クレアがつけ加えた。

冗談じゃない。羊？ 本気で言ってるの？

何年か前、ジョージとデヴォンにある別荘に行ったとき、羊の群れに踏みつぶされそうになったことがあるから羊なんかぜったいやりたくない。ほかにもっとぼくたちにふさわしい役はないの？

「それに、もちろん羊のダンスをしてもいいのよ」コニーが持ちかけた。

「羊のダンス？」アレクセイが尋ねた。ぼくも同じ疑問が浮かんでいる。

「ほら、昨日この子たちがやったようなことよ。転がったりステップを踏んだり。おもしろいし、そのあと羊飼いに集めてもらえば、もっと本物らしく見える。羊飼いの言うことを聞くように練習してもらわなきゃいけないから、簡単にはいかないかもしれないけど」

失礼な。ぼくたちには指示が理解できないと思ってるの？ どうしてみんないつまでたってもぼくたちを見くびるのか理解に苦しむ。そもそもクリスマス会はぼくのアイデアだ。

「ふわふわの白い毛を着せればいいわ、羊らしくなる」シルビーが言った。

嘘《うそ》でしょ。服を着るのは好きじゃないし、ジョージも同じだけど選択肢はなさそうだ。

多少なりとも羊に似てるのはスノーボールだけで、それはあくまで毛が白いからだ。

「きっと衣装はドリスが手伝ってくれるわ。いつも編み物をしたりなにかつくったりしてるから」クレアがメモを取っている。

とうてい納得できないが、劇に出たければとりあえず受け入れるしかなさそうだ。ここにいないジョージたちに教えたときの反応が目に浮かぶ。たしかに羊は猫ほどかっこよくないかもしれないが、やるしかない。会を成功させるためなんだから。ぼくはなんとか自分を納得させようとしたが、納得できる自信がなかった。

「とりあえず配役と進行表は後回しにして、ほかにも話があるの」クレアが切りだした。

「なんだい？　スポンサーは決まっただろう？」とジョナサン。

「ええ、おかげでクリスマス会もちゃんとできそうだし寄付も集まりそうだから、すごく感謝してる」クレアがジョナサンをハグした。

「オンラインでチケットを売ろうと思うんだ。そのほうが簡単だし、寄付をつのるページもつくるから、それをポスターやSNSで宣伝する必要がある」アレクセイが説明した。

「SNSの担当はトミーよ」とコニー。

「台無しにしないでくれよ」アレクセイが釘を刺した。

「しないよ」トミーはそう答えたが、誰も確信が持てなかった。

「本番用に、子どもたちがオーディション用に描いてくれたみたいにすてきな、でももう少しおとな向けのポスターが必要ね」クレアが言った。

「それにスポンサーになってるぼくの会社のロゴも入れてもらわなきゃ困る。一枚残らずね。会社名を宣伝したがるはずだ」ジョナサンは自分が勤める会社がスポンサーになったことをなにかにつけて持ちだすようになった。ジョナサンの辞書に謙遜という文字はない。もともとはぼくのアイデアだったのに。

「それは問題ない」マットが応えた。「ポスターのデザインは任せてくれ。いろんなSNSにポスターのデータを貼りつければいいし、紙のコピーは貼れる限りのところに貼ればいい。ところで、ひとつ提案があるんだが、シェルターを利用している人にもクリスマス会を楽しんでもらう方法を考えないか？　チケットを買わなくても見てもらえるように」

「マット、すごくいい考えだわ。衣装をつけた最終リハーサルに招待したらどう？　それと、セットのデザインはわたしにやらせて。そういう仕事をしてるんだもの」ポリーはインテリアデザイナーだ。「クリスマスツリーの森みたいにしたらどうかと思ってるの。壁につくり物の雪や星をつけて。劇をやるときは馬小屋か小屋みたいなものを用意して、サンタが出てくるラストシーンは舞台をリビングルームにしたてて、大きなツリーのまわりにサンタがプレゼントを並べているところに子どもたちが入ってきてサンタを見つけるの。そのあとフィナーレの歌になれば、すてきだと思わない？」

「セットが三つというのは欲張りすぎじゃないか？」マーカスが質問した。

「それがね、舞台を見たらもうカーテンがあったのよ。だから場面転換とカーテンの操作を手伝ってくれる人の数がじゅうぶんそろえば、なんとかなると思う。なにしろまともな劇場と違ってしゃれたセットはつくれないから」

「すばらしいわ」シルビーが言った。「わたしたちにできることがあったら言ってね」

「実は、お願いがあるの。ママとマーカスでマリアとヨセフをやってくれない？」コニーが打ち明けた。

「え？」マーカスがぎょっとしている。

「テオがいるからね？」テオはハロルドの腕のなかで眠っている。自分が主役のひとりとは夢にも知らずにいる。

「そうよ、ママ。だってテオが舞台の上で泣きだしたらどうすればいいの？　知らない人に抱きあげられたら、とんでもない騒ぎになりかねないわ」

「あのジャグラーだったら、きっと落としてしまうぞ」ジョナサンが笑ったが、クレアのひとにらみで口をつぐんだ。

「でも、マリアはママがやるとしても、ヨセフはほかの人に頼んだら？　ぼくはトーマスのセットづくりを手伝うつもりだったんだ」マーカスがうろたえている。

「こっちの手伝いもやればいい」トーマスが唇をひくひくさせている。「両方できるさ」

マーカスがトーマスをにらんだ。

「いいじゃないか」ジョナサンが横から口を出した。「ヨセフ役にぴったりだ。衣装はどうする？」こういうときのマットとジョナサンとトーマスは子どもみたいになって、三人とも笑いをこらえている。

「みんなに楽しんでもらえるように、衣装は今風にアレンジするつもりなの。頭にふきんを巻いたりせずに。ママの衣装はファッションに詳しいママに任せるわ」

「詳しくはないけど、精一杯やってみるわ」シルビーが謙遜した。

「裁縫は任せて」フランチェスカが言った。「喜んで協力するわ」

「パパとマットは羊飼いになってよ。テオと同じでアルフィーたちもふたりをよく知ってるし、羊飼いが多いからまとめてほしいんだ。ポリー、セットを担当してくれるのはわかったけど、宿屋の主人もやってくれないかな。ほら、『うちの宿に空き部屋はありません』って言う人。〝宿〟より今っぽい言い方にするつもりだけど」アレクセイがつづけた。

「ネットカフェとか？」ジョナサンが笑っている。

ぼくはじっと聞き耳を立ててた。会のためにやらなきゃいけないことがたくさんあるのだ。てっきり二曲ぐらい歌を歌って、ちょっとしたお芝居でもする程度の簡単なものだと思っていたのに、どんどん複雑になっている。衣装、セット、進行表。どれも時間も労力もかかるもので、それに一丸となって取り組む家族を見ていると誇らしさで胸がいっぱいになった。心が温まる。だから役に立てるならあまり文句を言わずに羊にもなろう。ひとことも言わないわけじゃないけど。

ジョージに起こされてまばたきすると、みんな帰ったあとだった。いつのまにか眠ってしまったらしい。

「ああ、もう終わったんだね」ぼくは伸びをした。

「ずっと寝てたの？」

「まさか。大事なところは聞いてたよ」せめてそうであってほしい。「みんなが意見を言い合うのを聞いてたら疲れちゃっただけだ。でも、とりあえずぼくたちがなにをやるのかはわかった」

「なに、なに？　教えて！」興奮すると子どもみたいになる。

「羊だよ」なんだかジョージとまともに目を合わせられない。

「羊？」

「そう。劇には羊飼いが出るから、ぼくたちはその羊になって、一緒に赤ちゃんのイエスに会いに行くんだ」

「なんでクリスマスの劇には猫の出番がないのかな」不満そうだ。「猫のまま出られるようにしてもらえないかな」

「ジョージの演技力を見せつけてみたら？」ぼくは茶化した。

「うん、そうだね、それがいい。でも自分のことを心配してるんじゃないんだ。舞台の経験と生まれ持った才能があるぼくなら羊になるぐらいなんでもないけど、パパとスノーボールとハナには難しいかもしれないよ。ぼくがみんなの力になるしかなさそうだね」

言葉がなかった。でもジョージは違うらしく、役作りや自信の持ち方について語り始めた。羊になった自分にどうやって自信を持てばいいんだろう？　羊みたいに鳴くこともできないのに。ジョージにだってできないはずだけど、言うのはやめておこう。メーと鳴いた経験がないのはお互いさまだ。

外は寒くてひどい天気だったし、どちらも疲れていたので、そのあとはずっと家にいた。子どもたちがクレアとジョナサンに『赤鼻のトナカイ』の練習の成果を見せに来たときは、ピクルスの代役をやらされたジョージがいやそうにしていた。天才役者を自称するジョージも、さすがに歌のあいだずっと迷惑顔だった。

クレアとジョナサンは計画の細かい点についてあれこれ相談していた——どれぐらいのお金が必要か、いくらぐらい集めたいか、チケットの値段はいくらにすればいいか、SNS以外でどんなふうに宣伝し、どんなポスターを用意するか。クレアは地元の新聞に連絡して記事にしてもらえないか訊いてみると言った。ジョナサンは会社の人にチケットを買ってもらえないか頼んでみるらしい。さらに、シェルターのホームレスの人たちにあげるプレゼントを寄付してもらえるように、会場に専用の場所を用意する相談もしていた。いいアイデアがたくさん出て、ぼくはとにかく誇らしくて嬉しかった。なにしろ大勢の人の力になれるだけでなく、全部ぼくのアイデアなんだから。

もう話したかな？

Chapter 15

　スノーボールは笑いだしたが、ぼくには笑いごとではなかった。羊の件を聞いて、羊の格好をさせられることさえ笑える話だと思ったらしい。てっきりぼくみたいに侮辱された気分になると思っていたのに、おもしろがっている。

「元気出して、アルフィー。チャレンジ精神を忘れたの？」

「でも、羊だよ？　天使の役だってできるのに。天使はいいものだってみんな知ってるからね。なのに羊なんて。走りまわって草を食べるぐらいしかやらない連中だ」

「羊に詳しくなったの？」

「話したでしょ、別荘に行ったとき羊に遭遇して――」

「ええ、聞いたわ。改めて話してくれなくてもだいじょうぶ」スノーボールが途中でさえぎった。「アルフィー、クリスマス気分はどこへ行ったの？」

「あーあ、こんなことになるんだったら、クリスマス会のことなんか思いつかなければよかった」どうしてこんなにむしゃくしゃするのかわからないが、これだけ頑張ってきたんだからもっと目立つ役をもらえると思っていた。羊なんてその他大勢の取るに足りない役にすぎない。考えれば考えるほど気が進まない。

「自分のことばかり考えてはだめよ。ハロルドが言ってたわ、今回のことはすごくホームレスの人たちのためになるし、だからこそやってるんだって。ホームレスの問題に関心とお金が集まれば、ヘレン・ストリート・シェルターにいる人たちはクリスマスにすてきなディナーを食べられるし、暖かい服やプレゼントだってもらえるかもしれない。普段はもらえないものをね。そういう人もいるのよ。わたしたちは自分がどれだけ恵まれているか忘れてはいけないの」険しい視線を向けられ、ぼくは反省した。

「そうだね、きみの言うとおりだ。たまに自分のことばかり考えてしまう」恥ずかしい。

「そういえばさっきハロルドが電話で話してたけど、あとでみんなでシェルターに行くみたいよ。小さい子たちはシルビーが預かって、残りのみんなはスタッフの仕事を手伝ったり、今度のクリスマス会で支援する人たちに会ったりして、会の目的を伝えるんですって」

「ぼくたちも行けるのかな？　ぼくたちも連れていくって言ってた？」

「いいえ、さっき言ったばかりでしょう。わたしたちより大事なこともあるの」

「そんなのわかってるよ」またむしゃくしゃしてきた。「でも、ぼくたちも一緒に行けるに決まってる」置いていくはずがない。

「ハロルドたちにその気があるのかわからないわ」

「だからって、行かない手はないよ」

ジョージを説得するのにたいして時間はかからなかったが、ハナは疲れていると言って留守番することになった。

「ハナはだいじょうぶなの?」家に戻ったぼくはジョージに尋ねた。

「いつもより疲れてるけど、きっとテオのせいだよ。あの家ではみんなよく眠れないんだ」

「そうか、たしかにそうだね。早くテオがよく寝るようになって、みんなもゆっくりできるといいね」

「とにかくぼくはシェルターに行きたくてたまらないから、ハナにはあとで話してあげると言ってきた。力になろうとしてる人たちに会えるのはいいことだよね、事情がもっとわかるから」

「偉いね」ぼくは感心して前足でぽんぽんと叩いてやった。スノーボールは正しかった。ぼくは自分のことばかり考えて、クリスマス会の本来の目的をあまり気に留めていなかった。大事なのはぼくたちが目立つことじゃなくて、家のない人たちのためにお金を集めて、活動を世間のみんなにも知ってもらうこと。それに大切な存在と過ごす時間が増えるというおまけがつくことなのだ。ぼくが主役になることじゃない。スノーボールに注意されたように、自分のことばかり考えていてはだめだ。ただ、これをスノーボールに言うつもりはない。スノーボールは正論が大好きで、それが的を射たときは話がとまらなくなる。

シルビーは留守番になったが、ひとりで子どもたちを見るのは大変なのでマーカスも残ることになった。スノーボールを連れたハロルドがうちに来たとき、ぼくたちはいつでも出かけられる準備ができていた。フランチェスカ一家が住む家はここよりシェルターに近いので、向こうで待ち合わせている。ジョナサンとマットが車を出すことになっているが、ぼくたちの話は誰もしていない。

「ぼくたちを連れていく気がなかったらどうするの？」ジョージが言った。

「ジョナサンが来るのを待ちかまえて、車のドアが開いたら飛び乗ろう」

「いい考えだわ、アルフィー」スノーボールはさっきのぼくの自分勝手な発言をなかったことにしてくれたらしい。

車に乗りこむみんなと一緒に、ぼくたちも飛び乗った。

「クレア、猫は連れていけないよ」ジョナサンが言った。

「ミャオ」なんでだめなの？

「猫はなかに入れられないと言われたら、車に残しておけばいいわ。でもいまこの子たちをおろそうとしたら、フランチェスカとの約束に遅れてしまう」クレアが応えた。つまり、ぼくたちも行けるということだ。出かけるときのクレアは、いつもよりいくらかぼくたちに甘くなる。

「なんでいつもひと波乱起きるんだ？」ジョナサンがぼやいたが、うしろの席に一緒に乗っているハロルドは笑って撫でてくれた。ぼくたちも一緒に行くのを喜んでいる。少なくともそういう人がひとりいてよかった。

シェルターを訪ねるのは初めてだった。それどころか、犬や猫用だけでなく人間用のシェルターがあるのも知らなかった。ヘレン・ストリート・シェルターはすごく大きな建物で、少なくとも外からはそう見えた。車が停《と》まり、みんなでおりた。閉めだされたくないので、誰かの脚にぴったりくっついていた。ぼくにくっつかれたジョナサンはあまり嬉しそうじゃなかったが、ほかにどうしようもない。

「あら、アルフィーたちも連れてきたの？」フランチェスカが戸惑っている。

「しかたなかったのよ、どこにでもついてくるから。かまわないかスタッフに訊いてみないと」

「ミャオ」かまわないに決まってる。ぼくたちを見たら、きっと大喜びする。

「抱いていたほうがいいんじゃないか？」ジョナサンがぼくを抱きあげた。ハロルドはスノーボールを、クレアはジョージを抱きあげた。

「じゃあ、入るよ」アレクセイが言った。「いたたまれない気分になるかもしれないけど、みんな普通の人たちだよ」口調がしっかりしていて、子どもっぽさがない。ぼくは誇らしかった。

　行儀よくするようトーマスに目で注意されたトミーは、建物に入ったときほんとにちょっと悔い改めているようだった。一風変わった調査隊のリーダーを自任するアレクセイを先頭に、広々した部屋に入った。食事をする長テーブルと椅子が並んでいる。満員のテーブルもあれば、誰も座っていないテーブルもある。正面に料理を配るコーナーがあり、食べ物を用意したりよそったりする人がいる。その場のすべてをしっかり見ようとしたが、広すぎた。服を配るコーナーもあるし、寝具や洗面道具を配るコーナーもある。アレクセイによると、ここは立ち寄るだけのシェルターで泊まることはできないらしい。もちろん寝る場所を見つける手助けはしていて、相談できるオフィスが裏にある。

「こんにちは、所長のグレッグです」男の人が挨拶してきた。「支援してくださって、ありがとうございます。本当に助かります」いい人そうだ。ぼさぼさの金髪にやさしい目をしている。

　アレクセイがクレアたちを紹介した。

「ミャオ」ぼくを忘れないで。

「ああ、そうだ。うちの猫たちです。アルフィーとジョージとスノーボール。どこにでもついてくるんです」

「この子たちもクリスマス会に出るから、連れてきました」トミーがつけ加えた。よかった、パパに注意されたことを守っている。

「そうですか。食事を配っているとき猫を入れていいかわかりませんが、抱いていれば例外にしましょう」

「ミャオ」ぼくは前足を伸ばしてグレッグの腕に触れた。

「出会ったころのアルフィーには住む家がなかったんです」クレアが打ち明けた。

「ミャ」そう。だから少しはわかるとグレッグに伝えたい。いまはすっかり甘やかされていても、ずっとこうじゃなかったんだと。

「そうか、来てくれて嬉しいよ、アルフィー。ここにいる人たちがどれほど辛い思いをしているか、きみならわかってもらえそうだ」少しだけおもしろがっている。

「ミャオ」もちろんわかるけど、もっと知りたい気がする。

建物のなかを案内されるあいだに、シェルターを利用している人だけでなく、ここで働いている人にも会った。みんな誰かの役に立とうと自分の時間を惜しみなく費やしているボランティアだ。それに気づいたとたん、ぼくは自分が恥ずかしくなった。

なかには見ると胸が詰まる人もいた。世話が必要なほど歳を取った人、こんな苦境に陥るべきじゃない若い人。年齢はまちまちで、男の人も女の人もいる。家を失うのは、誰にでも起きることらしい。でも気さくないい人ばかりで、なかには内気な人もいた。ぼくたちを撫でたがる人も大勢いて、もちろんぜんぜんかまわなかった。

「まだ静かなんですよ」グレッグが言った。「夕食を食べに人が集まると忙しくなります。それに、服や洗面道具やテントや寝袋はいつも不足しています。余分なお金があれば買えますが、寄付はいつでも大歓迎です」

「会社のみんなになにか持ってくるように頼んでみます、クリスマスプロジェクトと銘打って」ジョナサンはここで起きている現実を噛みしめているのかずっとおとなしくて、安心を求めるようにぼくの頭を撫でつづけている。ぼくはそこまでショックを受けていない。宿無しの経験があるから、誰にでも起きることだと知っている。それでもやっぱり悲しかった。

　ここにいる全員に、ここに至るまでの過去がある。顔を、目を、ぼろぼろの服を見ればわかる。それなのにみんな明るく振る舞おうとしているのが意外だった。わずかなものしか持っていないのに精一杯の笑みを浮かべている。それを見ると胸が張り裂けそうで、羊になるぐらいたいしたことじゃないとはっきりわかった。ほんとに恥ずかしい。でもわかってよかった。今度の会を盛大で最高のものにしなければ。きっとできる。直感でわかる。

「わたしも取引先に寄付をお願いしてみるわ」ポリーが申しでた。マットは会社の同僚に協力を頼むと言い、クリスマスプレゼントにはどんなものがいいか尋ねた。手袋やマフラーや帽子がいちばんいいようだったので、クレアがグレッグに、クリスマスに男女それぞれ何人ぐらい来そうか教えてくれたら、全員がなにかもらえるように用意すると言った。

誰でもクリスマスにはきれいに包装されたプレゼントをもらうべきだから、ふさわしい包装もするらしい。自分にできるかたちで力になろうとするみんなを見ていると、胸がいっぱいになったが、もっと力になりたがっているのもわかった。

「本当にありがとうございます、お礼の言いようがありません」グレッグが言った。「それに、クリスマス会も楽しみにしていますよ」

「そのことなんですが、よかったら衣装をつけた最終リハーサルを見にいらっしゃいませんか？　終わったあとなにか食べるものも用意しますので」クレアが言った。「誰のためにやるのか出演者がわかるように、直接会う機会をつくりたいんです。人数は当日が近づいてから相談してもかまいませんが、できるだけご希望にそえるようにします」

「ありがとうございます」グレッグが言った。「彼らがどれほど喜ぶことか」

いちばん意外な行動を取ったのはハロルドだった。スノーボールを抱いたままあちこちで自己紹介し、クリスマス会でサンタをやると言っては本物のサンタみたいに握手してまわっている。普段はこんなに愛想がよくないのに。ついでに言えば陽気でもない。

「ミャオ」ぼくは大声で鳴いた。ジョナサンの腕からマットの腕のなかへ移動してから、会をもっと大がかりにできないかずっと考えていた。

「そうだ」アレクセイが口を開いた。「出演者を夕方ここに連れてきて、手伝ってもらったらどうかな。地元の新聞にも来てもらって。かまわないかな、ママ」

「もちろんよ」フランチェスカが息子の肩に腕をまわした。

「ありがとう、アレクセイ」グレッグが言った。「それに、ここにいる人たちにとって、クリスマス会を見るのはまたとない慰めになると思う。招待されることなんてめったにないからね」

「あまり期待しないでくださいよ」ジョナサンが言った。冗談であってほしい。

「笑えないわ」とクレア。そのとおり。ジョナサンの冗談は笑えないものが多い。

「こんにちは、リサよ」ここでは若いほうの女性が近づいてきた。分厚いコートはかなり暖かそうに見えたのでほっとした。みんな寒さをどうしのいでいるのか心配だったのだ。

「猫ちゃんを撫でてもかまわない？　むかし猫を飼ってたんだけど死んでしまって、いまでもよく思いだすの」切なそうだ。「猫が大好きなのよ」

　マットがリサの腕のなかにぼくを置くと、リサが撫で始めた。ぼくは喉を鳴らして力づけた。また友だちができたのが嬉しくて顔をこすりつけ、好意を伝えようとした。

「なんてかわいいの」リサが言った。「ほかの子たちも。また来てくれたら嬉しいわ」改めてぼくを撫でてから、マットに返した。

「ミャオ」喜んで来るよ。

「リサは希望の持てるケースなんです。クリスマスの前に住む場所を提供したいと思ってます。飼えるようになったら、すぐ猫を飼うそうです」グレッグが説明してくれた。

「ニャー」リサは間違いなく賢い人だ。

ジョージが床に飛びおり、空いている椅子に飛び乗った。つかまえる間もなくジョージの前に大勢が集まってきて、撫で始めた。ジョージは軽くジャンプしたり転がったりしてアピールしたあと、かわいらしくちょこんと座って順番に撫でてもらっている。

「まったく」ジョナサンがつぶやいた。「ほんとに目立ちたがり屋なんだから」でもとりあえずみんな笑っている。集まった人たちをジョージが楽しませるうちに、シェルターが生き生きしてきた。心がなごんでほんわかして、悲しくもあったけれど希望も見えた。

帰る前に、ジョナサンが財布を出してグレッグにお札を渡していた。ぼくは誇らしかった。みんなのことがすごく誇らしい。みんなで力を合わせていいことをしているのだ。温かい食事と会話を楽しむ人たちのもとをあとにするとき、食堂は話し声であふれ、みんなが笑顔で手を振って見送ってくれた。また来られたらいいと思う。たいしたことはできないけど、なにもしないよりたまにでもなにかするほうが、ずっといい。

家に帰るあいだに、自分勝手な気持ちはすっかり消え失《き》せた。ぼくはすごく恵まれていて、いまこそそのありがたさに感謝するときだ。たとえ羊になろうが、感謝しよう。

Chapter 16

シェルターの見学で誰もがクリスマス会をこれまで以上に重く受け止めるようになり、士気があがった。お金を集め、プレゼントや服を寄付してもらえれば、あそこにいる人たちは少なくともいまのままよりましなクリスマスを迎えられる。みんなそれを望むようになった。

クレアはあそこによく来る人たちの男女それぞれの数を調べてプレゼントを集め始めた。帽子や手袋やマフラーに加え、洗面道具も用意しているが、クリスマスにはそういうものが必要な人がもっと来るかもしれないから予備も用意したいと考えている。すでに協力してくれる人もかなり見つかった。サマーたちが通う小学校は保護者に協力を頼み、地元の商店からも協力を取りつけた。ジョナサンは自分が勤める会社が会のスポンサーになっただけでなく、みずから会計係になって本当に必要なお金しか使わせてくれない。それに社員にコートか寝袋を買うように働きかけたら、みんなすんなり引き受けてくれたらしい。断れない雰囲気だったのかもしれないが。

フランチェスカとトーマスは毎日シェルターに届けている料理の量を増やしたので、以前より食事ができる人が増えた。ハロルドはデイサービスの知り合いはお金の余裕がないけれど、着なくなった服がないか訊くつもりでいるし、マーカスとポリーとマットもそれぞれの勤め先で寄付を集めている。

それに加えて、クリスマス会に取られる時間は増えつづけていた。キャスティングが終わり、アレクセイとコニーは出演者それぞれにどの役になったかと、なにをしてほしいかを連絡した。すべてが順調に進み、リハーサルを始める用意が整った。リハーサルは学校や仕事の時間を避ける必要があるので、夕方か週末にやることになり、時間を節約するために交代でできるようにクレアがスケジュールをまとめるらしい。それはとにかくややこしい作業で、クレアが物事をまとめるのが上手で本当によかった。

ラルフ牧師は、シェルターの常連さんが見に来るリハーサルにパイとお茶とコーヒーを用意すると言ってくれた。グッドウィン夫妻の合唱隊は、お金をたくさん集めるために初日にくじをやることになり、すでに賞品を集め始めている。ジョナサンが言うように、あの夫婦の頼みは誰も断れない。断れるはずがない。アレクセイとコニーはクリスマス会に出ない友だちにもくじを買ってもらおうとしている。力を合わせるみんなを見るのはとても気持ちがよかった。まさにこの町のみんなが一丸となって取り組んでいる。

アレクセイとコニーの手際のよさにも感心した。出演者全員のリストを、もちろんぼくたち猫も入れてつくり、役柄も書きこんだ。劇には六人の羊飼いが出るのに、羊は、と言うか羊になる猫はぼくたちだけなので、アレクセイは群れにするためにぬいぐるみの羊を用意するつもりでいる。三博士のひとりは猫嫌いのバーバラがやる。またシェイクスピアのせりふを長々と語り始めるといけないから、バーバラにはあまりせりふのない役をやらせたほうがいいとジョナサンが言ったのだ。バーバラが羊飼いじゃなくてほんとによかった。ぼくたちのまとめ役になるなんて、考えただけでぞっとする。ポリーは意地悪な宿屋の主人を務めるが、今風に民泊オーナーとかいう設定らしい。シルビーとマーカスはしぶしぶながらも最終的にはマリアとヨセフ役を引き受けた。マットとトーマスはオーディションで決まった人たちと羊飼いをやる。トミーの同級生で、みんなの憧れの的らしいシエンナは大天使ガブリエルに決まり、それ以外の四人の天使はさまざまな年齢の女の人がやる。ジョナサンはスポンサー兼会計係の自分にはふさわしくないと言って頑なに出演を拒んでいるけど、裏方としてクレアを手伝うことはできるはずだ。監督を務めるアレクセイとコニーは台本も書いた。みんなそれぞれの役割がある。準備は万端だ。

それに、ひょっとしたらシエンナがトミーの問題を解決してくれるかもしれない。彼女の話題になるたびに真っ赤になるから好きなのが見え見えだ。シエンナがそばにいるときはトミーもおとなしくなりますように。もっと言えば、扱いにくい態度もおさまりますように。愛には態度を改めさせる力があるんだから。

マットがポスターをデザインし、チケットも間もなく用意できるから、数日後にはリハーサルが始まるはずだ。リハーサルにはかなり時間がかかりそうで、最初は全員が集まらなくてもいいように少しずつ進める予定だ。素人がやるわりにはかなり段取りがいい。少なくともアレクセイはそう言っている。みんな真剣に取り組んでいる。ぼくも真剣に取り組んでいるけど、同時に楽しむつもりでもいる。クリスマス会はぼくのアイデアだって、もう話したかな？

ジョージはハナに、どうやったら羊をうまく演じ、舞台で存在感を出せるか教えに隣へ行った。ただ、ジョージが言うには、そういうことは教えてもらったからできるものではなくて、持って生まれた才能かもしれないらしい。正直言って、最近のあの子は手に負えないモンスターになってきた。でもすごくかわいい。うっとうしいけれど、かなりうっとうしいけれど、愛くるしいとも言える。相反する気持ちを同時に持つのも親にありがちなことだ。

クレアが夕食をつくっているとき、チャイムが鳴った。ぼくはクレアを追って玄関へ向かい、誰が来たのか見に行った。それがバーバラだとわかったとたん、縮みあがって家の奥まで逃げだしそうになったが、うちに来た理由をなにがなんでも知りたかった。いまのところ、この人のことは好きじゃない。大きなゴミ袋でぼくたちを追い払って車に轢かれそうな目に遭わせただけでなく、オーディションでも意地悪された。誰も見ていないとき、にらんできたのだ。でも、人間はひとりもそれを見ていない。そんなバーバラがよくもうちに来られたものだ。

「こんばんは」クレアが言った。「バーバラよね？」

「ええ」戸口に立つバーバラがぼくに気づいていやそうな顔をした。

「お入りになります？」クレアは礼儀正しいが、相手がどれほどひどい人間か知らない。ぼくはシャーッと威嚇した。「アルフィー、そんなことしないの」クレアにたしなめられた。なにもわかってない。でもぼくは猫嫌いな人間にわが家に入ってほしくない。だから戸口に一歩近づいた。さすがのバーバラもクレアの前では襲ってこないはずだけど、こうすれば家に入る気をなくすかもしれない。

「いえ、その必要はありません」バーバラがまたぼくをにらんだ。

「そうですか。では、どんなご用でしょう？」クレアが尋ねた。ぼくもそれを知りたい。

「クリスマス会のことです」

「クリスマス会のこと？」

「わたしは博士の役になりました」

「ええ、とても重要な役です。せりふがいくつかあって、歌を歌って、赤ちゃんのイエスに贈り物を渡します。そんな役をうまくやるには、あなたのように経験のある方がいいと思ったんです」にっこりしている。でもバーバラに笑顔はない。

「でもオーディションでお話ししたように、わたしには演技指導の経験があるし、ずっと舞台で演じてきました。こちらに越してくる前に参加していたアマチュア劇団では主役を務めていた。博士では役不足だわ。マリアか大天使ガブリエルのようなメインの役をやってしかるべきよ」ぼくは一歩あとずさった。頭がおかしいんだろうか。マリアははるかに若いし、クレアの話によれば大天使ガブリエルは天上の存在で、天上がなにか完全に理解してるわけじゃないけれど、バーバラがそうじゃないのは間違いない。ぼくとジョージに向かって大きなゴミ袋を振りまわしてきた光景が頭から離れない。

「実は、赤ちゃんのイエスをやるテオの母親をマリアにしたんです。テオが泣きだすといけないので。大天使ガブリエルをシエンナにしたのは、十代の子たちにも参加してほしかったからです。オーディションでのあなたの演技は見事でしたが、あくまでクリスマスの劇ですからせりふを言う場面はたいしてありません」相手の感情を傷つけないように説明しているが、バーバラは納得していないようだ。

「納得できません。これっぽっちも。わたしの才能の無駄遣いよ」

ほらね、やっぱり。

「ごめんなさい、でも今回のイベントはホームレスの人を支援するためにアレクセイとコニーが考えたものだから、みんなで協力したいんです。このまま協力してもらえないでしょうか。少なくとも博士の衣装はいちばんいいものになるはずです」かわいそうに、説得に必死だ。「それに、エドガー・ロードに来たばかりのあなたにとって、近所の方と知り合ういい機会になるかもしれません。おひとりでお住まいなんですか？」

「そうですけど、それがなにか？」

「その、ひとり暮らしの方がみんなと昼食をとれるように、月に何度か日曜日に昼食会をやっているので」

「自分の昼食ぐらい自分でつくれます」取りつく島もない。

ぼくはほっとした。この人とはつき合いたくない。クレアの表情で、同じ気持ちだとわかる。

「ええ、もちろんそうですよね。出会いの場がほしいんじゃないかと思っただけです」クレアが首を振っている。どう対処すればいいかわからないのだ。

「クリスマス会にはこのまま参加するつもりですが、配役に不満を抱いていることは心に留めておいてください」

「わかりました」クレアがあきれ顔でちらりとぼくを見おろした。

そのあとは無言のままバーバラが踵《きびす》を返し、帰っていった。クレアがまた首を振っている。これでわかったはずだ。あの人は普通じゃない。これっぽっちも普通じゃない。

「心配だわ、アルフィー」クレアがぼくを抱きあげて玄関を閉めた。「とりあえずいまの役に満足してほしいけど、とてもそうは見えなかったわよね」

「ニャー」うん、ぜんぜん見えなかった。

その週の残りはあっという間に過ぎ、特に事件もなかった。ジョージはスノーボールとぼくとハナに羊の練習をするように言いつづけ、ぼくたちは立つ練習や草を食べるふりを何度もやらされた。この程度の動きならリハーサルなんてたいしてやらなくていい気がする。もっと大事な役をやらせてもらえなくてまだちょっと物足りないけれど、わざわざ文句を言いに来たバーバラのことがあるし、シェルターや、ぼくたちに会ってすごく嬉しそうにしていた人たちのことを考えないと。ときには身勝手な気持ちを脇に置かなきゃいけない場合もあって、今回はそれにあたる。バーバラもそうしてくれたらいいと思う。簡単にはできないときもあるけれど、それが正しいのは間違いないんだから。

「パパ、まだ立ち方がおかしいよ」ジョージに叱られた。

「ごめん」考え事をして注意が散漫になっていた。

「もう、まじめにやってよ。寄付を集めて、ＳＮＳにも載るんだから、はちまきを絞め直してもっと練習しなくちゃ」

「わたしは、はちまきなんてしないわよ」スノーボールはジョージにいらだち始めているが、おもしろがってもいる。

「言いたいことはわかるでしょ。じゃあ、最初からやるよ。さあ、ちゃんと立って。上を見て。下を見て。次は草を食べるふりをして。ああ、もう、どこがそんなに難しいの？

素人を教えるのは大変だって覚悟はしてたけど、ここまでひどいとは思わなかったよ」ぼくたちはぷりぷりしながら立ち去るジョージを見送り、笑いだしてしまった。気が咎めるが、おもしろすぎる。

「一生懸命なのよ」性格がいちばん穏やかなハナが言った。

「一生懸命すぎるわ」とスノーボール。

「だから言ったでしょ、ぼくたちはモンスターをつくってしまったんだよ」

「羊の皮をかぶったモンスターね」スノーボールの結論に、みんなの頬がほころんだ。

Chapter 17

みんなクリスマス気分一色になっていた。もちろんほんとに色がついているわけじゃないけれど。会のせいで、いつにも増してクリスマスが早く始まっている。わが家でも教会のホールでもずっとクリスマスソングが聞こえる。一回めのリハーサルをやるころには、ぼくの気分はすっかり盛りあがっていた。

一回めのリハーサルは、オープニングを飾るダンスと歌だ。やるのは『サンタが町にやってくる』を含んだ定番ソングのメドレーだが、テンポが速い今風のものになる。メンバーは同じダンスクラブの男女で構成されていた。比較的若いニッキーという教師はかなりローカットのバギーパンツを穿《は》き、メンバーはみんなとても上手だった。ぼくはアレクセイとコニーとクレアと一緒にダンスに見入った。ついてくると言って聞かなかったジョージも来ていて、子どもたちとピクルスはポリーが見てくれている。トミーはどうしてもやらなきゃいけない急ぎの宿題があって来られないので、アレクセイが動画を撮ってあとでSNSにアップすることになっている。どうやらフォロワーの数がかなり増えているようで、オーディションのあとはいつものことながらぼくたち猫が大きな話題になっているらしい。まだとりたててお礼は言われていないけど、いまはみんな忙しいから許してあげよう。さしあたっては。

　ぼくが気づかないほどのミスをいくつかしただけでダンスの披露が終わり、メンバーが舞台に腰をおろした。

「チケットの用意ができしだい、保護者のみなさんが買ってくれるそうです」ニッキーが言った。

「一度しかやらないのはもったいないかもしれないわね。最終リハーサルにはシェルターの人たちに見に来てもらうことになってるけど」とクレア。「もしチケットがたくさん売れそうなら、ふた晩やってもいいんじゃない？」

「ふた晩できるぐらいのチケットは売れるはずだよ」アレクセイには自信がありそうだ。

「金曜と土曜の夜にやるのはどう？」

「土曜の午後にもできるんじゃない？　少し大変だろうけど、劇場ではそうしてるでしょう？」舞台監督を手伝うフランチェスカが提案した。

「そうね。早い時間なら小さい子たちも来やすいから、いいと思う」とコニー。

「じゃあ、三回分のチケットを売り切る必要があるんですね？」ニッキーが訊いた。

「ええ、必ずなんとか売り切ってみせるわ」コニーの口調に固い決意が聞き取れる。一回限りのクリスマス会があっという間に三回に変更になった。できるかな？　もちろんできるに決まってる。

「それに、きっとすばらしいオープニングになるわ」クレアが言った。「本当に見事だったもの。どうかしら、三回やってもらえる?」

「この子たちにとっても、いい経験になります」ニッキーが答えた。「来年にはテレビのオーディション番組に出ているかもしれない」

「そうなってもおかしくないレベルよ」クレアがやさしい言葉をかけた。

「聞いた?」ジョージが小声で話しかけてきた。「もしぼくたちが、ぼくたちって言うのはパパとスノーボールとハナのことだけど、一生懸命羊役をやればみんなでオーディション番組に出られるかもしれないよ。あ、でも、ぼくがひとりで出たほうがいいかもしれないな」

ぼくはひげを立てただけで、なにも言わないでおいた。

「帰る前にひとつお願いがあるんだけど、出演者にはいつでもいいからシェルターへ行ってほしいの。なんのために寄付を集めるか理解できるように。行ってくれるかしら?」

「今週末に、みんなで食事を配るのを手伝ったらどうかな。クリスマス会のことを載せてるうちのSNSに、それについても詳しくアップすればいい」ニッキーが提案し、メンバー全員が声をそろえて賛成した。

「ありがとう。予定に入れておくわね」クレアがクリスマス会に関することをすべて書き留めている大きなノートにメモした。

リハーサルのあとクレアはポリーと交代しに家に帰り、トーマスとフランチェスカとマットはセットの相談を始めた。フランチェスカは劇に出るのはいやがったがいろんな仕事をしていて、クレアが会場に来られないときの代わりもしている。トミーをすごく心配しているから、手伝うことでいくらか気が楽になるらしい。悲しむ人は見たくないし、なかでも誰よりやさしいフランチェスカが悲しむ姿は見たくないからよかった。

やることは驚くほどたくさんあった。いまはオープニングでダンサーたちが出てくるクリスマスツリーの森をつくっていて、その森は劇までそのままになる予定だ。このあとつくる馬小屋は、簡単に移動できるように軽い木材でつくる必要がある。ラストのサンタのシーンに使うリビングルームには、きれいにデコレーションされた大きなクリスマスツリーとツリーを囲むプレゼント、肘掛け椅子がいる。ぼくには欲張りすぎに思えるが、熱心に相談するみんなを見る限り、できると思っているらしい。ポリーとフランチェスカは、相変わらずお金に厳しいジョナサンが決めた範囲で予算を賄っている。「目的はシェルターに寄付するお金を集めることで、使うことじゃない」がジョナサンの口癖になっている。

クレアは、お金をかければそれだけ寄付も集まると説得しようとしたが、ジョナサンを納得させることはできなかった。

ツリーのような道具のほとんどは寄付してもらえたので、お金はほとんどかかっていない。すべて順調で、ぼくの気分はかなり前向きだ。わくわくもしている。当日が待ちきれない。羊になるのも楽しみになってきた。会場で演技の稽古やセットの相談をするみんなを見ていると、実感がわいてきた。それがどんどん強まっている。

ただ、誰もがクリスマス会にかかりきりに見えても、普段の暮らしはつづいていて、ほかにもやることは山ほどあった。今日は日曜日の昼食会の日だ。ジョナサンがドリスとクライブを迎えに行き、クレアはオーブンですごくおいしそうな肉を焼いた。サマーとトビーはドリスたちにトナカイの歌を聞かせるつもりでいるが、ジョージはまたピクルスの代わりにトナカイをやらされるので不機嫌だ。ぼくは抜けだしてのんびり静かな時間を楽しもうと思っていたのに、ドリスが約束を守って猫用の帽子を編んできたのでそうもできなくなった。ぼくの見事なグレーの毛並みに合う、明るい緑色にしたらしい。

「とっても美人さんじゃない？」ドリスが言った。

「ミャオ？」美人？

「アルフィーは男の子よ」ジョナサンがこの場にあるまじきジョークを口走らないうちに、クレアがすかさず言った。

「ああ、そうだったわね。でもこんなにかわいいんだもの、女の子でもいいでしょう？」

ぼくはしっぽを立てた。帽子をかぶらされるだけでなく、女の子にされるの？　笑いをこらえるジョージはいまにもソファの肘掛けから落ちそうで、そのうち本当に落ちてしまった。

「ニャッ」くるりと起きあがっている。

「ニャッ」とうぜんの報いだ。

食事中の話題はクリスマス会に集中した。

「年寄りたちにも見せてもらいたいものだ」クライブが言った。「わたしも見たいが、日曜は昼食会があるから全員を会場に連れていくのは難しいだろうな」

「そうか、困ったな」ジョナサンが頭を掻いている。「昼食会のメンバーだけで会場がいっぱいになるほど人数が多いし、会場までの送迎の問題もある。それに昼食会を開いている家の人はほとんどクリスマス会に関わっているから……」

「なにか方法があるはずよ」クレアが考えこんだ。「わたしに任せて」

ぼくにいいアイデアが浮かんだ。クリスマス当日は日曜日で、ひとり暮らしのお年寄りが寂しくないように昼食会をやる日だ。そしてクリスマス会に参加する人のほとんどは、さっきジョナサンが言ったように昼食会をやっているから、お年寄りのためにもう一度出し物をやったらいい。夕方から始めるしかないかもしれないし、都合がつかない人もいるかもしれないけど、できることだけやればいいのでは？　なにもしないよりましだし、シエルターに来る人たちみたいに昼食会に来るお年寄りも外出する機会があまりないから、特別なものになるはずだ。

ぼくはクレアの膝に飛び乗って鳴き、アイデアを伝えようとした。でも、例によって伝わらなかった。どうすればわかってもらえるんだろう。

「きっとなんとかなるわ」クレアがくり返し、怪訝《けげん》そうにぼくを見た。ここであきらめちゃだめだ。クレアはぼくほどいいアイデアを思いつかないし、今回は伝えるのが難しいアイデアだけど、あきらめるわけにはいかない。次に家族が集まる日にもう一度やってみよう。みんながいれば、誰かがわかってくれるかもしれない。それでもだめだったら、ハロルドに伝わるようにジョージとスノーボールが手伝ってくれるだろう。さしあたっていまはジョナサンがよそってくれたごちそうを満喫しよう。ばかげた帽子をかぶらされたままだけど、ぼくにできないことなんてないんだから。

そのあと、帽子を脱いだぼくは思いついたばかりのアイデアをどう思うかスノーボールに訊きに行った。

「たしかにいいアイデアだけど、どうやってクレアたちにわかってもらうの？　このままにしておいても自分たちで同じ結論を出すんじゃない？」期待をこめてスノーボールが言った。

「そうかもしれないけど、昼食会では食事やゲームが終わったあとも、お年寄りを送っていくまでいつも少し時間があるから、そのとき出し物をすればいいんじゃないかな、フィナーレみたいなものを。クリスマスの最高の終わり方になるよ」

「ええ、アルフィー、ほんとにそうね。そうなったら最高だし、大切な人全員に見てもらえるわ。家族みんなのクリスマス会みたいになる。そうでもしないと昼食会に来る人たちに見てもらえないかもしれない」

「知ってる？　クレアはクリスマス当日に誰がどこの昼食会に行くかリストをつくるつもりでいるんだ。クリスマスは留守になる家もあるから、一軒に行くお年寄りの数が増えるからね。もしそのリストのまわりで飛び跳ねるかなにかすれば、クレアに伝わるんじゃないかな」

「やってみる価値はあるわね、でも」スノーボールがあくびした。「わたしはやっぱり、もしクライブも出し物を見たがってることをクレアがみんなに言えば、自分たちで答えを出すと思うわ」

スノーボールのほうがぼくよりはるかにクレアたちを信じている。

「じゃあ、次に家族が集まるとき、羊のふりをしてみせるのはどう？　それとも用意したクリスマスツリーにぼくたちがよじ登って、まあ、実際に登るのはジョージだけだけど、とにかくそうすれば言いたいことが伝わるかもしれない」

「それとも——」スノーボールが肉球を舐めた。「アルフィー、毎回手のこんだ計画を立てる必要はないのよ。さっき言ったとおりにすればいいわ。次に家族が集まるとき、あなたと同じアイデアを思いついてくれるか様子を見ていて、もし思いつかなかったらそのときどうするか考えるの。でも、なにをするにしてもツリーに登る話はジョージにしないでね。やめるように説得したばかりなんだから」

「たしかにそうだね」

ぼくたちはハロルドのこぢんまりした庭を散歩した。寒くて暗かったけれど、ぼくの頭はフル回転していた。クレアたちだけでもぼくと同じ見事なアイデアを思いつけると、本当に信じていいんだろうか。ぼくが力を貸さなくても？　とうていできるとは思えない。

Chapter 18

「アルフィー、ずいぶん久しぶりじゃない？」ネリーが声をかけてきた。

「ごめん」また仲間をおろそかにしてしまった。たまり場にはロッキーとエルビスとオリバーもいて、ぼくに会って嬉しそうにしているのを見るといっそう気が咎めた。

「早く全部話してちょうだい。みんなクリスマス会のことを聞きたくてうずうずしてるのよ。このあいだスノーボールにはちょっと会ったけど、ハロルドが待ってるから早く帰らなきゃいけなくて急いでたの。でもずっと忙しいって言ってたわ」

「忙しいどころじゃないよ。やることが山ほどあるんだ。ぼくがこのアイデアを思いついたときは、まさかこんなことになるなんて――」

「パパ、それはもう聞き飽きたよ。パパのアイデアだってことはみんな知ってる。数えきれないほど聞かされたからね」ジョージに話をさえぎられた。いつのまに来たんだろう。

「とにかく、やることがたくさんあるんだ。めまぐるしいし、あらゆることから目を離しちゃいけない気がするし」

「とりわけぼくは舞台の経験が豊富だからね、言うまでもないけど」ジョージがつけ加えた。自分が自慢するのはかまわないらしい。

ジョージと交代でクリスマス会について説明し、バーバラの話もした。

「ああ、その人なら知ってるわ」ネリーが言った。「たまたま家の前を通りかかっただけなのに、あっちへ行けと怒鳴られたの。わたしは歩道を歩いていて、あの人の庭にも入ってなかったのによ。思わず逃げてしまったわ」

「ぼくたちなんか、ゴミ袋で殺されそうになったんだよ」ジョージが大げさな言い方をした。そして走って逃げて倒れこむまでを再現してみせた。みんなはもう聞いた話なのに、黙って見てくれている。

「どう考えても猫好きじゃないな」ロッキーが言った。

「オーディションのときも意地悪されたんだよ」ぼくは訴えた。「ぼくたちは劇に出るべきじゃないみたいなことを言われた」

「あまり近づかないようにしたほうがいいな。その人の家の前を通るときは道の反対側へ渡ろう。その手の人間を刺激したくない」エルビスが言った。「なにをされるかわかったものじゃない」

「それより、どうしてあんなふうになったのか調べてみるとか？」ぼくは肉球を眺めてみんなの反応を待った。

「だめ」ネリーとロッキーとエルビスとオリバーが同時に叫んだ。

「でもどうせ顔を合わせるんだよ、あの人も劇に出るんだから」ジョージがすかさず切り返した。

「味方にすればいいんだよ。前にもやったことがある」とりあえず言ってみた。

「だめ」またみんなが声をそろえた。

「頼むからその人がそばにいるときは用心してくれ。おれたちにできることがあったら、いつでも力になる」ロッキーの言葉にぼくは胸を打たれた。ぼくには仲間がついてるんだから、どんなにやることがたくさんあろうと仲間に会う時間をぜったいつくろう。ただ、みんなやさしいから、いまはそれが難しい状況なのもわかってくれている。

そのあとしばらく仲間と過ごし、ぼくは少なくとも二日に一度は状況を話しに来ると約束した。会場へ来てと頼んでも、まだみんな来るとは言ってくれなかった。あそこはたまり場より先にあるから、気楽に行ける範囲を超えているのだ。それでもクリスマス会の話ならどんなことでも聞きたいと言ってくれた。ジョージと家に戻りながら、ぼくは近いうちにごみばこにも会いに行こうと心に決めた。ごみばことの時間も大事にしたい。アリーとの時間も。

「もっとトナカイらしくしなきゃだめだって、さんざん言ったんだよ。でもほら、ピクルスってできることに限界があるでしょ？」ジョージがぼやいた。ぼくたちは舞台の横のテーブルに座り、子どもたちとピクルスの初めてのリハーサルを見学していた。ピクルスはつけてもらった柔らかい赤い鼻をしきりに食べようとしている。まだ角はつけていないが、うまくいくとは思えない。トビーとヘンリーがラップを始めたとき、大きな音を立ててドアが開いた。その場が静まり返り、全員がドアのほうを見た。怖いバーバラだ。

「こんにちは」クレアが挨拶した。「いらっしゃるとは思っていませんでした」

「たまたま通りかかって、お手伝いできることがあるんじゃないかと思ったの」にっこりしているが、好きな笑い方じゃない。バーバラ自身ももちろん好きじゃないけど。

「なにしに来たんだろう」ジョージがささやいた。ぼくはひげを立てた。さっぱりわからない。意地悪するのはいったんやめて、協力する気になったんだろうか。夫を亡くして寂しい思いをしているとサーモンが話していたし、ぼくはたいていの猫より悲しみを理解しているが、それでも悲しいからって意地悪にはなっていない。どうか心を入れ替えてこの町の一員になろうとしていますように。だって人間は変われるものなんだから。人が変わるのを何度も見てきた。ひどいことをする人間はえてして不幸なだけというのがぼくの持論で、それを忘れてはいけない。

「あら」とクレア。「そうですか。今日は早めにリハーサルを始めたからもう終わるところなんですが、手伝っていただけるならペンキ塗りやツリーの飾りつけや衣装の用意なんかをしてもらえると助かります」

ぼくがバーバラをにらみつけると、笑顔が返ってきた。まだちょっと怖いけれど、きっともともとそういう顔なんだろう。とりあえず信じてあげて、用心はしたままでいよう。

「喜んでお手伝いするわ。ちなみに、配役はまだそのままなの？　どの役だろうと、喜んで代役を務めるわよ」

「代役を立てることは考えていません」アレクセイがすばやくコニーに目配せした。ジョージがあきれ顔でぼくを見た。この子はサマーたちにピクルスの代役扱いされるのを根に持っている。もっとも、ジョージに教えてもらうまで、ぼくは代役がなにか知らなかった。

「そう、でも用意しておいてもかまわないでしょう？　出演者になにかあったときのために」バーバラの言葉を聞いて、ぼくの毛が逆立った。出演者になにがあると思ってるんだろう？「病気か何かになるかもしれない。風邪やインフルエンザの季節だもの。でもいいのよ。クリスマス会を成功させるためなら、なんでもやるわ。慈善活動だものね」

「ありがとうございます」コニーが応えた。「こちらへどうぞ。舞台裏で作業の説明をします」

ふたりの姿が舞台裏に消えると、ジョージがこちらへ体を傾けてきた。

「あの人は信用できないよ、パパ」

「うん、少なくとも完全にはできない。目を離さないようにしよう」ひょっとしたら、あくまでひょっとしたらだけど、バーバラは心を改めたのかもしれない。ぼくたちとの関係も出だしが悪かっただけかもしれない。

ぼくたちはみんなに愛想を振りまくバーバラを安全な場所から観察した。楽しそうに微笑む姿は、これまでとぜんぜん違う。ぼくはひげを立ててジョージに言った。「誰にでも出直すチャンスをあげないとね」ジョージは納得できないようだが、しぶしぶうなずいた。

「ぼくたちへの態度を見てみよう、ジョージ、変わったか確かめよう」

「危なくない？」

「まわりに大勢人間がいるのに、なにかするはずないよ」せめてそう祈ろう。

「わかった」

舞台裏へ向かうぼくにジョージがのろのろついてきた。バーバラがツリーを褒めちぎっていた。

「表面にスノースプレーをかけるつもりなんです。クリスマスカードの絵みたいになるように」コニーが説明した。

「すてきなアイデアね」バーバラがぼくたちに気づいた。そして鋭い目でにらみつけてから、コニーに視線を戻した。「とにかく、なんでも喜んで手伝うわ」

「ありがとうございます。わたしはリハーサルに戻りますが、わからないことがあったらなんでも訊いてください」

ぼくはジョージと視線を交わし、バーバラからさほど離れていないツリーのそばに腰をおろした。本当にぼくたちへの態度を変えたんだろうか。恐る恐る一歩近づこうとしたとき、それに気づいたバーバラがツリーを押した。

「逃げて、パパ」ジョージが叫んだ。ツリーがこっちに倒れてくる。すばやく逃げたおかげで、下敷きにならずにすんだ。

「ニャッ」もう少しでクリスマスツリーにつぶされるところだった。

「大変」バーバラが叫んだ。「ツリーが一本倒れたわ。きっと猫がやったのね」

「アルフィー、ジョージ、もっと気をつけなきゃだめじゃないか。舞台裏にはもう来ないほうがいいかもしれないな」トーマスと様子を見に来たマットが言った。ぼくとジョージは床に横たわって呼吸を整えた。

「だいじょうぶ、ツリーは無事みたいだ。猫たちも」トーマスがツリーを起こした。

「猫ちゃんたちに怪我がなくてよかったわ」バーバラは涼しい顔をしている。

ぼくたちはひげを立てた。事態は思った以上に悪い。バーバラは変わってなんかいない、変わったふりをしているだけだ。あれこれじっくり考えたすえに、怖い人じゃなくて不幸な人なんだからやり直すチャンスをあげようと決めたのに、貴重な時間が無駄になった。バーバラは猫嫌い以外の何者でもなく、その点にもはや疑問の余地はない。

「もう近づくのはやめよう」ぼくはジョージに言った。

「そんなのわかってるよ。自分に言えば？」たしかにジョージの言うとおりだ。

それから間もなくクレアと一緒に家に帰った。まだ作業をつづける人もいたけど、怖い思いをしてまだ震えがとまらないぼくたちは帰れて嬉しかった。ぼくたちのせいでバーバラにクリスマス会を台無しにさせるわけにはいかない。協力するのをとめることはできなくても、もう二度とだまされはしない。ひげに誓う。

クリスマス会まで一カ月ちょっとになり、いまは総がかりで準備にあたっている。大変だけれど、これまでにはもっと大変なこともあった。いまはただクリスマスをいつもどおり過ごせるように、そして昼食会に来るお年寄りたちにも出し物を楽しんでもらえる方法が見つかるように祈ろう。

疲れていても、仲間をおろそかにはできない。今日はもう遅くなってしまったが、明日の朝いちばんでごみばこに会いに行こう。どんなに天気が悪くても、たとえ一度にたくさんのことに手を出しすぎている気がしようと。とはいえ、本当にやることが山積みだ。山積みなのがイワシだったらよかったのに。

寝る前にクレアがジョナサンにバーバラの話をしていた。

「すごく感じがよかったのよ、うちに来たときとは別人みたいだった」

「またシェイクスピアの長ぜりふを披露したのか？」ジョナサンが茶化した。

クレアがあきれている。「しないわ。すごく機嫌がよかった。ヘザーとヴィクから聞いたんだけど、バーバラはご主人を亡くしたあと、経済的な事情でそれまでの家に住めなくなったんですって。だからいまのフラットに越してきて、かなり惨めな思いをしてるみたい。変なことをしたのは、そのせいかもしれない」

「オーディションでもちょっと変だったしな」ジョナサンが笑っている。

「そういう意味じゃないわ」クレアも笑ってジョナサンの腕を軽く叩いた。「あらゆることが気に入らなかったのかも。生きていればひどい目に遭うこともあるし、ご主人を亡くしたんだもの。でもきっと心を入れ替えたんだわ。すごく寂しくて、それをやわらげる唯一の方法はクリスマス会をきっかけに友だちをつくることだと気づいたのかもしれない」

「かもね。いずれにせよ、これ以上人手はいらないんだろう?」

「ミャオ」いるに決まってる。人手は多いにこしたことはない。でもバーバラはごめんだ。バーバラはいらない。その点はジョナサンの言うとおりだ。

「やさしくする相手に定員はないのよ」クレアが言った。

その夜ベッドに入ったぼくは、クレアの言うとおりだと思った。ぼくだってばかじゃないから、これ以上バーバラにやり直すチャンスを与える必要がないのはわかっているけど、人にやさしくするのはぼくとクレアの性分で、あっさりやめられるものじゃない。そもそもやめたいとも思わないから、誰がなんと言おうとバーバラにやさしくして、腹を立てるより仲良くなるほうがはるかにましだとわかってもらおう。あまり近づきすぎないように気をつけてさえいればいい。

Chapter 19

ごみばこに会いに行こうとしていたら、ジョージが猫ドアから飛びこんできた。

「ハナに会いに行ってたんじゃないの？」

「寝てばかりいるから、邪魔しないことにしたんだ。テオのせいでずっとみんな寝不足だけど、今朝はシルビーがテオを連れて出かけたから、ハナも寝不足を解消できる。コニーは寝るとき、耳栓をつけてるんだよ。そうしないと授業中に寝ちゃうし、クリスマス会の用意もあるから疲れたなんて言ってられないんだ。あんなに小さい子にここまで手を焼かされるなんて、思ってもみなかったよ」

ジョージが仔猫だったころの記憶がよみがえったが、口には出さずにいた。

「もちろんピクルスは別だけどね」ジョージがつけ加えた。

否定はしないでおこう。

「一緒にごみばこに会いに行く？」

「それもいいかも」ジョージが答えた。「ほかにやることもないし」

いまだにジョージはたまに反抗期みたいな口のきき方をする。外はかなり風が強く、通りに潜む危険も多かった。きっと天気が悪くて人間は足元をよく見ていないんだろう。一度など、ぼくは歩道の端まで押され、危うく車道に落ちそうになった。

「ジョージ」ぼくはむっとしてジョージに声をかけた。「壁に飛び乗ろう。あっちのほうが安全かもしれない」そのあとは歩きにくくて遠回りでも明らかに安全なルートをたどった。どちらもへとへとになったので、レストランに着いたときはほっとした。猫の遠出は危険なことがある。これまで何度しっぽを踏まれたかわからないし、もっと言えば足を踏まれたこともある。でも自由の価値には代えられないから、このぐらいなんでもない。

ごみばこが嬉しそうに出迎えてくれて、間もなくアリーも大きなゴミ箱のうしろから現れた。

「しばらく来られなかったけど、クリスマス会の準備で忙しくて、でもきみたちのことを忘れてたわけじゃないんだよ」ぼくは訴えた。

「みんなばたばたしてるから、大忙しなのはわかってたわ。でもわたしもごみばこもあなたたちに会えなくて寂しかった」アリーが言った。

「クリスマス会は、まさに気が利いたアイデアみたいだな。みんな楽しそうにしてる」ごみばこに褒められ、ぼくは得意な気分になった。

「またパパの自慢が始まるからやめてよ」ジョージがうめき、みんなちょっと笑ってしまった。

「トミーも少しましになったみたいだよね」いまは自慢していると言われないようにしよ

う。

「ああ、チャーリーとせっせとアイデアを出してるようだ」ごみばこがフランチェスカ一家の情報源になってくれて本当に助かる。おかげでここの家族に毎日会わなくてもなにひとつ見逃さずにすむ気がする。もっとも、最近はクリスマス会のせいで以前よりむしろ会う機会が増えた。「ただ、トミーが道を踏み外さずにいられるのはチャーリーのおかげだと思う。チャーリーといるときは別人になるんだ。まわりに家族しかいないと、生意気でつっけんどんな態度に逆戻りする」

「それにね――」アリーが笑ってしゃべれなくなっている。「トミーは大事な天使かなにかの役をやる女の子に夢中なのよ。チャーリーとはしょっちゅうその話をしてるけど、裏庭でしか話さないの。アレクセイに訊かれたときは、すごく怒ってた」

「十代の恋ってやつだね。ぼくにも経験があるよ」そうつぶやくジョージにぼくは面食らった。いつからそんなにおとなになったんだろう。

「ああ、まあな。とにかく肝心なのは、態度がよくなってきたことだ」ごみばこが事実をはっきりさせた。

「よかった、すごく嬉しいよ」ぼくは言った。「それで、きみたちはどうしてたの？」

「ここで忙しくしてたよ」とごみばこ。「店はいつも満員で、それはいいことだが、追い払うネズミも増えるからな」

近況報告をしあっていると、思いがけずアレクセイがこちらへ歩いてきた。学校にいる時間なのに。

「ミャオ」ぼくはアレクセイの脚に体をこすりつけた。

「心配しなくてもだいじょうぶだよ、アルフィー。学校をサボったわけじゃないから。歯医者に行くんだ。これから店にいるパパに送ってもらうんだよ」

そうだったのか。歯医者のことはよく知らないけど、アレクセイがいけないことをしてなくてよかった。手のかかる十代の子どもがこれ以上増えたら困る。

「新しいポスターを持っていって、貼ってもらえるか頼んでみようと思ってる。それから、今日の放課後、会場で打ち合わせがある。準備の進み具合を確認するんだ。アルフィーも一緒に行く？」

「ミャオ」行くに決まってる。

ぼくたちを順番に撫でてから歩き去るアレクセイを見送りながら、ごみばこがにやりとした。

「みんなおまえを人間みたいに扱うな」

「うん。ときどきほんとに人間になった気がするよ。まあ、猫のほうが人間より賢いけどね。それはそうと、新しく思いついたことがあるんだ」ぼくは昼食会に来るお年寄りのためにクリスマス当日に出し物をやるアイデアを話した。考えれば考えるほど、話せば話すほど、いいアイデアの気がする。

「でも、クリスマスの夜はほとんどの人がくたびれてるわよ」とアリー。「食べたり飲んだり料理したり片づけたりで」

「うん、それも考えた」ぼくは言った。「でも早めに、ランチのあととかにやれば、クリスマスのすてきな終わり方になると思うんだ。お年寄りを招く家族はクリスマス会にも参加するんだから、送り迎えの問題もない。歩いていける人もたくさんいるよ、そんなに遠くないから」

「ああ、それもそうだな」ごみばこが言った。「なあ、アルフィー、それが実現したら、おれたちもこっそり見に行ってもかまわないか?」ひげを立てている。

「ほんと?」ジョージは大喜びだ。「羊になったぼくたちをぜひ見に来てよ。ぼくはすごく上手だけど、ほかのみんなにはまだまだ練習が必要なんだ。でも、本番にはうまくできるようになってるよ、きっと」

ぼくの毛が逆立ったが、黙っていた。

「羊になったおまえたちを見るのを楽しみにしてるよ」とごみばこ。

「羊がなにか知らないけど、見逃すわけにはいかないみたいね」アリーも乗り気だ。

ぼくはこれまで以上にわくわくしてきた。ごみばこはよほどのことがない限りこの裏庭を出ないのに、友だちの晴れ舞台を見るためなら出てきてくれるらしい。感激したぼくは、いい羊になるために頑張ろうと決めた。たとえいい羊がどんなものかわからなくても。

「えーと」その日の夕方、会場へ行く前にうちに来たアレクセイが説明を始めた。「ほかの人にはもう劇の台本を渡してあるんだけど、アルフィーたちは猫だから台本を読めないよね」

ぼくとジョージとスノーボールとハナはアレクセイの前に腰をおろし、真剣に耳を傾けていた。

「ミャオ」読めない。

「でもだいじょうぶ、説明するよ。きみたちは羊飼いと野原にいて、その少し前に赤ちゃんが生まれると言われたマリアとヨセフは故郷に戻る旅に出たところなんだ。きみたちは羊飼いと舞台の中央で、羊みたいに群れをつくっていてよ。飛び跳ねたり遊んだり、そこはアドリブで。そしたら暗くなって羊飼いの歌が始まる。歌が終わったら天使が現れて、赤ちゃんが生まれたから会いに行くようにお告げを伝える。それを聞いた羊飼いは、きみたち羊とそろって旅に出る。それが最初のシーンだよ。そのあとラルフの聖歌隊の歌をはさんで、赤ちゃんのイエスに会う次のシーンになる」

いつのまにかぼくはアレクセイの話を聞いていなかった。羊飼いの歌ってなんだろう。聞いたことがあっただろうか。ある気がするけど、はっきり思いだせない。

「ミャオ、ミャオ、ミャオ」ジョージはわかったらしい。ちゃんと聞いていてくれてよかった。ハナとスノーボールも聞いていてくれましたように。

クレアが現れ、コニーを迎えに行く時間だと言った。ハロルドをほったらかしにしている気分のジョージはスノーボールと一緒にハロルドの家へ行くし、まだ疲れが取れずにぐったりしているハナも寝に帰るから、行くのはぼくだけだ。

別れ際、ぼくたちにはまだまだ練習が必要だから、明日からリハーサルを始めるとジョージに言われた。劇の監督はアレクセイとコニーなのに、ぼくたちの監督になったつもりらしい。みんなわかったと答え、ぼくはアレクセイの腕に飛びこんだ。今日はもうずいぶん歩いたから、抱いていってほしい。これも猫の特権だ。

コニーを迎えに行ったあと、三人はリハーサルについてしゃべりつづけ、ぼくは会場に着くまでみんなの会話に楽しく耳を傾けていた。寒かったので、アレクセイにぴったり体を押しつけた。会場に着くと、クレアがラルフ牧師から預かった鍵でドアを開けた。明かりをつけてなかに入ったとたん、全員が息を呑んだ。

「どういうこと？」アレクセイがつぶやいた。

クレアが舞台を指さした。大きな黄色い足跡がべたべたついている。

「なにがあったの？」とクレア。

「男の人の足跡みたい」コニーが言った。「三博士を導く大きな星に使った、黄色いペンキがあったはずよ」星はすごく大きくて、天井から吊《つ》るすことになっている。アレクセイは空を移動して見えるように動かしたがっていたが、素人劇団にそんな予算はない。ジョナサンがそれには大金がかかるし、安全第一だと言ったのだ。アレクセイがすばらしいアイデアを出すのは嬉しいけれど、実現には無理があるアイデアが多い。

「誰がこんなことを？」アレクセイが言った。ぼくは呆然《ぼうぜん》とした。舞台は誰かが踊りまわったみたいに派手な黄色の足跡だらけだ。クリスマス会ができなくなるんだろうか。

足跡にそっと触れてみたら、ペンキはもう乾いていた。「ミャオ」声をかけると、クレアが屈んでペンキに触れた。

「乾いてる。かなり前についたんだわ」クレアが言った。「ゆうべ舞台の用意をしてたから、きっとそのときね。トーマスに電話して、心当たりはないか訊いてみる」

携帯電話を出している。

「もうおしまいだわ」コニーがアレクセイに向き直った。

「そんなことないよ。拭けばいいだけだ」口ではそう言ったものの、コニーを抱きしめるアレクセイの顔に戸惑いと動揺が浮かんでいる。ぼくは改めて足跡を調べた。大きな足跡にはいくつも溝があった。たっぷりペンキがついているが、誰がこんなことを？　さっぱりわからない。

「トーマスが来るわ」クレアが電話を切った。「ゆうべ帰る前に鍵を閉めたときは、足跡なんてなかったそうよ」

「変ね」コニーが言った。「うっかりペンキを踏んだことに気づかないなんてことあるかしら」

「誰かは気づくはずよ。こんなに派手な黄色だもの、暗くても……」クレアが指で髪を梳いている。「それに舞台一面についてる。大変だわ」ひどく動揺している。とうぜんだ。これまで一生懸命頑張ってきたのに。みんなにとってクリスマス会はすごく大事なものなのに。こんなのあんまりだ。

「わけがわからない」アレクセイがつぶやいた。

たしかに。ぼくは手がかりがないか調べてみたが、見つからなかった。わかるのは大きな足跡があることだけ。つけた足はクレアやアレクセイやコニーより大きいから、たぶんおとなの男の人だろう。ゆうべトーマスが帰ったときになかったのなら、そのあとすぐつけられたに違いない。そうでなければペンキがまだ湿っているはずだ。ますます奇妙だ。ジョージがどう思うか、早く聞いてみたい。

駆けつけたトーマスは、ぼくたちと同じぐらいまごついていた。

「ゆうべは五人ぐらいいて、九時ごろ一緒にここを出た。みんなそろって帰ったから、なかには誰もいなかった」

「ほかに鍵を持ってる人はいないの？」アレクセイが訊いた。

「いない。ぼくとクレアと牧師だけだ」トーマスが答えた。

「牧師さんがうっかりつけてしまったとか？」コニーが言った。

「そんなはずないわ」とクレア。「でも念のために訊いてみる」クレアが電話をかけに行った。

「いったいどうなってるんだ」トーマスがつぶやき、振り出しに戻った。

「パパ、舞台が台無しだよ。どうしよう」アレクセイがいま解決できる唯一の問題に意識を向けようとしている。

「だいじょうぶだよ。パパがなんとかする」トーマスが息子の肩に腕をまわし、ぼくはトーマスの脚に体をこすりつけた。トーマスならきっとなんとかしてくれる。そういう人だ。

「ラルフはここにいなかったから、見当もつかないそうよ」クレアが戻ってきた。「ベンジンで落とせるかしら？」

　みんなでじっくり足跡を見た。

「かなり厚みがあるな。紙やすりでこすり落としたあとワックスを塗り直したほうがいい気がする。ペンキを落とすのは難しいから、そこまでしても痕が残るかもしれない。うちの店の床を磨いてもらってる人に、連絡してみるよ。手を貸してくれるはずだ」

「でも、しばらく舞台を使えなくなるわ」コニーが問題をはっきりさせた。

「リハーサルはどうするの？」

ぼくは会場の奥へ走った。ここを片づけて使えばいい。

「ミャオ」大声で鳴いた。

「ああ、そうか。あそこを使えばいいよ、さしあたって」アレクセイがわかってくれた。

「よく思いついたね、アルフィー」

「とにかく作業は大急ぎでやってもらおう」トーマスが早くも携帯電話を耳にあてている。

「それにしても、なんでこんなことになったのかしら」クレアが話を振り出しに戻した。

ぼくはじっくり考えてみた。ゆうべ誰もいないとき、誰かがここに来たのだ。トーマスとクレアではないし、ラルフ牧師が自分の教会のホールをめちゃくちゃにすると考えるのはばかげている。ラルフはシェルターとクリスマス会を強力にサポートしてるんだからなおさらだ。懸命に答えを探しつづけるうちに、頭が疲れてきた。トーマスが舞台の裏へ歩いていく。そうだ、たしかあっちにもうひとつドアがあった。ぼくは歩きながら電話をしているトーマスの脚をかすめて追い抜き、裏へ向かった。やっぱり、もうひとつドアがある。隅にあるから目立たない。実を言えばぼくもこのドアから外に出られるのかわからないが、試す価値はあるし、見たところ内側にあるかんぬきはかかっていないようだ。頭でドアを押すと、少し動いた。開く。やった！　答えを見つけたぞ。

「ニャー」ぼくは声を限りに叫んだ。「ニャー、ニャー、ニャー」ようやくトーマスがなんの騒ぎか見に来てくれたので、ぼくはまたドアを押した。

「みんな、来てくれ」トーマスに呼ばれ、みんなが集まってきた。「アルフィーが別のドアを見つけたぞ。しかも鍵がかかってない」トーマスがドアを押した。

「いやだ、内側から鍵をかけなきゃいけなかったのね。ここにドアがあるなんてぜんぜん気づかなかった」クレアが言った。

「ぼくも知らなかったよ」とアレクセイ。

「誰があんなことをしたかわからないけど、少なくともこれでどうやって入ったかはわかったわね」コニーがつづけた。トーマスがかんぬきをかけてドアを押した。びくともしない。

「これで謎が解けたわ」クレアが言った。「これからはいつも鍵をかけておくようにしましょう」

「ぜんぜん気づかなかった。知ってたら確認してた。すまない」トーマスが謝った。

「あなたは悪くないわ。ここにドアがあることすら、みんな知らなかったんだから」クレアが慰めている。

「お手柄だぞ、アルフィー」アレクセイが頭を撫でてくれた。「でも、誰がやったかはまだ謎だな」

　ぼくに犯人がわかれば教えてあげられるのに。でも奇跡は起こせない。どこから入ったかは突きとめたけれど、それが誰かを突きとめるにはもう少し時間がかかりそうだ。でも、足がすごく大きい人を探せばいいから、とりあえずそれを糸口にできる。クリスマス会の準備をしに来る人の足を片っ端からチェックすれば、犯人を見つけられるかもしれない。それに期待しよう。

「たまたま起きた、一度きりの不幸な事故だと祈ろう」出入りできるドアがほかにないかみんなで確認しながら、トーマスが言った。

「ええ、きっとそうよ」クレアが明かりを消してドアに鍵をかけ、本当にかかっているか何度も確認した。新たな謎を抱えたままアレクセイとトーマスは家に帰り、ぼくを抱いたクレアはコニーと一緒にエドガー・ロードを歩きだした。

Chapter 20

今日はぼくたちが出る場面のリハーサルを初めてやる日だ。舞台の準備はまだできていないので、できるまではぼくが教えたとおり会場の奥につくったスペースでやる。ジョージに厳しく練習させられたせいで、ペンキの謎の答えを探す時間も、仲間に会う時間も、要するに羊と関係ない時間はほとんど取れなかった。スノーボールとふたりきりで会ったり、二、三度少しだけ仲間に会いに行ったりする時間はなんとかやりくりできたものの、ぼくたちの時間は基本的にどうやって羊になるかを学ぶことに占められていた。

羊をやるように言われたときは、役不足とまでは言わなくても簡単すぎると思って腹が立ったが、実際にやってみるとジョージの言うとおり、まともな羊になるのは予想よりはるかに難しかった。ジョージの演技指導は容赦がなかった。

「もっと本物らしく」と、ひっきりなしに怒鳴られた。「それで羊のつもり?」もよく言われた。根っから穏やかな性格のハナでさえ、何度か癇癪《かんしゃく》を起こすほどだった。口答えされると、ジョージは「演劇の世界はこういうものなんだよ」とだけ言った。そのたびにぼくは笑っていいのか泣いていいのかわからなかった。

アレクセイがまず羊飼いを舞台に集め、その前にぼくたちを立たせた。

「ちょっといいですか？」ピーターが口を開いた。ジャグリングがとんでもなく下手くそだった人で、いまは手品師マービンとドリーと一緒に羊飼いをしている。ピーターの足に目をやったぼくは、黄色いペンキの足跡をつけた犯人と同じぐらい大きいことに気づき、記憶に留めた。

「ええ、どうぞ」クレアが答えた。今日はフランチェスカも来ている。

「羊をジャグリングするのはどうでしょう」

「ニャッ！」とんでもない。ジョージとハナとスノーボールがあとずさっている。

「猫の羊じゃなくて、ぬいぐるみのほうです」

フランチェスカがクレアに目をやり、クレアはアレクセイに目をやり、アレクセイがコニーに目をやった。

「ぬいぐるみの羊でやるなら、試してみてもいいかもしれませんね」コニーが困った顔をしている。ピーターはその答えでじゅうぶん満足したらしい。

「じゃあ、始めてください」アレクセイが指示した。

羊飼いたちにやさしく見守られながら、ぼくたちははしゃぎだした。ジョージは元気いっぱいの子羊みたいにさかんに跳ねまわり、ぼくたちも軽くジャンプしたり転がったりして、ぼくとスノーボールは上手に草を食べる真似もした。

「とってもいいわよ」コニーがぼくたちを褒め、歌の合図を出した。音楽が流れ、羊飼いが歌い始めた。それほど悪くない。羊飼いになったトーマスとマットはちょっと恥ずかしそうで、歌うというよりもごもご口ずさんでいる感じだが、幸いほかの四人がかなり上手なので問題ない。

天使役のシエンナはダンス教室がある日で来られなかったので、クレアが代わりにせりふを読んだ。ぼくたちの出番はあっという間に終わってしまった。次は三博士のシーンだから、ひと休みできる。バーバラは自分が三博士のリーダーだと思っているらしく、せりふを言う声がすごく大きくて、歌うときもほかのふたりの声をかき消してしまった。しかも悪い意味で。

「耳が痛い」ジョージが不満を漏らした。

「すばらしかったわ」演じ終えた出演者にクレアが言った。「ただ、その、スティーブとキャサリンの声がよく聞こえなかったの。ふたりとももう少し大きい声で歌ってもらえますか?」バーバラにもっと小さな声で歌ってくれとはとても言えないのだろう。

「それともこうしませんか? それぞれ一節ずつ歌って、残りは合唱にするとか?」アレクセイは天才だ。すごくいいアイデアだと思う。

「でも、この曲をちゃんと歌えるのは、わたしだけじゃないかしら」バーバラが言った。キャサリンがにらみつけている。

「アレクセイが言ったように、ひとりずつ歌ってから合唱するほうがずっといいと思います」クレアがやんわり応えた。バーバラは反論したそうだったが、思い直したらしい。

「そうね。では最初の一節はわたしが歌うわ」すかさずみずから買って出ている。エドガー・ロードに住んでいるキャサリンとスティーブが苦笑いしながら顔を見合わせた。バーバラはよくいる厄介なタイプで、演劇に関わるあらゆることのプロだと思っているらしい。その点ではジョージにそっくりだ。

いろいろあったけれど、ようやくリハーサルが終わった。シーンごとにリハーサルしてから全部をまとめるとアレクセイが話していたので、通しでできるのは週末が最初になるはずだ。だんだんひとつにまとまっている気がする。本当に劇をやるんだと実感できて、興奮ではちきれそうだ。早く舞台の用意が終わって、ちゃんとしたリハーサルができますように。

「みなさん、お疲れさまでした」アレクセイは満足しているらしい。

「きっと大成功になるわ」コニーが言った。「どなたもすばらしかった」

「ええ、ほんとに。では、また週末にお会いしましょう」クレアが満面の笑みで声をかけた。

出演者の大半は帰り、マットもセット担当のポリーと交代するために急いで帰っていったが、なにも見逃したくないぼくはアレクセイとコニーのそばに留まった。それに足跡をつけた犯人を突きとめたければ、できるだけここにいるしかない。ジョージとハナはクレアと帰り、スノーボールもハロルドが一緒に夕食を食べられるように待っているからと言って帰ってしまった。

みんなを見送ったぼくは、舞台裏へ足を見に行った。トーマスが作業の指揮にあたり、ペンキを塗る人もいれば、なにかをつくっている人もいて、おしゃべりしながらハンマーを使ったり細かいものを組み立てたりしているのでかなり騒がしい。いまつくっている小屋みたいなものは、マリアとヨセフに赤ちゃんのイエスが生まれるところで、ぼくたち羊と羊飼いが訪ねる場所になる。ポリーが来たら、あのなかに小道具を用意するはずだ。座れるように干し草の塊を置くことになっていて、トーマスはほかの人に手伝ってもらって飼い葉おけもつくっている。

ぼくは作業を進めるみんなの足をできるだけチェックした。大きそうな足はあまりなかった。犯人よりはるかに足が小さい女の人をのぞくと、それらしいサイズの男の人は数人しかいない。黄色いペンキがついた靴はひとつもなかったが、捨ててしまったと考えるのが普通だ。ひとりのオーバーオールに黄色いペンキの染みがあったけど、その人は舞台が荒らされる前に星に色を塗っていたから、犯人とは言いきれない。

もちろん、犯人がこの場にいない可能性もある。ボランティアは大勢いて、交代で来るから全員が一度に集まるわけじゃない。犯人を突きとめたければずっとここにいるしかないけれど、さすがにそれは無理だ。足跡をつけた人は、あんなふうに舞台一面につけるつもりはなくて、恥ずかしくて言いだせないだけだと思いたい。そうすればもう心配せずにすむ。どうかそうでありますように。

その日の夕方は何事もなく過ぎた。バーバラでさえみんなに感じよく接していたが、ぼくは無視された。ぼくはできるだけ距離を置くように心がけ、ポリーがそろそろ終わりにしようと言って抱きあげてくれたときはほっとした。疲れておなかがぺこぺこだ。なにか食べて寝たい。いまの望みはそれだけだ。

それなのに、バーバラが一緒に帰ろうと声をかけてきた。安全なポリーの腕のなかで本当によかった。

「猫たちは、どこにでもついてくるみたいね」バーバラが言った。

「そうなの。家族の大事な一員よ」ポリーが応えた。「それに、この子たちもクリスマス会に出るのはとうぜんなの。クリスマス会はアルフィーのアイデアだって、アレクセイが言ってたから」

「ミャオ」ようやく認めてもらえた。

「そうなの？」バーバラはこれっぽっちも信じていない。「猫にアイデアを出すなんて無理だと思うけど」

「話せば長くなるけど、アルフィーは普通の猫じゃないの。わたしたちがそもそも知り合ったのも、アルフィーのおかげなのよ」

「猫はあまり好きじゃないわ」バーバラが言った。

知らなかったとでも？　にらんでやったのに、こちらを見もしない。

「亡くなった夫は犬が好きで、ずっと犬を飼っていたんだけど、その子が死んでしまったときはふたりとも悲しすぎて新しく犬を飼う気になれなかった。その夫も亡くなって、ひとりぼっちになってしまったわ」バーバラがしくしく泣き始めた。

「バーバラ、お気の毒に。辛いでしょうね、ご主人を亡くしたあげく、知らない土地へ引っ越すなんて。近くにご家族はいるの？」

「いいえ。娘の家族は遠くに住んでるの。劇に参加するように勧めてきたのは娘なのよ。わたしのためになるからって。落ちこんでいるのを知ってるから」

「ご主人はいつ亡くなったの？」ポリーが片手で抱けるようにぼくを抱き直し、空いた手でバーバラの腕に触れた。

「半年前よ。遺《のこ》されたお金はわずかで、住んでいた家を売ってもっと小さいところに引っ越すしかなかった。引っ越したくなかったわ。また夫を亡くすような気がした」

本格的に泣きだしたバーバラの肩にポリーが腕をまわした。いつのまにかぼくはふたりにつぶされる格好になっていたが、おとなしくしていた。バーバラに同情した。悲しみを隠そうともしていない。それに泣いていれば、ぼくを襲えない。たぶん。

「そうだわ。日曜日にお友だちをランチに招待しているの。よかったらいらっしゃらない？」ポリーが一歩離れて尋ねた。

「ご親切にどうも。でも、せっかくのお誘いだけど遠慮するわ。劇には喜んで参加するけれど、そういう場に参加する心の準備はまだできていないの」

「そう、もちろんあなたの気がすむようにすればいいのよ。大事なのはあなたの気持ちだもの」そのとおりだと思ったぼくは、ポリーに顔をこすりつけた。

「ええ、そうするわ」バーバラが応えた。

そのうちぼくの家に着いたので、ポリーはバーバラにさよならを言ってから玄関へ向かってチャイムを鳴らした。

ジョージとぼくに対してバーバラがあんな態度を取るのは、気分がふさいでいるからだろう。許してあげたほうがいいかもしれない。ぼくならきっと許してあげられる。かなり難しそうだけど、いたわる気持ちを忘れないように頑張ろう。悲しみがどれほど心をめちゃくちゃにするか、よくわかっている。とはいえ、あの人は一度ならずぼくとジョージをひどい目に遭わせた。もう頭のなかがごちゃごちゃだ。いつものようにバーバラの猫嫌いを直したうえで、気を楽にしてあげる？　それとももっと分別のある道を選んで近づかないようにする？　ああ、ほんとにどうしよう。

「じゃあ、あの猫嫌いの人と一緒に帰ってくるはめになったの？」その夜、ふたりきりになったときジョージに訊かれた。

「うん。まあ、ポリーに抱っこされてたから危険はなかったけどね。ただ、あの人は辛い経験をしたんだ。ご主人を亡くして、引っ越して、近所に家族もいない」

「ねえ、パパ。あの人には一度やり直すチャンスをあげたけど、このままだとまた何度もチャンスをあげることになるよ。それにぼくはまだ猫を好きじゃない人をどうやって信用すればいいかわからない」

「たしかに猫より犬が好きみたいだから、ジョージの気持ちはわかる。とりあえず、明日はクリスマス会抜きの日にしよう。ぼくは仲間に会いに行ったり、スノーボールに会ったり、とにかく普通のことをするよ。たまには休みも必要だからね」

「わかった。でも羊の練習はやるからね。悪いけど、みんなもっと練習しないと悲惨なことになる」

「悲惨なこと？」いくらなんでも大げさだ。

「うん。ちゃんと羊になれなかったら、なにもかも台無しになっちゃうよ」

口答えするのはやめておいた。ジョージが正しいとは思わないが、それを言ってもしかたない。このぶんだと、どうやらぼくにはクリスマス会抜きの日なんてものはないらしい。

Chapter 21

次の日はスノーボールを迎えに行ってから、一緒に仲間に会いに行った。ふたりでのんびり散歩をしたり、昼寝をしたり、猫が好きなことばかりした。イワシがあれば完璧だったけど、あいにくイワシはなかった。それでも充実した一日を過ごしていい気分転換になったのに、放課後アレクセイとコニーがあわてた様子でやってきた。

「ダンスクラブの子たちに舞台を使って練習したいって言われて、いい考えだと思ったからパパの鍵を取りに行ったんだ。上着のポケットに入ってるって言われたのに、探してもないんだよ」

「ああ、ジョナサンもしょっちゅう鍵をなくすわ」クレアが言った。「きっとあなたのパパもほかのところに鍵を置いたくせに、ポケットに入れたと思いこんでるのよ。わたしの鍵を使って。パパの鍵もそのうち出てくるわよ。悪いけど、わたしは一緒に行けないの。ポリーもマットも残業で子どもたちを見てなきゃいけないから」クレアも休みがほしいんじゃないだろうか。でも子どもたちが二階で声を張りあげて歌の練習をしているから、クレアにもクリスマス会抜きの日なんてなさそうだ。

クレアから鍵を借りたアレクセイとコニーが急いで出ていくと、ぼくとジョージはベッドに入って夕食前のひと休みをすることにした。ピクルスは二階で子どもたちと練習しなきゃいけないはずなのに、一階にいる。ピクルスも歌はもうこりごりらしい。

「ぼく、とびきり最高のトナカイになれそうだよ」ピクルスが言った。

「まさか」ジョージがつぶやいたが、幸いピクルスには聞こえていない。

「うん、そうだね、ピクルス」ぼくはジョージをにらんだ。

「トナカイみたいに鳴くことだってできるんだよ」

「トナカイって、どう鳴くの？」とジョージ。

「ワン、ワン、ワン」

「すごく上手だね」ぼくは褒めてやり、またジョージをにらんで、なにか言う前に黙らせた。

兄弟みたいに喧嘩を始めたジョージとピクルスの横で、ぼくは目をつぶってひと眠りした。今日は控えめに言ってもたっぷり昼寝ができている。

しばらくして大騒ぎで目が覚めた。ポリーがアレクセイとコニーを連れてきている。

「落ち着いて」ポリーが言った。「ふたり同時にしゃべったらわからないわ。ああ、クレア、そこにいたのね、よかった。この子たちがなにを言ってるのか教えてちょうだい」

「どうしたの？」クレアが尋ねた。ぼくは起きあがって伸びをし、目をしばたたいた。なにがあったんだろう？

「会場が大変なんだ。ダンスクラブの子たちの練習が始まったところで小道具の様子を見に舞台裏へ行ったら、めちゃくちゃになってた。星はずたずたになってるし、馬小屋は壊れてるし、そこらじゅうがめちゃくちゃだった。ニッキーには警察を呼んだほうがいいって言われたけど、クレアに訊いてからと思って」アレクセイが一気にまくしたてた。

「鍵は壊されてなかったの？」クレアが訊いた。

「うん。でもパパの鍵がなくなってたのを思いだして、ひょっとしたら……」

トーマスを疑ってるわけじゃないはずだ。たしかにトーマスは足が大きいし、鍵も持っていたけれど、そんなことをする人じゃない。

「もちろんパパがやったなんて思ってないよ」アレクセイがつづけた。ぼくも思ってない。

「でもペンキのことがあるから、誰かがパパの鍵を持っていってやったんじゃないかな」

「そうよ。ゆうべ誰かがトーマスの鍵を持っていったのよ。盗んだの」アレクセイの言いたいことが伝わっていないかのように、コニーが言い直した。

「そんな」ポリーが耳を疑っている。「ちょっと極端じゃない？」

「真剣に受け止めたほうがいいと思う」コニーが言った。「これまであったことを考えると、クリスマス会を妨害してる人がいる気がする」弁護士を目指しているコニーはすごく理性的だから、同意するしかない。

「でも、なんでそんなことをするの？　チャリティーなのよ。地元の役に立つし、子どもたちも参加してるのに」クレアの声がちょっとうわずっているのは、動揺している証拠だ。

「そういうことなら、犯人を突きとめないと。子どもたちはマットに迎えに来てもらうから、一緒に会場へ行って被害の状況を確認しましょう。あなたのパパも来られそう？」ポリーがアレクセイに訊いた。

「ううん。今日は休みを取ったシェフの代わりに店に出てるから、あとで話すしかない。それに自分の鍵が原因だと知ったら責任を感じちゃうよ」アレクセイもかなり動揺している。顔をこすりつけてあげたが、いまはあまり慰めになりそうにない。

「トーマスは悪くないわ」クレアが言った。「でもわたしたちに突きとめられたら、犯人も用心したほうが身のためね」

ぼくもそう思う。ぼくたちなら必ず突きとめられる。そのときは犯人もクリスマス会をめちゃくちゃにしようとしたのを後悔するだろう。ただ、ぼくはまだ大きな足が気になっていた。あんなに大きな足で蹴ったり踏まれたりしたら、ぼくみたいな猫はひとたまりもない。

子どもたちとジョージがベッドに入ったあと、ぼくはリビングで、なにがあったかジョナサンに説明するクレアの話を聞いていた。

「このせいで予算が底をつくようなことになったら、犯人に後悔させてやる」

「お金のことしか頭にないのね。ポリーの話だと、かなりひどい状態だけれど、幸い直せないものはないそうよ。それよりどうしてクリスマス会を妨害する人がいるのか、そのほうが心配だわ」

「つまり、黄色い足跡はどうやら事故じゃないってことだな」

「ええ、それに鍵のこともある。明らかにトーマスの鍵を使ったんだわ。トーマスはすっかり落ちこんでるけど、誰かがこっそり取ったに決まってる」

「まさかトミーじゃないよな。このところ問題ばかり起こしてたし。本来はすごくいい子だから悪い見方はしたくないが、ぼくたちが思っているより悪い方向へ向かってるとしたら？　あの子の仕業だとしたら？」悲しそうにしている。言いたいことはわかるが、トミーのはずがない。ありえない。ぜったいトミーじゃない。

「関心を引くために？　過激なことをするのは、関心を引きたくてあげる叫び声みたいなものかもしれない。十代の子にはよくあることだわ」

たしかにトミーは態度がくるくる変わる。きちんとしていると思うと、ひどくなる。でも、やっぱりトミーのはずがない。断言できる。少し手に負えないところはあっても、クリスマス会のために一生懸命だし、一緒にシェルターに行って支援する人たちにも会った。トミーのはずがない。ぼくの毛を賭けてもいい。

「でも、やっぱり違うわ。トミーのはずがない。いまは心を入れ替えてるし、根はいい子だもの。それに自分の役目を気に入ってる」クレアが言った。

「そうだな。鍵のことがあるから、ちょっと思っただけだ。でももしトーマスの上着のポケットに入っていたなら、誰でも取ることができたはずだ。犯人を突きとめるのは厄介だぞ」

「早く突きとめないと。もっとひどいことをされないうちに」

「ああ。これからは会場にいるあいだもっと用心して、怪しいやつがいないか目を光らせてるよ」ジョナサンは観察力が鋭いとは言えないから、あまり期待はできない。「それに今度の土曜日は家族が集まる。みんなで協力して犯人を捜そう」

「誰にもクリスマス会を台無しにはさせないわ。とても大事なことなのに」

「そんなことにはならないよ。ぼくがそうさせない」

そう、そんなことにはならない。なぜならぼくが犯人を突きとめるからだ。ただ、その前にぐっすり眠っておいしい朝食を食べよう。そしてまずはジョージや仲間のみんなと話してみよう。みんなの力を借りれば真相がはっきりするはずだ。クレアたちが頑張ってるのはわかるけれど、最終的に解決するのはぼくたち猫だ。いつだってそうなる。

「またもめちゃくちゃにされたの？」翌朝、ぼくから話を聞いたジョージが言った。朝食が終わってみんなが出かけるまで話さずにいたが、ピクルスがいるのをうっかりしていた。

「なんの話?」ピクルスが訊いた。

「ピクルスは犬だからわからないよ」ジョージが答え、ぼくはジョージを前足で制した。ほんとにこの子はピクルスにもっとやさしくしないといけない。たしかにピクルスは犬だけど、まだ子どもなのだ。ジョージももっと寛大になってほしい。

「ぼくは赤鼻のトナカイだよ」ピクルスが言い返してぐるぐるまわりだした。

「とにかく」ぼくは話を戻した。「もうこんなことをさせないようにしなきゃいけないけど、いまは証拠がほとんどないんだ」

「証拠ってなに? 食べられるもの?」とピクルス。

「ほらね、だから言ったでしょ」ジョージがひげを立てている。たしかにピクルスを守るぼくの壁もすり減ってきた。

「いまのところわかってるのは、犯人は足が大きいってことだよ。トーマスやマットやジョナサンぐらい」

「でも、あの三人がやったはずない」ジョージが言った。

「うん、もちろん。参考までに言っただけ。犯人はトーマスの鍵もまんまと手に入れたけど、上着のポケットに入れてたから、トーマスが着てないときは誰でも取れた」

「そうだね、つまりたいした証拠にはならないってことだね。じゃあ、足が大きい人を探そう」

「うん。できることはあまりなさそうだな」ぼくは頭を掻いた。なかなか厄介な状況だ。

「セットをつくったりリハーサルをしたりしてるときに会場に行って、怪しいものがないか見てようよ。手がかりを探したり、人間を見張ったりして」ジョージが言った。

「今夜リハーサルがある。ツリーも並べるって、ポリーが言ってた」

「ちょうどいいや。少なくとも手始めにはなるね」とジョージ。

「ぼくも行っていい？」ピクルスが訊いた。

「どうせ行くことになると思うよ。トナカイなんだから」ジョージが答えた。

「ただのトナカイじゃないよ。赤鼻のトナカイだよ。とびきりのトナカイ」

「そうだね」ぼくはジョージが容赦ない言葉を口にしないうちに、すかさず言った。

「じゃあ、ぼくも悪者をつかまえるのを手伝えるね」ピクルスが張り切っている。

ジョージがしっぽをひと振りした。ピクルスなら手伝うより邪魔する可能性のほうが高いと思っているんだろうが、そうとは限らない。役に立ってくれるかもしれない。でも、やっぱり無理だろう。

そうとなったらみんなにも声をかけないと。長い一日になりそうだが、覚悟はできている。

「ぼくはこれからスノーボールに会ってくる。ジョージもハナに話してきてくれる？」

「うん、いいよ」

「ぼくは？」ピクルスが訊いた。

「ピクルスはここを見張っててよ。怪しいものを見かけたら、あとで教えて。ここを守る責任者になったつもりで」本来ならピクルスに留守番させてはいけないことになっているが、もうすぐクレアが帰ってくるはずだし、いまは緊急事態だ。なにしろエドガー・ロードの安全がかかってるんだから。

「うわあ、なんだか大事な仕事っぽいね。ぼく、大事なの？」ピクルスが張り切っている。

「すごく大事だよ」ジョージが肉球を眺めながら答えた。「じゃあ、行ってくるね。妨害行為阻止作戦、開始だ」

「どういう意味？」とピクルス。

「あとで教えてあげるよ」ぼくは言った。「とりあえずぼくたちは出かけてくるから、ピクルスはここをしっかり守っててね」そしてそれ以上ピクルスに質問されないうちに、ジョージを追って猫ドアから外に出た。


まだ午前中なのに、ぼくもジョージも疲れきっていた。ぼくはまずスノーボールの家に行ったが、ハロルドがスノーボールを抱きしめて片時も放そうとしなかったので待つしかなかった。幸いシルビーがテオを連れて立ち寄ったので、すぐさまスノーボールはテオと交代できた。どうやらテオはかなり役に立つ子らしい。ぼくたちは急いで外に出て、ようやく話すことができた。

「わたしたちなら解決できるわ」話を聞いたスノーボールが頼もしいことを言ってくれた。

「うん。でもあまり時間がないから、みんなで作戦を立てないと」

「作戦はあなたの担当でしょ。でもそうね、たしかに聞き捨てならない事態だわ」真剣に捉えているようで、ここぞとばかりにぼくを茶化そうともしない。少なくともあまり茶化してこない。

「すごく大事なことだよ。そして結局はいつもどおりぼくたち猫が解決するしかないと思うんだ」

「たしかにそうね。でも、犯人がすごく悪い人だったらどうするの？　誰も危ない目に遭ってほしくない」身震いしている。

「そんなことにはならないよ。誰も危ない目には遭わせないって約束する」ぼくがこっそり祈っていることをスノーボールに気づかれなくてよかった。そんな約束はできないが、祈ることはできるし、誰も危ない目になんか遭ってほしくないと心から思う。でもときどきぼくがやることには危険がつきものの気がする。

次はたまり場へ行き、仲間に説明した。みんな姿勢を正して座り、しっかり耳を傾けてくれた。

「つまり、そんなことをしてるやつを突きとめられるかやってみるんだな」オリバーが言った。すごく頭が切れるオリバーなら、きっと力になってくれるだろう。

「うん、クリスマス会に関わってる人間には、この通りに住んでる人が大勢いるから、みんなが目や耳になってくれないかな」

「わかった。怪しいことがないか見張ってるよ」ロッキーが言った。

「みんなで偵察もしてみるわ」とネリー。

「安心しろ、アルフィー。おれたちがついてる」エルビスが話を締めくくった。

「みんななら頼りにできると思ってたんだ」

「じゃあ、サーモンを探しに行きましょう。なにか知ってる猫がいるとしたら、サーモンしかいないわ」スノーボールに言われ、ぼくたちは小走りでその場を立ち去った。

サーモンは玄関のひさしの下に座っていた。まるで自分の家を守っているようで、いまはサーモンとグッドウィン夫妻の詮索好きなところがありがたかった。

「その話ならもう知ってる」話し終えたぼくたちにサーモンが言った。「クレアから電話があって、ヴィクとヘザーがもう動きだしてる。近隣監視活動の会合を開いて、犯人捜しに協力するらしい」

「よかった」今回ばかりは近隣監視活動の会合がありがたい。普段は違う。会合は延々つづき、信じられないほど退屈なのだ。ジョナサンはしょっちゅう途中で居眠りするからクレアはいらだっているけれど、ぼくはジョナサンを責める気になれない。

「心配するな、アルフィー」サーモンがやさしく言った。「おれたちで犯人をつかまえて、クリスマス会を守れるさ」

　そこそこ安心したぼくはサーモンと別れ、最後の目的地へ向かった。ごみばこのところだ。スノーボールもトミーがやったはずがないと思っているが、トミーがだいじょうぶか確認したほうがいい気がした。クレアとジョナサンみたいに、トミーを犯人と考える人がほかにもいないか心配だった。


「早くも長い一日になってるわね」凍えそうな寒さのなか、レストランの裏庭へ向かう途中でスノーボールが言った。ぼくの心が読めるんだろうか。

「うん、ほんとに。それに早く解決しないと、これがずっとつづくことになる」トミーの様子を直接確かめられるように、放課後訪ねるほうがいいと思ったのだ。

「少なくとも食べ物はもらえるわ、きっと」スノーボールの機嫌が急によくなった。たしかに。きっとおやつをもらえる。こんなに頑張ってるんだから。

「よお、来ると思ってたよ」ぼくたちに気づいたごみばこが声をかけてきた。「しかもちょうどいいタイミングだ」そう言われてレストランの裏庭に目をやると、アレクセイとトミーがにらみ合っていた。

「おまえがやったんだろ」アレクセイが怒鳴りつけた。顔が赤い。まずい。犯人はトミーの可能性があると考えたのはジョナサンだけじゃないのだ。

「やってない」

「クリスマス会を手伝ってるのに、あんなのくだらないといまだに言ってるじゃないか。そのあげくがこれだ」

「ああ、くだらないよ。だからってぼくがやったことにはならない」ふたりの距離はすごく近くて、ぼくは急いであいだに割って入り、大声で鳴いた。

「ミャオ」

「アルフィー、クリスマス会をめちゃくちゃにしてるのはトミーなんだ」アレクセイが言った。

「ニャー」ぼくはそうは思わない。

「ぼくじゃない」トミーが怒鳴り返した。そのとき、フランチェスカが出てきてくれた。

「なにを喧嘩してるの?」

「トミーが、クリスマス会をめちゃくちゃにしてるのは自分だって認めないんだ」

「アレクセイ、トミーがそんなことするはずないわ。そうよね、トミー?」

「してない。みんなが期待するほど役に立ってないかもしれないけど努力してるし、シェルターのためにやってるイベントが台無しになるようなことはしない。ぼくはモンスターじゃない」

「おまえはモンスターだ」アレクセイが言い返した。

「アレクセイ、やめなさい。よく聞いて。トミーがやってないと言うなら、それでじゅうぶんよ。それにトミーはゆうべずっとうちにいたんだから、犯人のはずがないわ」

「だから言っただろ」とトミー。

「でもトミー、最近の素行が悪いせいで、疑う人もいるかもしれないことは頭に入れておかなければだめよ。その点は自分の責任なのよ」フランチェスカがつづけた。

「わかったよ」トミーが地面に目を向けた。

「もうこのぐらいにしない？　もうすぐクリスマスだし、今回のイベントにはSNSに詳しいトミーとチャーリーの協力が欠かせない。トミーはこれまでよく頑張ってくれてるわ。そうでしょ、アレクセイ？」フランチェスカがいつも冷静でよかった。

「まあね」アレクセイがしぶしぶ認めた。

「じゃあ、ふたりとも約束して。トミーはもっと頑張ること。アレクセイは弟にもう一度チャンスをあげること」

「ごめん、アレクセイ。でもほんとにぼくはやってないし、クリスマス会の妨害なんてしない」トミーの口調は真剣だ。

「わかった。ぼくもおまえがやったなんて言って悪かったよ。でもぼくをばかにするのはもうやめて、仲良くしないか?」

「わかった」

握手するふたりを見て、ぼくは今度こそ突破口が見つかったのがわかった。でも、トミーでないなら、妨害している犯人は誰なんだろう。


その夜のリハーサルは何事もなく進み、ぼくは舞台裏のパトロールに努めた。昼間の遠出でへとへとだったが、なにがあろうとやめるわけにはいかない。誰も悪意がありそうには見えず、怪しい行動をする人もいなかった。トーマスの鍵はまだ見つからず、見かけた人もいないらしい。でも、鍵を取った人がいるなら、自分から言うはずがない。ポリーはぜったい許せない行為だと思っているが、その場にいる人たちの様子を窺っても後ろめたそうな人はいなかった。つまり、犯人は今日ここにいないか、演技がすごくうまいかだ。

それでひとつ思いついたぼくは、ジョージと話しに行った。

「ジョージ」そっと声をかけた。

「なに?」ぼくはジョージを壁際に連れていった。ハナとスノーボールにも聞いてほしいが、どちらもハロルドが抱っこして放そうとしないので、いまは話せない。

「怪しい人がいないか見張ってたけど、舞台裏には後ろめたそうにしてる人はいなかったから、犯人はここにいないかすごく演技がうまいかだよ」

「だから？」

「だから、足が大きくて演技もうまい人を探そう」

「でも、ぼくより演技がうまい人なんていないよ」ジョージが反論した。

「そうかもしれないけど、劇に出る人をしっかり観察しないと。もちろんマットとトーマス以外の知らない男の人を。だから最初の一歩は、駄洒落《だじゃれ》じゃないけどみんなの足を見て、いちばん大きい人を突きとめることだ」

「どこが駄洒落なの？」頭がどうかしたのか疑う目でこちらを見ている。

「それはどうでもいいから、とにかく足が大きくて演技のうまい人がいないか気をつけていてよ」たいして難しくないはずだ。数えきれないほど大勢いるわけじゃない。

あれこれじっくり考えていたら、子どもたちが舞台に出てきて気を紛らわせてくれた。衣装をつけていなくてもかわいらしい。ピクルスも赤い鼻をつけていないが、何度注意しても食べようとするから当日までつけないことにしたらしい。

「真っ赤なお鼻のトナカイさんは――」元気いっぱいに歌う子どもたちが、ピクルスに教えたとおり踊らせようとしている。ヘンリーが持つ犬用のおやつを狙ってピクルスが立ちあがり、くるくるまわった。すごくかわいいけれど、あれではトナカイというより犬だ。少なくともぼくにはそう見える。

「かわいいね」珍しくジョージがピクルスを褒めた。

「うん。サマーたちも」

歌が終わると拍手が起き、ピクルスが舞台を舐めた。

「ワン、ワン、ワン」舞台の中央に立って得意げにしている。

「ブラボー」クレアが叫んだ。

「すごくよかったよ」アレクセイは監督としての役目をまじめに果たしている。

「次はエドガー・ロードの合唱団ね」コニーが言った。ヴィクとヘザーが合唱団を連れて舞台に現れたので、ぼくは腰をおろした。クリスマス会はみんなにとってすごく大事なものだ。なにがなんでも犯人を見つけないと。見つけるしかない。

Chapter 22

隣人監視活動の会合は運よくわが家で開かれたので、ぼくも参加できた。月曜日の夜なのに今日は練習がない。いまのところ犯人捜しに進展はないが、まだ始めたばかりだし、幸いあのあとはなにも起きていない。壊されたものをトーマスが仲間と夜遅くまで修理しているので、犯人にはまためちゃくちゃにするチャンスがないのだろう。ひょっとしたらあきらめたのかもしれない。そうだったらどんなにいいか。

「では、始めようか」ヴィクが両手をパチンと打ち鳴らした。クレアとジョナサンがかいがいしく飲み物を配っているリビングは人でいっぱいで、座る場所がない。するとチャイムが鳴り、ヴィクがこれみよがしに舌打ちした。遅刻は一分でも許せないのだ。

玄関へ向かったポリーがバーバラと戻ってきた。

「遅れてごめんなさい」バーバラがにっこりした。「力になれることがあるかと思って」

信じていいのかわからないが、本気で言っているように聞こえる。ぼくをにらみもしないから、本当にいい人になったのかもしれない。少なくとも以前よりましに。

ぼくはしっかり話が聞けるようにマットの膝に陣取った。マットがぼくを撫でながらヴィクの話に耳を傾けた。

「われわれの努力が台無しにされるのを、黙って見てはいられない」ヴィクが言った。

「そうよ。それにエドガー・ロードではどんな犯罪も許さないわ」ヘザーがつけ加えた。

「誰だろうと犯人をつかまえて、邪魔したことを後悔させてやる」ヴィクの大声にマットがびくっとしている。

ぼくはみんなの話に聞き入った。出たそばから却下された案もあった。カメラを設置する案は、短期間しか使わないわりにお金がかかりすぎるという理由でジョナサンにはねつけられた。二十四時間体制で監視したらどうかというヴィクの提案も現実的ではなかった。

「みんなの都合がつくとは思えない。本番が数週間先に迫っていて、ただでさえ忙しいのに」ジョナサンが反対した。

「そうだな、ずっと誰かが詰めてるのは不可能だ」ヴィクが認めた。

でも、おかげでぼくにアイデアが浮かんだ。それならぼくたち猫が見張ればいい。そうだよ、それがいい。猫の隣人監視活動なら、人間の隣人監視活動より先に悪事を防げる。これまでもそうしてきた。

会合が出した結論はかなりあいまいで、みんなで用心して不審なものがあったら報告することになった。ぼくたち猫の作戦と似たり寄ったりだ。でもなにがなんでも会を成功させるためにこれ以上妨害させせまいとしているのが嬉しかった。みんなで力を合わせれば、きっとクリスマス会も無事に終わるはずだ。

「じゃあ、みんななにをすればいいかわかったな？」たらふくワッフルを平らげたヴィクが言った。なにをすればいいか、わかってる人はいるんだろうか。

「つまり、することはたいしてないってことだよな」ジョナサンがつぶやき、クレアに叩かれている。

そのあと少し雑談になり、しびれを切らしたジョナサンがどうにかみんなを帰した。マットとポリーは最後の一杯を飲みながら情報交換するために残った。

「今日来た人のなかに犯人がいたと思う？」ポリーがワイングラスに口をつけた。

「たぶん。ぼくが犯人ならそうする。どこまで知られているか調べるために」とマット。

「どうして妨害しようとするのか、さっぱりわからないわ」ポリーがつづけた。

「でも、誰も心当たりはないみたいだったな。それが厄介なところだ」とジョナサン。

「それに怪しい素振りの人もいなかったわ」クレアの意見にぼくも賛成だ。勘の鋭いぼくがずっと見張っていたのにわからなかった。

「だったら、ここにはいなかったのよ。クリスマス会には関わっていないけど、やるのが気に入らないだけの人なのかしら」ポリーが考えこんでいる。

「それはそうと、仕事で来られなかったトーマスから電話があった。どうやらアレクセイがトミーを疑ったらしい」マットが言った。

「実は、それはぼくもちょっと考えたんだ」ジョナサンが打ち明けた。

「でもトミーはやってない。毎回アリバイがある」マットが理由をつけ加えた。

「悪いイメージはなかなか消えないものよ」ポリーが言った。「トミーは反抗期なだけで、おとなになろうとしてるのよ。でも、最悪な時期は越えた気がする」

「ええ。それにジョナサンの会社で仕事を体験するために一生懸命やってるわ」とクレア。

「とにかくトミーを疑ったりして悪かったと思ってる。あの子のはずがないし、それは断言できる。トミーは心を入れ替えたんだ」ジョナサンが言った。

「じゃあ、これでまた振り出しに戻ったわね。誰がクリスマス会をめちゃくちゃにしようとしてるのか、さっぱりわからない」ポリーがため息をついた。

「さっぱりだな」マットもため息をついている。

　違う。ベッドに入りながらぼくは思った。ぼくは振り出しに戻ってない。身近な人間はみんなすごく心配してるから、そのなかに犯人はいない。考えれば考えるほど、会場にこっそり入って夜通し番猫をするしかないが、ひとりでやる気になれないから、喜んで協力してくれる相手をじっくり考える必要がある。最初に思いつくのはスノーボールだけど、ハロルドに気づかれずに抜けだすのは無理だし、もしスノーボールが朝まで姿をくらませたら、パニックを起こしたハロルドに辛い思いをさせてしまう。ジョージなら張り切ってついてくるだろうが、犯人が現れて危ない目に遭うかもしれない。息子を危ない目には遭わせられない。ハナはきっと怯《おび》えてしまうだろうから、候補に入れる気にもならない。たまり場に集まる仲間はエドガー・ロード以外の場所でひと晩過ごすのは気が進まないだろうし、頼めば来てくれるだろうけれど、無理を言いたくない。ごみばことアリーも緊急事態となれば協力してくれるだろうが、夜はレストランの裏庭がいちばん忙しくなる時間で、ネズミを寄せつけないようにしないといけない。それがごみばことアリーの仕事なんだから。だとすると、選択肢はひとつだ。あまり気乗りはしないけど、ほかに選択肢はない。

次の朝、サーモンを訪ねて計画を打ち明けた。サーモンは眉をひそめてにらんできた。

「会場に張りこんで犯人をつかまえるのか?」

「う、うん、そうだよ。でもまた来たらだけどね。もう来ないかもしれないって、ゆうべクレアたちが話してたから。でもぼくたちで犯人をつかまえれば――」

「わかった。喜んで加勢する。家族もおれが協力するのを望むはずだ。危険な任務かもしれないが、引き受ける」

「そう? よかった、助かるよ」サーモンはぼくにもまして大げさになることがある。

「で、どうするんだ?」

「今夜リハーサルがあるから、そのあとあそこに隠れていたい。少なくともひと晩、場合によってはもっと」

「おまえとひと晩過ごすのは気が進まないが、たしかにそうするしかないかもしれないな。

リハーサルのあとあそこに行って、自分の目で状況を確かめる」

「ありがとう。じゃあ、今夜またね」

挨拶を交わしてサーモンと別れ、家に帰った。やれやれ、最初の夜に犯人をつかまえられるように祈るしかない。サーモンとふたりきりで過ごすのはひと晩が限界かもしれない。こんな計画を立てたことを後悔してきたが、クリスマス会を救えるならやる価値がある。

たまり場でスノーボールと仲間に打ち明けると、みんなに大笑いされた。エルビスはいなかったが、ネリーはこの話を聞いたエルビスの反応が楽しみだと言った。

「ぼくは正義のために自分を犠牲にするんだよ」むっとして毛が逆立った。

「でも、よりによってサーモンと？　ついこのあいだまでおまえを目の敵にしてたやつじゃないか」ロッキーが言った。

「そんなの大昔の話だし、タイガーはよくサーモンをやっつけてた」懐かしい。

「誰もタイガーに盾突くことはできなかったわ」スノーボールも懐かしがっている。ぼくたちはよくタイガーの思い出話をする。いまでもみんなの心のなかで大きな存在なのだ。

スノーボールは初めてのガールフレンドだったのに、タイガーが天国へ行ったあとエドガー・ロードに戻ってきたときぼくとタイガーの関係を知ってもやきもちを焼かず、むしろ喜んでくれた。でもスノーボールとタイガーは友だちだった。スノーボールと気兼ねなくタイガーの話をできてよかった。タイガーなら会場で一緒にひと晩過ごしてくれただろう。

ぼくよりはるかに短気だったから、危険が潜んでいたら、きっとそれに立ち向かっただろう。ついついそんな考えが浮かび、ぼくは頭を振った。いまこんなことを考えてもしかたないから、タイガーの思い出を力に変えよう。これまでもしょっちゅうそうしてきた。

「とにかく、サーモンは友だちみたいなものなんだ」ぼくは言った。「だから心配しなくてもだいじょうぶだよ」

「でも、あなたたちがあそこにいるとき犯人が来て見つかったら、危ないんじゃない？」ネリーが心配している。

「いやだ、そうね。そこまで考えていなかったわ」スノーボールが言った。「アルフィー、気をつけるって約束して」

「ねえ、まだ犯人が来るかわからないんだよ。でも見つからないようにサーモンと隠れてる。約束するよ」身震いが出た。これまでさんざん危ない目に遭ってきたんだから、もうごめんだ。

その日の夜、リハーサルが終わったあとサーモンと会場へ向かった。外の暗闇に潜み、誰か来ないか見張るのがいちばんいいと考えていた。犯人に来てほしいと思う一方、来たらどうするのかわからなくて怖くもあった。

「で、犯人が来たらどうするんだ？」サーモンが訊いた。

「ぼくも同じことを考えてた。大きな音を立てて、追い払ったらどうかな」

「そうだな。でもやばそうなやつだったら、手を出すのはやめておこう」不安そうだが、ぼくも同じだから気持ちはわかる。

会場に入るには正面の塀のあいだを通るしかないので、塀の陰で身を屈めた。凍えそうに寒くて、あまり待たされずにすむように祈った。

「クリスマスで好きなものはなんだ？」サーモンが時間つぶしに訊いてきた。

「決まってるよ、家族と友だちが集まること」食べ物も加えたいけど、それじゃ薄っぺらいし、ぼくは薄っぺらい猫じゃない。

「おれもだ。やさしい家族と過ごすクリスマスほどいいものはないからな。シェルターにいる人たちには家族もいないんだろ？　いればホームレスのはずがない」

「そうだね。家族がいれば面倒を見てもらえる。最初の家族のマーガレットが亡くなったとき、ぼくも面倒を見てくれる人がいなくなってしまったけど、運よく新しい家族にめぐり合えた」

「おまえのとこのトビーも、新しい家族にめぐり合ったしな」

「うん。でもおとなは、猫や子どもほど簡単にはいかないのかもしれないね」

「気の毒な話だ」

ふたりで物思いに沈んでいると、足音が聞こえてぞっとした。

「見て」ぼくは立ちあがり、サーモンも立ちあがった。暗闇のなか人影が近づいてくる。足に目をやると大きかった。誰かわからないが大柄でもちろんトミーじゃない。よかった。

「行くよ」足音はもうすぐそこだ。

「神よ守りたまえ」サーモンがつぶやき、ふたりで飛びだした。

「ニャーッ！」ぼくは声を張りあげた。

「ニャーオ！」サーモンも叫んでいる。

「うわっ。心臓がとまるかと思った」

ぼくたちは言葉を失ってトーマスを見つめた。犯人じゃない。それともトーマスが犯人だったの？　ありえない。

「ここでなにをしてるんだ？　携帯電話を忘れたから、取りに来たんだ。フランチェスカにはしょっちゅうなにかをなくしてばかりだと言われてる」

ああ、そういうことか。

「犯人が戻ってこないか、見張ってるのか？」

「ミャオ」そうだよ。

「本当に賢い子だな。でも気をつけるんだぞ。犯人はかなり足が大きいからな」

身震いが走った。トーマスの言うことはもっともで、あの足で襲われたらどれほど危険か予想はつく。

Chapter 23

今日は家にツリーを飾るので、クリスマス会のことを考える余裕がない。この日をずっと待っていた。ようやくクリスマスシーズンを本格的に始められる。まだちょっと早いかもしれないけれど、会の準備で忙しいから、いまのうちにツリーを飾っておかないとみんなでできなくなるかもしれないとクレアが言ったのだ。でも、ほんとはいつもより早めに飾りたいだけだろう。それにただでさえクリスマス気分が盛りあがっているから、クリスマスムードに包まれるのはいかにもふさわしい気がする。

うちはいつも大騒ぎだけど、ツリーを飾る日も大騒ぎになる。ツリーを買いに行くためにトーマスがヴァンで迎えに来てくれた。ヴァンならうちとポリーのツリーも乗るからだ。シルビーとマーカスにも一緒に行くか訊いてみたが、今年は赤ちゃんのテオがいるからつくり物のツリーにするらしく、ハロルドにはマーカスが子どものころから使っているツリーがあるからそれでじゅうぶんと言われた。一カ月しか使わないツリーにお金をかけるつもりはないのだ。ジョナサンも同じ意見だったが、クレアたちに多数決で負けた。

ツリーの買い出しで唯一の難点は、猫は連れていってもらえないことだ。ピクルスも。ぼくはジョージとピクルスと留守番するしかない。

「すっごく楽しみだね」ピクルスがわくわくしている。

「今年はツリーに登ろうとしちゃだめだよ」去年ジョージは初めてツリーに登らなかったけど、登るようにピクルスをそそのかした。今年こそツリーをめぐるトラブルが起きませんように。

「そんなことしないよ。でも、食べてもいい？」

「だめ。ちくちくしてるから怪我するよ」ジョージがたしなめた。ぼくは目で褒めてやった。

「飾りも食べちゃだめだよ。キラキラするモールも食べちゃだめ」ぼくは言った。

「やっちゃだめなことばっかり」ピクルスはやってはいけないと言われるのが好きじゃない。誰だって好きじゃないけど、ピクルスは言われたことと逆のことをしがちで、その結果がよかったためしがない。

待ちくたびれたころ、ツリーを買ったみんなが帰ってきた。

「ほんとにこんなに大きいツリーが必要なのか？」ジョナサンが文句を言いながら、トーマスとマットと一緒に重そうなツリーを運んできた。

「そうよ」クレアが即答した。

「いままででいちばんいいツリーだよ」とサマー。

「なんでうちのツリーのほうが小さいの？」ヘンリーが訊いた。

「うちのリビングのほうが少し狭いし、ツリーを二本買ったからよ。リビングに置くツリーと、あなたたちが好きなように飾っていいツリー」ポリーが説明した。

「なんでうちにはぼくたちが好きなように飾れるツリーがないの？」とトビー。

「世界一値段の高いツリーがあるからだ」ジョナサンが答えた。すごく大きなツリーを運んだせいで、まだちょっと顔が赤い。

「なんでうちのツリーは世界一高くないの？」マーサが訊いた。

おとなたちがやれやれと言わんばかりに首を振っている。

「次はきみの家へ行くよ」トーマスがポリーに声をかけた。「そのあとうちのツリーを持って家に帰る。フランチェスカは息子たちに飾りつけを手伝わせるつもりなんだ。てっきりトミーはそんな歳じゃないと言うと思っていたが、断らなかったよ。ただ、コニーも来るから、チャーリーを呼んでもいいことにした」

それを聞いてぼくは嬉しくなった。トミーはまだ完全に元どおりになったわけじゃないが、どうやらそうなりつつあるらしい。


午後はみんなで楽しく過ごした。クレアはお気に入りのクリスマスソングをかけた。箱から飾りを出すころには、ジョナサンさえツリーの値段に文句を言わなくなっていた。早めに屋根裏からおろしてあった飾りをクレアがトビーと整理している。

「クリスマスにほしいのはあなただけ」歌手が歌っている。

「クリスマスにほしいのはあなただけ」クレアが笑いながら一緒に歌い、トビーを抱きしめて、そのあとサマーとジョナサンも抱きしめた。リビングで踊るみんなにまじり、ジョージとぼくも踊った。ジョナサンも足元のサマーと一緒に踊っている。ぼくたちは肉球がひりひりするまで踊りつづけた。

「そうだわ、ホットチョコレートをつくって、マシュマロを食べながら飾りつけをしましょうよ」クレアが言った。

「やった！」トビーとサマーが喜んでいる。

「ぼくのにはウィスキーを垂らしてくれ」とジョナサン。

「いいわよ。不機嫌にならないと約束するなら」

何時間もかかった気がしたが、飾りつけが終わったツリーは見事だった。

「まあ、すごくきれいじゃない？」はしごに登っててっぺんに天使をつけるジョナサンに向かってクレアが感嘆の声をあげている。

「去年サマーとトビーがつくった天使だよ」ジョナサンが言った。「さて、ライトをつけたい人？」

「はい、はい、はい」サマーが手をあげた。

「はーい」とトビー。

「どうやら引き分けだな。ライトはふた組あるから、ぼくの合図でひとつずつコンセントに差しこめばいい」

ぼくは興奮を抑えきれずに、コンセントの前でプラグを構える子どもたちを見つめた。

「十、九、八、七、六、五、四、三、二、一、スイッチオン！」ジョナサンがカウントダウンした。

「まあ」すべてのライトが灯《とも》り、光り輝くツリーを見てクレアが感激している。

「ミャオ」すごくきれいだ。

「ニャー」ジョージが残念そうな声を出した。「登るのを我慢するのは大変そうだな」

「頑張って我慢するんだ」ぼくはしっぽをひと振りした。

『きよしこの夜』が流れ始め、みんなでツリーを囲んで褒め合った。

「サンタさんがプレゼントを置く場所がいっぱいあるね」サマーが嬉しそうだ。

「でも、クリスマスで大事なのはプレゼントだけじゃないよ」トビーは子どもにしてはかなりしっかりしている。

「ええ、家族や愛について改めて考える機会になるわ。世の中にはあまり幸せではない人もいて、そういう人たちを思いやるためにあるのよ」クレアが言った。

「ホームレスの人たちみたいに」とサマー。

「ミャオ」どうやらサマーもしっかりしてきたらしい。

「家族写真の時間よ！」クレアが言った。

ジョナサンが携帯電話を出し、サマーがジョージの首にきらきら光るモールをかけ、みんなでツリーの前に立った。うしろにジョナサンとクレアが立ち、前にいるサマーはジョージを、トビーがぼくを抱いた。ジョナサンがタイマーで写真を撮った。

「今年のクリスマスカードにしましょうよ」写真を見たクレアが言った。ぼくもソファの肘掛けに飛び乗って見てみた。たしかに理想的な家族に見える。いや、見えるじゃなくて、実際そうなのだ。

そのあと改めてみんなでうっとりツリーを眺めていると、チャイムが鳴った。ぼくは玄関へ向かうジョナサンを追いかけた。誰が来たのかと思っていたら、トミーだった。おどおどしている。

「ツリーの飾りつけをしてたんじゃないのか？」ジョナサンが訊いた。

「もう終わった。うちは普通のツリーだから。ここのは、ばかでかいんだってね」

「ああ」ジョナサンが認めた。

「アレクセイがコニーを送ってきたから、ぼくもジョナサンに会いに来たんだ」

「そうか。とにかく入れよ」

「それよりここで話せない？　サマーたちに気づかれたら、一緒に遊ばないのかってうるさいから」

「いいよ」ジョナサンが外に出たので、すごく寒かったけどぼくも出た。

「謝りに来たんだ」

「なにを？」ジョナサンが尋ねた。

「行動を改めていい成績を取ったら、仕事を体験させてもいいって言ってくれて嬉しかったのに、どういうわけかまた問題を起こしちゃった。ぼくのせいで家族みんなを悲しませてる気がして、今度こそつくづく思い知らされた。もうこんなことしたくない」

「なるほど、まずは第一歩だな。でもなにがきっかけでそう思ったんだ？」

「ずっとむしゃくしゃしてて、クリスマス会を手伝わされるのもいやだった。ばかばかしくて、ださいと思ってた。でも悪い子でいるといろんなチャンスを逃してたことに気づいたから、むかしの自分に戻りたい。いまでもたまにちょっと腹が立つことはあるけど、ホルモンが原因だってママに言われた。それにシェルターはすごく立派なことをしてるんだから、SNSで宣伝できてよかったと思ってる。アレクセイにもそう言ったんだ。最初はいやなふりをしてたけど、ほんとは違う。チャーリーもぼくがどれほどひどかったか話してくれたし、これからはちゃんとしたい」

「そうか、それはよかった。アレクセイはクリスマス会を妨害してるのはおまえじゃないかと思ってたそうだな。実は、ぼくもちらりとそう思ったんだ」

「知ってる。一度トラブルメーカーのレッテルを貼られると、なかなか消えないからね。でもジョナサンがそう思うのはしかたないし、それで目が覚めた。そこまで悪い子だとみんなに思われてるなら、ほんとにひどかったんだって。だから心を入れ替えたことを証明するために、やり直すチャンスがほしい」

「偉いじゃないか。証明してみせたら、うちの会社で体験させるという話はボツにしないでやってもいいぞ」ジョナサンがトミーの髪をくしゃくしゃにしたので、ぼくは頭をこすりつけてあげた。

「ほんと？　ありがとう。頑張るよ」

早くもクリスマスの奇跡が起きた。

Chapter 24

たまり場でここ数日にあったことを仲間に話していたら、ものすごい勢いでこちらへ走ってくるエルビスが見えた。最近、朝のうちは凍えるほど寒い日が多くなったけど、必要に迫られたときの猫は寒さなんて気にしない。

「アルフィー、聞いて驚くな」急ブレーキをかけて滑りながらとまったエルビスの息が切れている。

「どうしたの?」スノーボールが尋ねた。

「ここに来る途中で、例のフラットの前を通ったんだ。ほら、猫嫌いが住んでるフラット」

「バーバラのこと?」バーバラにはまだ戸惑っている。ぼくたちを襲ったくせに、クリスマス会を妨害している犯人を捜すのを手伝うとも言ってきて、エドガー・ロードの住人には気さくに接しているからなにを考えているのかよくわからない。

「そう、その人。で……」息切れして話せずにいる。早く走りすぎたときのピクルスみたいだ。「すまない、全速力で走ってきたもんだから」

「エルビス、早く話して」ネリーがせかした。

「ああ、わかってる、いま話す。それで、そのまま通り過ぎようとしたところで、おまえに言われたことを思いだしたんだ。だから玄関が開くのを見て、隣のフラットの門の陰に隠れて見張ってた。あの人はゴミ箱のところへ行って、きょろきょろまわりを見てからゴミ箱のふたを開けた。なにを捨てたと思う?」そこでいったん話を切って腰をおろし、ぼくたちの返事を待っている。

「ゴミ?」スノーボールが口火を切った。

「いや、違う。ぜんぜん違う」

「なんだったの、エルビス」じれったい。ごちそうのおあずけを食らってるようで、ちょっとおなかが空いてきた。

「黄色いペンキがついた靴だよ」

「え?」ロッキーが言った。「それって、つまり」

「ああ、靴底に黄色いペンキがついた大きな靴だった。それをゴミ箱に放りこんでた」

「間違いないの?」ひげから肉球まで衝撃が走った。このあいだ、ポリーと話してたときはすごく悲しそうにしてたから、やり直すチャンスをあげてもいいと思っていたのに。

「間違いない」

「でも、バーバラの足は小さいよ」

「自分の目で確かめてみろよ。靴を捨てたあと出かけるのを見た。買い物袋を持ってたから、いまなら見つからずに確かめられる」

さっそくみんなでバーバラのフラットへ向かった。外にゴミ箱があるが、とうぜんふたは閉まっている。

「どうやってなかを見よう」

スノーボールが近くの壁に飛び乗った。そしてそろそろとふたの下に前足を入れて少し持ちあげた。

「早く。ゴミ箱の縁に飛び乗ってなかをのぞいてみて」言われたとおりにしたぼくは、危なっかしくバランスを取りながらなかをのぞきこんだ。

「あった。同じ色だ、あのとき見た……うわっ」バランスを崩し、お尻から地面に落ちてしまった。みんな笑いをこらえていたが、結局笑いだした。スノーボールがふたを放し、地面におりてきた。

「だいじょうぶ?」

「しっぽがずきずきする」恥ずかしい。ゴミ箱の細い縁でバランスを取るのがいくら難しくても、スノーボールや仲間の前でこんなふうにみっともない落ち方をするなんてプライドがずたずただ。

「でも、靴があっただろ?」エルビスが興奮している。

「うん、あった。それに靴底は舞台についてた足跡と同じだった。ということは、バーバラは犯人を知ってるんだ。足の大きい犯人を知ってるに違いない」

「そうかしら、アルフィー。バーバラが犯人なんじゃない？　犯人だと思われないように、自分には大きすぎる靴を履いたのよ」いくぶん見下した口調でネリーが言った。

「そうか、そうだよね」考えもしなかったけど、まだしっぽがちょっとずきずきするから頭がうまくまわらない。

「子どもたちもむかしたまにおとなの靴を履いて、ぱたぱた音を立てながら家じゅうを歩きまわっていたわ」スノーボールが言った。たしかに、よく覚えてる。

「バーバラは大きな足跡をつけるために、わざとあの靴を履いたんだ」そう考えれば筋が通る。

「だとすると、セットを壊したりトーマスの鍵を盗んだりしたのもバーバラなんだわ。でも、それがわかったところで、どうするの？」スノーボールにそう言われ、ぼくの頭のなかですべての辻褄《つじつま》が合った。バーバラが隣人監視活動の会合に来たのは、こちらの手の内を確認するのが目的だったのだ。大事な役をもらえなくて腹が立ったから、こんなことをするんだろうか。おとながそんなことをするだろうか。それとも夫を亡くして引っ越すはめになった悲しさで、頭がちょっとおかしくなっているんだろうか。悲しみのせいでまったくの別人になってしまう人はこれまでも見てきた。とはいえ、理由がなんであれ、たしかなことがひとつある。なにがなんでもバーバラをとめる必要があり、その方法を急いで考えなければならない。腰を据えてじっくり考えないと。どんなにしっぽがずきずきしても。

「じゃあ、作戦を説明するよ」少しして、ぼくはずらりと並んで耳を傾ける仲間に話しかけた。できるだけ大勢の猫に集まってもらった。ネリー、エルビス、ロッキー、オリバー、サーモン。そしてもちろんスノーボールとジョージもいる。「これからみんなで犯人の家の前庭に行く。そこで家族のおとなの誰かが通りかかるのを待つ。たぶんクレアかシルビーになると思う。ジョージが見張ってて、誰かが近づいてきたら合図してよ。そしたらぼくたちでゴミ箱を思いっきりうしろから押して、倒してなかにある靴を見せるんだ」自分で言うのもなんだけど、文句なしに見事な作戦だ。

「どんな合図を？」サーモンが訊いた。

「大声でニャーって言えばいい」

「もっとクリエイティブなこともできるよ。羊の真似なんかどう？」ジョージが言った。

「ぼくたちからはジョージが見えないんだから、声を出してタイミングを教えてよ」できるだけシンプルにしておきたい。

「バーバラに見つかったらどうするの？」とスノーボール。

「そのときは作戦を打ち切るしかないから、そうならないように祈ろう。みんなでゴミ箱のうしろに隠れて、もしバーバラが外に出てきたら、ジョージに合図してもらおう」

「どんな合図を？」サーモンが同じ質問をくり返した。

「大声でミャーって言えばいい」

「ちょっと確認させてくれ」ロッキーが言った。「ジョージがミャーと言ったらゴミ箱を倒して、ニャーと言ったら逃げるんだな？」

「違う、逆だよ」ぼくは改めて説明し直した。しっかり理解してもらわないと困る。


寒い日で、バーバラのフラットに着くころには雨も降りだした。ぼくたちはゴミ箱のうしろに陣取り、通りで見張るジョージと一緒に待ちかまえた。

「ちょっと、誰かわたしのしっぽを踏んだわよ」ネリーが言った。

「気をつけて」ぼくは一応注意したが、踏んだのはぼくだったかもしれない。

「静かに。さもないと作戦が台無しになるぞ」サーモンが言った。

「もしバーバラに見つかったら、かんかんになるでしょうね」

「見つからないよ」

ぴったり固まっているのは居心地が悪く、びしょびしょになったお互いの毛がくっついてしまったころ、ジョージの声がした。

「ニャーッ！」

「押すんだっけ？　それともバーバラが出てきたのか？」ロッキーに訊かれ、ぼくはひげを立てた。

「押すんだ」ぼくのひと声で力を合わせて思いっきりゴミ箱を押すと、風にも助けられてゴミ箱が大きな音を立てて倒れた。

「なんの音？」シルビーの声がする。ぼくたちは家の前へ走り、茂みに隠れた。ジョージとシルビーがゴミ箱の横に立っている。「なにがあったの？」テオのベビーカーのブレーキをかけてからゴミ箱を起こすシルビーを見たぼくは、がっかりして声が出そうになった。ゴミ箱は空っぽだ。だから簡単に倒せたんだろう。ゴミ箱をもとの場所に戻したシルビーは、不思議そうな顔をしたまま歩き去ってしまった。ぼくたちは茂みから出た。

「まさか空になってるとはな」サーモンが言った。

「うん。もうがっかりだよ」さっきまでの気合も消え失せてしまった。

「せっかくいいアイデアだったのにな。おまえのせいじゃない、アルフィー。きっともうゴミが集められたあとなんだ」

「ぼくがばかだったんだ。さっきクレアがゴミを出してってジョナサンに頼んでたのに。うっかりしてた」

「気にすることないわ。またなにか思いつくわよ」

ネリーの言うとおりだ。きっとなにか思いつく。

「どうやらサーモンとぼくが現行犯でつかまえるしかなさそうだね。最初の計画どおりに。それにもうバーバラの仕業なのはわかってるから、急がないと」

「でもあの人に襲われたことがあるんでしょう？　また襲ってきたらどうするの？」スノーボールが不安そうにしている。

「そうだね、直接対決するのはやめておくけど、とにかくクリスマス会の妨害はやめさせないと。ジョージ、もし朝起きてもぼくが帰ってなかったら、クレアたちに知らせてよ」

「待ってくれ。もし今夜バーバラが現れなかったら、どっちみち閉じこめられてしまうんじゃないか？」エルビスがいいところに気づいた。

「うん。だからそうなっても外に出られるように、ジョージに誰か連れてきてほしいんだ」きちんと説明したはずなのに、みんなまだ気になることがあるらしい。

「ぼくも一緒に行きたい」ジョージがすねている。

「だめだよ。うちにいなくちゃ。警報を出す事態になったときのために」

ジョージが不満そうな声を漏らした。

「わかったわ、アルフィー。でも犯人はバーバラだってわかったのに、まだそんなことする必要があるの？」ネリーが訊いた。

「バーバラをとめるには、これしかないんだ」一歩も退く気はない。

「それなら、くれぐれも気をつけてね」スノーボールが心配している。

「バーバラはかなり抜け目ないけど、うまくいけば今夜で悪だくみも終わりにできる」本心より声に自信をこめた。とにかく現行犯でつかまえるしかないし、サーモンが一緒だ。あとは勇気を出しさえすればいい。「じゃあ、話がまとまったところで、そろそろ退散しよう。ここにいるのをバーバラに見つかったら大変だ」

Chapter 25

今回の見張りは会場のなかでやることにした。サーモンはやけに張り切っていて、一方のジョージはそれほど上機嫌ではなかった。連れていってもらえないのが、どうしても気に入らないのだ。このあいだは外で待ち伏せするだけだったからあきらめたが、今回は自分が行けないのはおかしいと思っているらしい。危ない目に遭うかもしれないと言っても納得せず、危ないことをしちゃいけないのはパパだって同じだと言い張った。たしかにそうだけど、ぼくとサーモンが朝までに戻らなかったとき、ピンチを知らせるために家にいてほしいと何度も言い聞かせた。それでもジョージは納得せず、ぼくは有無を言わせぬ態度を取るしかなかった。そんなことしたくなかったが、ぼくはジョージの父親なのだ。ジョージはもうおとなかもしれないし、少なくとも自分ではそのつもりかもしれないけど、ぼくの言いつけを守らなければいけないことに変わりはない。今回はジョージのためを思って言ってるんだからなおさらだ。

期待と寒さで身震いしながらサーモンと待ち合わせ、会場に着いたときはまだ作業がつづいていた。ポリーとフランチェスカがツリーにスノースプレーをかけている舞台は、美しい冬景色になり始めていた。トーマスはほかの人たちと赤ちゃんのイエスが生まれる馬小屋の仕上げをしていて、つくり直した星も吊るしてある。古びた肘掛け椅子はきれいになっていつでもサンタが座れる状態だし、プレゼントを入れる靴下を吊りさげる暖炉も作成中だ。どこを見ても見事な出来栄えだった。

「隠れてたほうがいいね」ぼくはサーモンに言った。見つかったら家に連れ戻されてしまう。

「ポリー、そろそろ帰ろう。夕食の予約に遅れる」マットが言った。

「すぐ行くわ」ポリーが応えた。今夜子どもたちとピクルスはうちに泊まることになっていて、ジョージが不機嫌な理由はそれもある。ピクルスと留守番させられて、赤ちゃん扱いされていると思っているのだ。それをなだめる暇はなかったし、家のなかがにぎやかなら少しぐらいぼくがいなくても気づかれないだろうと考えたのも事実だ。すべて作戦どおりにいけば、時間はそんなにかからない。

隠れていても、みんなが帰っていくのは音でわかった。さよならと挨拶する声、大きな足音。

「いまの聞いたか?」サーモンが言った。

「なにを?」

「女の人が言ってた。『戸締まりはわたしがしておくわ。片づけをすませてしまいたいから』って。バーバラだった気がする。最後まで残ったのが自分だとわかるようなことをするなんて、おかしくないか?」

「そうだね。なにかしたら疑われてしまう」

「きっとなにかたくらんでるんだ。計画があるのはおまえだけじゃないかもしれないぞ」

にやりとしている。

「計画なら山ほどあるよ」

「そのひとつに加われて嬉しいよ。おまえと働くのは楽しいし、これはおれにうってつけの仕事だからな」ぼくたちはひげを立て合った。どうやらいい相棒になれそうだ。ぼくはサーモンとこっそり舞台裏へ行き、隠れ場所を探した。

「おい、もってこいの場所があったぞ」サーモンが壁に立てかけられた背景を指した。壁とのあいだにちょうどぼくたちが隠れられそうなスペースがある。そこに潜りこんだら、なにかにぶつかった。柔らかくて、ぼくより少し小さいものに。

「ジョージ」なんでここにいるの? サーモンもぎりぎり入ってきたが、スペースが足りない。

「やあ、パパ。おとなしく留守番していられなかったんだよ、パパが心配で」ジョージが後ろめたそうにまくしたてた。

なにかがぼくを舐めている。

「まさか。ピクルスもいるの?」

「ワン」

「ジョージ、なんでピクルスとここにいるの？　サーモン、どうしよう」

「おれに訊くな」サーモンはピクルスをどう判断していいか迷っている。よく知らないんだから無理もない。暗くても、暗闇でも目の利く猫のぼくにはふたりがよく見えた。「とはいえ、こいつらがいていいとも思わない」

「パパ、みんなが帰る前に来ようと思ったんだ。パパとサーモンが心配だったから。それにピクルスは勝手についてきちゃったんだよ。ぼくのせいじゃない」

「ピクルスはどうやって外に出たの？」ぼくは険しい口調で問い詰めた。すごく腹が立っていた。サーモンとしっかり計画を立てたのに、ジョージが来たうえにピクルスまでいるとなると、なにもかも台無しになりかねない。

「猫ドア、じゃなくて犬用ドアから出たんだよ」ジョージが涼しい顔で答えた。

「でも庭からはどうやって出たの？」門はいつも閉めてあるはずだ。以前はピクルスがしょっちゅうぼくたちについてきてありとあらゆるトラブルを巻き起こしたからで、いまがそのいい例だ。

「ああ、さっき宅急便の人が来て、そのあと今日に限って誰も裏門を確認しなかったんだよ」とジョージ。

「なあ、原因を突きとめるのも結構だが、来ちまったからにはしかたない。これからどうする?」サーモンが訊いた。

「引きあげる。作戦は中止だ」ぼくは地団太を踏んだ。いらだたしいったらない。クレアたちはきっとピクルスがいないことに気づき、ぼくたちと一緒とは思いもせずに大騒ぎするだろうから、そうならないうちにピクルスを連れて帰るしかない。

「入院してたハロルドをぼくがお見舞いに行ったとき、パパだって同じことをしたくせに」ジョージがふてくされている。さすがのぼくも返す言葉がなかった。あのときは病院までジョージを尾行したぼくにピクルスもついてきてしまったせいで、まずいことになったが、いまそれは関係ない。

「あの話をいつまでくり返すつもり?」

「ワン」ピクルスが口をはさんだ。

「静かに」

「これでぼくの気持ちがわかったでしょ」ジョージが言った。

「ああだこうだ揉《も》めるのも結構だが、どうするか決めたほうがよくないか?」サーモンは冷静だ。

「犯人をつかまえようよ」ピクルスが言った。「そしたら降参するまでぼくが舐めてあげる」

「ジョージ、ピクルスになんて言ったの?」

ジョージはとぼけた顔で肉球を眺めているが、心当たりがあるはずだ。

「いったいなんの音?」ふいにバーバラの声が響き渡った。ぼくたちはあわてて壁際で縮こまったが、バーバラに背景を動かされ、気づいたときは目が合っていた。「ここでなにをしてるの?」口調が険しい。目つきがやさしくない。声もやさしくない。

「ニャー」ジョージが歯向かった。

「ワン」ピクルスが加勢している。サーモンとぼくは目配せし合った。

「さあ、一緒に来るのよ」バーバラがジョージとピクルスを抱きあげた。ぼくは引っかこうとしたのに振り払われてしまった。「あっちへ行って。憎たらしい猫ね。犬も」なすべなく見つめるサーモンとぼくの前でピクルスとジョージは暗い物置に連れていかれ、戻ってきたバーバラにぼくたちも連れていかれた。「あんたたちにここにいる資格はないのよ」バーバラが言った。「これっぽっちもね」

「ミャオ」ぼくは大声を出して、また引っかこうとした。手荒なことはしたくないし、暴力は許せないが、この人はぼくの大切なみんなを苦しめている。バーバラがすばやくよけて蹴ろうとしてきた。かろうじて蹴られずにすんだが、近づかないほうがよさそうだ。

「ここに閉じこめてやるわ。なにをするつもりだったか知らないけど、自業自得よ」逃げる間もなく、ぴしゃりとドアが閉まった。そのあとバーバラがホールを出ていく音がした。

つかのまみんなで目を見合わせ、まばたきして真っ暗闇に目を慣らした。

「どうやってここから出るの？」ジョージに訊かれ、ぼくはあたりを見渡した。ドアがひとつあるだけで、窓はない。

「わからないよ」ドアの取っ手は高すぎて届かない。それに押して開けるタイプのドアでもない。物置は闇に包まれて埃だらけで寒く、ひと晩過ごしたいとは思えない。

「少なくとも、今日はなにも壊さずに帰ったようだな」サーモンが腰をおろした。

「でもひと晩じゅうここにいるわけにはいかないよ。こんなところに閉じこめられていたら、ピクルスがいないことに気づいたクレアたちが大騒ぎする」腹が立ってしかたない。入念に考え抜いた計画が大失敗だ。

「おなか空いた」ジョージがぼやいた。

「なにか食べるものある？」ピクルスがクモの巣を舐めようとしている。

やれやれ。長い夜になりそうだ。

「なあ」しばらくのち、サーモンが口を開いた。「ずっと考えていたんだが、大失敗ってわけでもないぞ」

「サーモン、こう言っちゃなんだけど、閉じこめられてるんだよ。なんで大失敗じゃないの？」

「おれたちは、いちゃいけないときにここにいたバーバラを見つけた。だから今夜はなにもしなかったかもしれないが、ぜったいなにかたくらんでる。自分が戸締まりをしていなければ、夜のあいだに戻ってきてやってたかもしれない」

「そうか、そうだよね」

「ワン、こんなところにぼくがいるよ」ピクルスが鏡に話しかけている。ぼくはしっぽをひと振りした。

「サーモン、もっと言ってよ」頑固なジョージはまだ自分のせいで計画が台無しになったのを認めようとしないが、少なくとも役に立とうとはしている。

「それに、見つかったのはおまえたちが忍びこんだせいだが、考えようによってはピクルスがいれば人間が探しまわるだろうから、見つけてもらえる可能性が高くなるのはたしかだ」

「そうだね。でもここにも来るかな」

「おまえたちがそろっていないことに気づけば、しょっちゅう来ているここも探そうと思うさ」

「人間はそこまで頭が切れるとは限らないよ」ぼくは言った。「でも楽観的に考えれば可能性はあるね」

「ああ。それにたとえ時間がかかっても、いずれは見つけてもらえるさ。しょっちゅう来てるんだから。足音が聞こえたら、大きな音を出せばいい」

「そうだね」

「バーバラの裏をかくのは、そのあといくらでもできる」サーモンがつづけた。

「でも、ぼくたちになにかするつもりかもしれないよ」

「それはない。なにかを振りまわすとか、閉じこめるとかはするが、危害を加えるつもりはぜったいいない。怒鳴りちらしたり意地悪したりしても、乱暴な真似はしない」百パーセント確信がある口ぶりだ。

ぼくはサーモンを見つめた。まさか自分がこんなことを考える日が来るなんて思ってもいなかったけど、サーモンがここにいて分別ある意見を聞かせてくれてよかった。サーモンの言うとおりだ。ひと晩埃だらけの物置に閉じこめられたぐらいで、ぼくたちの意欲はそがれない。

「わかった。クレアたちがバーバラをつかまえてくれるまで、毎晩ここに来よう」

「うん。それにここにいれば、きっとバーバラの邪魔をできるよ」ジョージが言った。

「でも油断はできないよ。痛い目には遭わなかったけど、閉じこめられたんだから用心しないと」頭の回転が鈍くなっている。「サーモン、きみの言うとおりだ。ぼくたちが犯人の正体を知ってるのをバーバラにわからせて、できるだけ早くクレアたちにも伝えよう」

具体的な方法はまだなにも思いつかないが、いずれ見つかるはずだ。

「ぼくも。ぼくもいつでも来られるよ」ピクルスが言った。ぼくはジョージをにらんだ。

「病院のことを忘れないで」ジョージが捨てぜりふを残し、隅へ行ってまたふてくされた。

本格的におなかがぺこぺこになってきて、いくら探しても食べ物が見つからないピクルスも同じ状態だった。クモの巣はあまり気に入らないみたいなのに、何度も試している。さすがのジョージもふてくされるのに飽きて、羊の演技をサーモンに見せ、あとどのぐらいここにいることになるのかみんなが考えすぎないようにしている。ぼくは寝そべっていたが、寒いし暗いし変なにおいがする。ピクルスがくんくん鼻を鳴らし始めた。

「おなかが空いて我慢できない」

「ピクルス、もうちょっとの我慢だよ。もうすぐ誰かが助けに来てくれるからね」ぼくはサーモンを見た。そうだよね？　それとも、朝までここにいるんだろうか。凍え死んでしまうかもしれない。

「とりあえず居心地のいい場所をつくろう。少しは眠れるように」

見つけた毛布にはペンキがついていたが、いくらかは温まれた。

「みんなでぴったりくっついて、できるだけ冷えないようにしたほうがいい」サーモンが提案した。

「なんで知ってるの？」

「おれの家族はサバイバルのプロなんだ」サーモンの返事を聞いてもぼくは驚かなかった。

ヴィクもヘザーもエドガー・ロードをめったに出ない気がするのに、なんでそんな知識が必要なのかは謎だけど。

ぼくたちは毛布の上で身を寄せた。

「誰も助けに来なかったらどうするの？」ジョージが訊いた。だから来ちゃだめだと言ったんだと言いたかったけど、言ったところでしかたない。

「ピクルスを連れてきたことはすごく怒ってるし、病院の話は二度としないでほしいけど、ピクルスがここにいたほうが探しに来てくれるのが早くなるよ」

けれど、時間がたつにつれて希望が薄れ始めた。

身を寄せ合ったまま、この状態が永遠につづくような気がしたころ、ピクルスが身じろぎし、ぼくも脚がしびれてきて身じろぎせざるをえなくなった。

「暇すぎてどうにかなりそう。ぼく、練習する」ジョージが言った。「退屈だよ」

「ぼくも退屈だし、おなか空いた」ピクルスがつけ加えた。

ぼくはサーモンに向かってひげを立てた。ぼくがなにに耐えているか、これでわかったでしょう？　サーモンが同情の笑みを浮かべた。

次のリハーサルまで誰も来なかったらどうしよう。昼間になるのは何時間も先だし、リハーサルのある夕方になるのはもっと先だ。ただ、リハーサルはほぼ毎日あるし、ない日でも裏方仕事で誰かは来ている。それが救いとはいえ、かなり待たされることに変わりはない。それに、いまでもおなかが空いて文句ばかりのピクルスが我慢できなくなるはずだ。そうなったらどうすればいい？　ぼくはどんどん不安になってきた。いまのところジョージは羊になりきって飛び跳ねているが、怯え始めるまでどのぐらい余裕があるだろう。ぼくはまた横になった。計画どおりには程遠いのに、バーバラをとめなければならない。でもなによりもまず、助けだしてもらわないと。

「シーッ、静かに」羊の演技の真っ最中のジョージにぼくは声をかけた。

「ぼくに命令しないで」

「違うよ。なにか聞こえたんだ」

「おれも聞こえた。話し声だ」サーモンが言った。

「みんな、いい？　声が近づいてきたら、思いっきり大声を出すんだ。ピクルスもだよ」ぼくは言った。耳を澄ませて待ちかまえていると、クレアとジョナサンの声がはっきり聞こえたので、みんなで声を張りあげた。

「ニャー」

「ミャーオ」

「ミャー、ミャー、ミャー」

「ワン、ワン、ワン、ワン」

勢いよくドアが開き、ジョナサンがつけたライトにぼくは目をしばたたいた。

「何事だ?」ジョナサンが驚いている。

「なんでこんなところにいるの?」とクレア。

「あれはグッドウィン家の猫じゃないか?」ジョナサンがまた頭を掻いている。

「ほんとにごめんなさい」バーバラが言った。

「シャーッ」

「アルフィー、やめなさい」クレアにたしなめられた。「バーバラ、あなたのせいじゃないわ。この子たちがここにいるなんてわかるはずないもの。それよりわざわざ一緒に来てくれてありがとう」

「そんな、いいのよ。この子たちの無事を確認したかっただけだから。ここにいるとわかってたら、ドアを閉めたりしなかったわ。きっと隠れてたのね」

ぼくはサーモンを見た。

「ニャー」サーモンが声を張りあげた。

「ミャーオ」ぼくも叫んだ。

「ワン、ワン、ワン」ピクルスがつづいた。

「シャーッ」とジョージ。

「まあ、閉じこめられて、そうとう辛かったのね」クレアにはまったく伝わっていない。

「とにかく連れて帰ろう」ジョナサンがピクルスにリードをつけ、ジョージを抱きあげた。

「ほんとに、なんでこんなことになったのかしら」クレアがつぶやいた。ぼくはちらりとサーモンに目をやった。ふたりともバーバラをこれっぽっちも疑っていないから、もっと騒いだほうがいいかもしれない。

「どうしてここにいるのがわかったの？」バーバラが尋ねた。

「ここ以外は全部探したから、確認してみようと思ったの。この子たちはリハーサルに来てうろうろしてたから、警察に連絡する前に試す価値はあると思ったのよ。ほんとに心配だったのはピクルスよ。ひとりで出かけちゃいけないんだもの」クレアが説明した。

「この子たちは、なぜかいつもいないはずのところにいるんですよ」ジョナサンがつけ加えた。

「でも、無事に見つかってほっとしたわ」クレアが言った。「ほんとにありがとう、バーバラ」

「お礼なんていいのよ。ああ、それから、ポリーに借りた鍵を渡しておくわ。あなたのほうが先にポリーに会うでしょう？」バーバラがとぼけた顔で微笑んだ。なかなか抜け目ない。そうとう抜け目ない。とはいえ、ぼくの足元にも及ばない。

Chapter 26

ぼくたちはかなりまずい立場になった。勝手に会場に潜りこんで閉じこめられるなんて、クレアもジョナサンもかんかんだ。ぼくたちが悪いと言わんばかりに。クレアたちのためにやったのに、感謝のかけらもなく、どれほど大騒ぎしても一向に聞く耳を持たない。すごすご家に帰るぼくたちにとって、今夜の唯一の救いはサーモンがずっと分別を利かせてくれたことだ。それにバーバラが犯人なのもはっきりした。しかもジョナサンの予想と違って、かなり演技がうまい。ぼくたちを見つけたときの態度も、うちに帰るあいだ話しかけてきたときのやさしい口調も、真に迫る名演技だった。クリスマス会を台無しにしようとしている頭のおかしい人には見えなかった。でも、そんなことはさせない。明日の夜も会場に張りこむしかなさそうだ。ただ鍵を持っていないバーバラはどうやって入るつもりだろう。入れるはずがないと思いたいが、ぜったい入る気もする。抜け目ないバーバラなら、きっとなにかたくらんでいる。

うちに着いたときは疲れきっておなかも空いていたので、しょんぼりしたまま夕食を食べた。そのあいだもクレアのお説教はつづき、もっと用心しなきゃいけないし、ピクルスが一緒のときはなおさらだと叱られた。ピクルスが来たのはぼくのせいじゃないのに。さすがのジョージも反省して謝ってきたが、疲れすぎて怒る元気もなかったので、食事のあとは毛づくろいしてベッドに入った。それなのによく眠れず、バーバラが次にやりかねない悪事の夢ばかり見た。それに、はっきり言って、あの暗くて埃まみれの物置にいるのはあまり楽しくなかった。

翌日、ジョージはぼくを避けるように朝早くからこそこそハナに会いに行った。根に持つタイプのクレアはピクルスを連れて子どもたちを学校に送っていったときもまだちょっとぼくに腹を立てていたが、ぐったり疲れたぼくには怒る気力もなかった。ジョナサンは珍しく会社に行かず、今日は家で管理業務とかいうものをやるらしい。家で仕事をすることはめったにないから、思いがけず一緒にいられて嬉しかった。ぼくはキッチンでコーヒーを飲むジョナサンの隣に座った。撫でられてほっとできるのがありがたかった。

「ほんとはなにをしにあそこに行ったんだ？」ジョナサンが訊いてきた。ああ、道理にかなった考え方をする人がいてよかった。

「ミャオ！」

「やっぱりそうか。クレアにも、おまえたちはなにか伝えようとしてるに違いないと言ったんだ。でも、なにを伝えたかったんだ？」

「ニャー」人間の言葉を話せたら、全部話すのに。そうすればこんなに苦労しなくてすむのに。

ジョナサンがため息をついた。「猫と話せればな」立ちあがって二階へ行ってしまったから、いますぐわかってもらうのは無理そうだ。

こうなったら誰かに会いに行くしかない。まずはスノーボールだ。幸い今日はハロルドがデイサービスに行く日なので、スノーボールとゆっくり話ができた。

「もうへとへとだよ」ぼくはゆうべの一件を話した。初めのうちスノーボールはぞっとしながら聞いていたが、そのうちおもしろがりだした。

「じゃあ、うまくいかなかったのね？」

「まあ、そうとも言えるかもね。でも第一段階は見事に成功したとも言えるよ。ジョージとピクルスが来なければ、もう少しうまくいってたはずだし」

「そうね。でも誰が犯人かわかったんだから、つかまえないと」

「そのつもりだよ。バーバラをつかまえるまで、毎晩サーモンと見張ろうと思ってる」いらだちがつのった。楽観的になろうとしてるのに、スノーボールは頼りにならない。

「でも、どうやるの？」

「サーモンと相談するよ」いくらかそっけない口調になってしまった。まだ疲れが残っている。

「親友が増えてよかったわね」スノーボールに茶化され、心がなごんだぼくはにやりとした。

「ごめん。まだ疲れが取れなくて不機嫌なんだ。クレアたちが見つけてくれるまで、ずいぶん長く埃っぽい部屋に閉じこめられていたから」

「大変だったわね。みんなを探して、作戦の第二段階に進みましょうよ」

たまり場へ行くと、ネリーとエルビスとロッキーとサーモンがいた。

「サーモンから聞いた？」ぼくは尋ねた。

「ええ。もう危ないことはしないでと言おうとしてたのよ」

「新しいアイデアが浮かんだぞ。アルフィー、おまえが言ったことがヒントになった」サーモンが言った。

「なに？」ほかにもアイデアを提供してくれる仲間がいるのが嬉しかった。嬉しいどころじゃない。

「今夜もあそこへ行くと言ってたよな？　必要なら毎晩行くと」

「うん。クリスマス会を妨害させるわけにはいかないからね」

「で、おれが思うに、もう少し兵力を増やしたらどうだろう。ヴィクとヘザーの隣人監視活動が近所をパトロールするときみたいに」

「なるほど」気力がみなぎって、毛が震えてきた。「たしかにそうだね。みんなにも協力してもらえばいい」

「今夜バーバラが来たとしても、みんなで突撃するなり追い払うなりすれば全員がつかまることはない。人間を連れていけなくても、バーバラの邪魔はできるはずだ」サーモンが説明した。「数の力ってやつさ」

「すごくいいアイデアだと思う。誰か協力してくれる？」

「みんなするわよ、アルフィー」ネリーが答えた。

「わたしもするわ」スノーボールが言った。「ひと晩ぐらいハロルドもわたしがいなくてもだいじょうぶよ、きっと」

「ごみばこにも協力してもらったほうがいいかな」

「とりあえず、わたしたちだけでやってみましょうよ。もちろんジョージにも声をかけて」とスノーボール。「仲間外れにはできないわ」

「わかった。試してみよう。でも、バーバラは昨日わざわざみんなの前で鍵を返してたから、なかには入れないよ」

「そういえば、トーマスの鍵は見つかったのか？」サーモンが訊いた。

「ううん、まだだよ。そうか、きっとバーバラが持ってるんだ。でもクレアたちは正面のドアにもうひとつ鍵をつけたよ」ジョナサンが監視カメラにも防犯設備にもお金をかけようとしないので、代わりに大きな南京錠《なんきんじょう》をつけたのだ。鍵を持っているのはクレアとラルフとトーマスだけで、トーマスは二度となくさないように首からさげていると約束した。

「バーバラはぜったいなかに入るつもりだよ。でもどうやるつもりだろう」歯がゆいったらない。

「どうやらそうとう頭が切れるみたいだな」ロッキーが言った。

「ぼくたちほどじゃないよ」ぼくは背筋を伸ばした。「ぼくたちでバーバラをつかまえよう」みんなで前足を出し、目標達成に向けて一致団結する心意気を示した。

「サーモン、きみは天才だよ」褒めるべきときは褒めないと。

「でもな、アルフィー。そもそもおまえがこの作戦を思いつかなかったら、おれが思いつくこともなかったんだ」サーモンが度量の広さを見せた。

「はいはい、ふたりともすごく頭が切れるのはわかったわ。とにかくいまは自分たちがやるべきことをはっきりさせましょう。これ以上問題が起きないうちに解決しないと」スノーボールが締めくくった。


どうやらひとつ勘違いしていたらしい。いくらバーバラでもあのあとはなにもしないと思っていたのに、クレアが会場へ行ったら舞台の前にかかるカーテンが切り裂かれていたのだ。ぼくがそれを知ったのは、家に帰ってジョージに新しい計画を説明したあとだった。クレアがシルビーに話していた。

「ひどいの?」シルビーが訊いた。

「わからないけど、ひどそうに見えた。トーマスがフランチェスカと来てくれて、カーテンをはずせば縫えるんじゃないかと言ってたわ」

「どこを切られたの？」

「裾の近くよ」

「実物を見てみないとわからないけど、違う生地を縫いつければ、飾り布に見えるんじゃないかしら」

「そうね。一緒に行って見てくれる？」

「いいわよ。うちのちびちゃんにミルクをあげたら、ベビーカーに乗せていくわ。でも、誰がそんなことするのかしら」戸惑っている。教えてあげられたらどんなにいいだろう。

「ほんとに見当もつかないわ。ゆうべアルフィーたちを見つけたあとジョナサンと鍵をかけたときは、なんともなかったのよ。バーバラも一緒に帰ってきたし、南京錠もしっかりかけたのに」

「裏口は確かめた？」シルビーが訊いた。

「いやだ、うっかりしてた。だって、あそこはいつも鍵がかかってるから。鍵をかけたかバーバラに訊いてみる。ああ、どのぐらい被害を受けてるのか考えたくないわ。なにがなんでも妨害しようとしてる人がいるなら、どうすればいいの？　アレクセイとコニーが一生懸命頑張ってきたのに。ほかのみんなだってそうよ」

「ミャオ」ぼくがもうあんなことはさせないよ。

バーバラには犯罪の才能がある気がしてきた。大きな靴を使ってみんなの疑いをそらし、うっかりぼくたちを閉じこめたふりをしてみんなの信頼を得ておきながら、抜け目なく裏口の鍵は開けておいた。そして追い払おうとしたぼくたちの裏をかき、夜のあいだに会場に戻ったのだ。そんなことも今夜で終わりにできるかまったくわからないけど、そうなればいいと心から思う。あと何日夜更かしに耐えられるか、自信がない。


リハーサルは前より時間がかかるようになった。出演者全員で通し稽古をするので時間がかかるうえ、ミスもかなり多いからだ。興奮しすぎのピクルスは歌のあいだずっと大きな音で鼻を鳴らして子どもたちの邪魔をしたが、ポリーがピクルスには我慢できないんだと説明していた。ちなみにピクルスはゆうべ叱られなかったらしい。あれだけ迷惑をかけたのに、その報いはひとつも受けていない。ぼくはいつもこういう目に遭う。

それに、裏口の件はシルビーが正しく、クレアたちがカーテンを見に行ったとき確認したら鍵がかかっていなかった。それでもみんなバーバラがやったとは思っていない。ぼくの目には明らかなのに、それはたぶんバーバラが犯人だと知っているからだろう。

リハーサルが終わったら、トーマスがほかの人に手伝ってもらってカーテンをはずすことになっている。フランチェスカとシルビーが似たような生地を横長にカットし、カーテンの端から端まで縫いつけてくれれば、まともなカーテンに見えるだろう。とはいえ、ただでさえ忙しいみんなの負担が増えてしまった。シルビーにはテオの世話があるし、フランチェスカにはレストランと子どもたちの世話がある。なんとしても妨害行為をやめさせなければ。もうたくさんだ。

バーバラは今日もあたりをうろつき、やけに協力的だった。楽しそうに博士の役に励んでいる。せりふは二、三行しかないのに、大げさな言い方をする。誰に対してもやたらと愛想がよくにこやかで、後ろめたさは微塵《みじん》も感じられない。

ぼくたち羊の演技も、ジョージによると今夜はかなりうまくいった。本番までもう時間がないから、ベストを尽くさないとまたジョージに叱られてしまう。だからぼくたちは一生懸命羊になりきった。特にハナは上手で、ちょっと太ったせいで余計に羊に似てきた。どうやら疲れて食べてばかりいるらしい。羊の役はハナにぴったりだけど、食べてばかりいるならもっと運動したほうがいい。ただ、ぼくから言うつもりはない。女性に体重の話をしてはいけないと、クレアから学んだ。

リハーサルが終わり、みんなが帰り始めた。ピクルスはリードをつけられたから、もうここにはいられない。ハナはさよならと言ってコニーと帰ったが、スノーボールはなんとかハロルドにつかまらずにすんだ。フィナーレでサンタを務めるハロルドはすっかりご満悦で、スノーボールが残ったことに気づきもしないようだった。

まずは裏口のドアに鍵がかかっているか確かめよう。かかっていなければ、きっとバーバラがあとで戻ってくるはずだ。その場合、すばやく行動する必要がある。ジョージとスノーボールとぼくが隠れているあいだに、サーモンが裏口の外で待ちかまえている仲間に知らせに行くのだ。そうしたら室内にいるぼくたちで思いっきりドアを押して仲間をなかに入れ、バーバラを待ちかまえればいい。見事な作戦だ。

それなのに、裏口へ行くと、鍵がかかっていた。さっきクレアが誰かに確認してと頼んでいたから、そのときかけたんだろう。そのうちバーバラもグッドウィン夫妻と帰ってしまった。ぼくたちは急いで外に出て入口のドアの前に座り、鍵をかけるクレアを見ていた。そしてサーモンと仲間に作戦の延期を告げ、重い足取りで家路についた。こんなに疲れているのに、まだ危機を脱していないのはわかっていた。今夜はバーバラも来ないかもしれないが、妨害をやめたわけではないから、現場を押さえるまでぼくたちは毎晩同じことをするしかない。考えただけで、耳の先から爪の先までぐったり疲れてしまう。

Chapter 27

今日もじりじりしながら夕方になるのを待っている。早く時間が過ぎればいいと思うなんて間違ってるのはわかっているが、悪者をつかまえなきゃいけないときは別だ。今夜はリハーサルがなくてもセットや衣装づくりがあるし、バーバラが来る確信はないけれど、来るとみてまず間違いない。ぜったいまたなにか壊そうとするはずで、なんだかもてあそばれている気がする。

時間つぶしに出窓に座り、空模様を確認した。外は寒そうで、通りを歩く人たちは厚手のコートやスカーフや手袋を身につけている。クリスマスツリーの下のほうにさがる飾りで遊んでもみた。壊す気はないが、くるくるまわるのがおもしろいし、そこに映る自分を見るのも楽しい。クリスマスイブまで毎日ひとつずつ小窓を開けてカウントダウンしていくアドベントカレンダーを飾る日が待ち遠しい。その日が来れば、クリスマスまでほんの数週間だとわかる。待ち遠しくてたまらない。今年は早めにツリーを飾ったから、クリスマスを迎える心の準備はすっかりできている。でも、クリスマス会の準備はまだだ。まずはバーバラの問題を解決する必要がある。

じっとしていられず、ごみばこに新しい情報を知らせに行くことにした。ごみばことアリーに新しい情報があれば知らせに来てくれるはずだから、向こうにはないのだろう。ジョージはハナに会いに行ったから、ひとりで行こう。最近のハナはできるだけ横になるようにしている。クリスマス会とテオのせいで疲れきっているのだ。繊細な子だから無理もない。スノーボールは日中はハロルドと過ごし、夜のあいだハロルドをひとりにしてしまう罪悪感を軽くしている。バーバラにまた妨害行為をするつもりがあるのかわからないが、危なくても夜の見張りをするしかない。

思い浮かぶままにあれこれ考えながら、レストランの裏庭へ向かった。バーバラの犯行現場を押さえる自信はあるけれど、バーバラがやっていることをクレアたちにしっかりわかってもらうにはどうすればいいんだろう。それがわからない。バーバラを阻止できても、それだけでいいんだろうか。たとえ正義が果たされようと、バーバラの正体をクレアたちにもわかってほしい。

そんなことを考えながら裏庭に踏みこむと、アリーとごみばこがいた。

「やあ」ぼくは努めて明るく話しかけた。

「アルフィー、元気だったか？」ごみばこが応えた。ぼくはふたりに状況を説明した。

「じゃあ、みんなで会場に集まって、大騒ぎしてその人がこれ以上悪さをしないようにするの？」アリーが訊いた。

「うん、そうだよ」

「でも、犯人はバーバラだとクレアたちに教えたいんだろう?」

「うん。でもその方法がわからないんだよ。バーバラが物を壊すのは誰もいない夜と決まってるのに、どうやってクレアたちに会場まで来てもらえばいいかな」

「難しいわね。だからたぶんあなたが正しいのよ。クリスマス会当日まで、その人の邪魔をするしかないんじゃない?」アリーが言った。

「ぼくもそう思うんだけど、やるとなるとなかなか大変だし、みんなでずっとあそこにいるわけにもいかないから心配なんだ。それにみんな疲れてるから、毎晩来てとも言えない。クレアたちに犯行現場を押さえてもらいたいのに、なにも思いつかなくて」

「そうか、とにかくおれたちで力になれることがあったら、いつでも言ってくれ」ごみばこも力になろうとしてくれているが、バーバラをつかまえる方法は誰も思いつかなかった。

「また閉じこめられるかもしれないし、夜のあいだにクレアかジョナサンが探しに来てくれるとも思えない」ぼくは言った。「でも朝になってもぼくが帰らなければ探しに来てくれるはずだから、だいじょうぶだと思う」ピクルスがいなければ、このあいだみたいな大騒ぎにはならないだろう。でも少なくとも会場には探しに来てくれるはずだ。バーバラの邪魔をして、朝食の時間までたっぷり余裕を持って帰れるように祈るしかない。ぼくは朝いちばんに食事をするのが大好きなのだ。

「おれたちはこれからもここでおまえの目と耳になってるから、なにかわかったら知らせに行くよ」ごみばこが言った。

「助かるよ、じゃあ、お互いにやるべきことをやろう。バーバラをとめられるといいんだけど。これから舞台を使えるようにして、馬小屋の仕上げをするんだ。シルビーはカーテンの修理をしなきゃいけない。テオの世話とマリア役の練習でただでさえ大変なのに。みんなが楽しみにしてるクリスマス会の邪魔ばかりして、バーバラにはもううんざりだよ」

「おまえならとめられるさ、おれが保証する」ごみばこが励ましてくれた。

「今夜がその日になるように祈るよ。もう神経がもたない」

帰ろうとしたときフランチェスカが出てきたので、駆け寄って体をこすりつけた。フランチェスカも疲れているようだ。

「アルフィー、物置に閉じこめられたんですってね。なにをしてたの?」

「ミャオ」クリスマス会を救ってたんだよ。

「もう行かなきゃ、縫物があるの。クリスマス会を邪魔してる人がいるなら心配だわ。アレクセイがショックを受けるだろうし、せっかく頑張ってるトミーも落ちこんでしまう」

「ミャオ」うん、そうだね。だからぼくがなんとかしようとしてるんだよ。

みんながフル回転で作業にあたっているからドアも開いているだろうと思い、ジョージと会場へ行った。舞台づくりと同時進行で、もっとクリスマスらしくなるように飾りつけもするらしい。いまはまだあまり変わっていないが、アレクセイとコニーが学校の友だちをたくさん連れてきて手伝ってもらっていた。心を入れ替えてましになったトミーもいる。「この飾りは全部寄付してもらったものです」得意げに説明するトミーをチャーリーがSNS用に撮影していた。ぼくにはSNSがどういうものかまだよくわからないが、ぼくとジョージもぜったい参加するつもりだ。天井近くの壁にぐるりと大きな紙の鎖をつける予定で、はしごを使う危ない作業なのでおとなが手伝わないといけないらしい。ぼくは恐る恐るはしごに前足をかけてみたが、怖くてあまり上まで登る気になれなかった。高いところは苦手だし、そもそも安全とは思えない。シエンナは友だちの女の子と窓にスノースプレーを吹きかけ、模様をつくっていた。照明のまわりにきらきら光るモールがつけられ、そこらじゅうにいろんな種類のクリスマスの飾りつけがされていく。あまり統一感がないとポリーは言っていたが、ずいぶんクリスマスらしくなってきた。トミーがサンタの小さな帽子をふたつ見つけてきて、ぼくとジョージにかぶせたからなおさらだ。その姿も撮られたが、帽子が大きすぎて前が見えないジョージがぼくにぶつかり、はずみでぼくもはしごに登ろうとしていたトーマスにぶつかってしまった。誰も怪我はしなかったが、ニャーニャー鳴きながら走りまわるジョージを子どもたちがおもしろがり、それはジョージに同情した人が帽子を取ってくれるまでつづいた。

そうしているあいだもずっと聖歌が流れ、心がなごむ気持ちのいい雰囲気が漂っていた。

クリスマス会をやることにして本当によかった。そう思う理由はたくさんあるけど、いちばんの理由はシェルターだ。あそこにいる人たちに幸せなクリスマスを過ごしてほしい。少なくともいまより幸せなクリスマスを。世界中がそうなってほしいけれど、ぼくだけでできることには限界がある。それでもまわりを見渡せば、すばらしいかたちでみんながひとつになっている。〝みんな〟にバーバラは含まれないが。

コニーがすべての窓を点滅するライトで囲ってくれたので、大きな照明を消してそっちをつけることになった。躍るように点滅するライトで照らされた会場は、すごくきれいだった。

「みんな、よく頑張ったわね」ポリーがコニーの肩に腕をまわした。

「あなたたちを誇りに思うわ」フランチェスカがトミーとアレクセイを抱きしめた。

「やめてよ、ママ」トミーが赤くなってちらりとシエンナに目をやった。シエンナはにっこり微笑んでいるから、恥ずかしがらなくてもいいのに。

最初のチャンスを捉え、こっそり裏口を見に行った。掛け金がかかっていないから、誰かがかけるのを確認する必要がある。このあいだの夜のあと、必ずチェックしているようだが、人間は忘れっぽいし、ポリーとトーマスは特にそうだ。ジョージが目立たないようにそばにいて、誰かが鍵をかけるか見張ることになった。ぼくは人間の脚をよけながら正面のドアから外に出て、仲間がいるのを確認した。サーモン、ネリー、エルビス、ロッキー、スノーボール、オリバー。

「みんなでかかればバーバラに勝ち目はないよ」ぼくは声に精一杯の自信をこめた。

「ええ、ものを投げつけられない限りは」とスノーボール。

「え？　そんなことしないわよね」ネリーが心配している。

「もちろんしないよ」どうかしませんように。バーバラならやりかねない。

アレクセイたちが帰る用意を始めたので、ぼくはジョージのところへ行った。

「誰も来てないよ。こないだあんなことがあったのに。戸締まりのことになると、ポリーとトーマスは最悪だよ」ジョージは正しい。ポリーもトーマスも戸締まりを確認するより笑ったり冗談を言ったりするのに夢中だ。用事のあるフランチェスカが早めに帰っていなければ、ちゃんと確認してくれたのに。

こうなったら仲間と待ち伏せするしかない。ぼくは裏口からみんなをなかに入れた。しばらくすると会場は真っ暗になり、ぼくたちだけになった。全身をアドレナリンが駆けめぐっていた。今夜がXデーになる気がする。毛並みでわかる。

「ちょっと薄気味悪いな」オリバーが口を開いた。

「ああ、古きよき時代を思いだすよ」エルビスが言った。

「どういう意味？」とネリー。

「ほら、人間がしょっちゅう劇場に通ってた時代だよ」さっぱりわからないけど、エルビスはとりとめのない話をすることがあるから、みんな聞き流している。

「いいからいまはひたすら体力を温存して、静かにしてるんだ」サーモンが言った。

「どういう意味だ？」ロッキーが戸惑っている。

「だから、もしドアが開く音がしたら、もしじゃなくてぜったいすると思うけど、そうなったら静かにしてるんだよ。現行犯でつかまえなきゃいけないからね」代わりにぼくが説明した。

「こないだの夜みたいになるのはごめんだからな」サーモンがジョージに話しかけている。

「なりっこないよ。ピクルスがいないし、ぼくはあんなふうに騒いだりしない」ジョージが不機嫌に応えた。

「ピクルスはいないよね？」考えすぎなのはわかっているが、心配になってきた。

「いないわ、アルフィー」スノーボールが安心させてくれた。

「ああ、よかった。ちょっと神経過敏になってるみたい」

「そのようだな。とにかくみんなやるべきことはわかってるな？」サーモンが冷静な口調を保とうとしている。

「なにもしないのよね」とネリー。

「ああ、いまはなにもしない」サーモンが答えた。やれやれ、これでも兵力になるんだろうか。

みんな勝手気ままに振る舞っていた。やきもきしているぼくをスノーボールが慰めてくれた。エルビスはジョージにあちこち案内してもらっている。サーモンはなにがあってもすぐ対処できるように背筋を伸ばして座り、警戒にあたっている。ネリーとオリバーは椅子によじ登り、ロッキーはさっきから目をつぶったままだ。くり返すけど、これでも兵力になるんだろうか。

「コホン」ぼくは咳払いした。「キャンプに来てるんじゃないんだからね。大事な仕事をしてるんだよ」みんないったんぼくのほうを見たが、また同じことをつづけた。

何時間もたった気がする。今日はもうあきらめて、鍵がかかっていない裏口から帰ろうとサーモンに言ってみようか。みんなで押せば簡単に外に出られるはずだ。そのとき、音がした。

「聞こえた?」ぼくのひと声で、みんなが集まってきた。足音が聞こえ、つづけて懐中電灯の光が見えた。黒い人影が誰なのかわからないが、たぶんバーバラだ。舞台のほうへ歩いてくる。そばまで来たとき、間違いなくバーバラだとわかった。全身黒ずくめで、片手に懐中電灯を持ち、反対の手にもなにか持っているが、よく見えない。

「戦闘準備につけ」号令係を任せておいたサーモンが言った。ぼくたちは舞台にあがるバーバラを見つめた。ひとりごとをつぶやいているが聞き取れない。すると、バーバラがいきなりクリスマスツリーを押した。ツリーが大きな音を立てて倒れ、ぼくはサーモンを見てまばたきした。「戦闘開始」サーモンが号令を出した。「くり返す、戦闘開始」

　そのあとの数分は上を下への大騒ぎになった。ジョージとぼくは舞台の中央へ飛びだし、サーモンとスノーボールとオリバーは左へ、ロッキーとネリーとエルビスは右へ走った。よくできた戦略だ。追いかけられてもそれぞれ違う方向へ逃げれば相手を混乱させられる。するとバーバラが缶を持つ手を伸ばし、気づいたときはジョージを狙っていた。

「ジョージ、危ない」ぼくの警告も空《むな》しく、ジョージのしっぽとお尻が真っ赤に染まった。ツリーに赤いスプレーをかけるつもりだったのだ。ぼくたちにもスプレーを向けてきたが、ペンキは床にあたってさらにめちゃくちゃになった。脚を引っかこうとしたネリーをかろうじて振り払ったバーバラが、はずみでスプレー缶を落とした。幸いネリーのほうがすばやく、円を描いて走ってバーバラをまごつかせている。両腕を伸ばしたままぼくたちを追いかけるバーバラは、ぐるぐるまわっているうちに目がまわり始め、足元がおぼつかなくなってきた。

「憎たらしい猫ね。つかまえて後悔させてやるわ」怒鳴りながらスノーボールをつかまえようとしたが、よろけていまにも倒れそうだ。

　それからも追いかけてくるバーバラから逃げつづけ、そのうちついにサーモンとスノーボールがバーバラの足元に飛びこんだ。ふたりが怪我をするんじゃないかとぞっとしたが、足を取られたバーバラがうしろによろけ、腕をぐるぐるまわしてバランスを取ろうとしながらツリーのほうへ倒れ始めた。スローモーションみたいにいくつもツリーが傾き、ステージに横たわるバーバラの上に倒れていく。

「あああああ」悲鳴が聞こえ、やがて下敷きになったバーバラが静かになった。

「大変、死んじゃったの?」みんなで近づきながら、ネリーがつぶやいた。バーバラの姿はほとんど見えない。

「まさか、死んでなんかいない」サーモンが言った。どうしてわかるんだろう。でもツリーはかなり軽いから、死ぬわけない。

「しっぽが真っ赤になっちゃったよ」ジョージがその場でまわって自分のしっぽを見ようとしている。「しっぽが真っ赤じゃ羊に見えないよ」

「ちょっと黙ってて。バーバラをどうする?」困ったことになった。

「人間を連れてこないと」スノーボールが答えた。

「大怪我してるかもしれない」とエルビス。「テレビで観たことがある。おれの家族は医療ドラマが好きだから、おれもちょっと詳しいんだ」

「誰に知らせるのがいちばんいいかな」サーモンが言った。

「とにかく急いで誰か呼んでこよう」

みんなで力を合わせて裏口を押し、ぎりぎり通れそうな隙間をつくり、ロッキーを最後に順番に外に出た。これからどうするかが最初からちょっと心配だった。ぼくはどきどきしながら家へ向かった。すごく疲れているが、無事にやり遂げた。これでバーバラも現行犯でつかまるだろうし、こちらの被害がジョージのしっぽが真っ赤になったことだけでよかった。仲間とみんなの活躍が誇らしい。自分のこともちょっと誇らしい気がした。

「みんな、すごく勇敢だったね」ぼくは言った。

「でも、あの人がひどい怪我をしてないといいけど」とネリー。

「ぼくのしっぽを忘れてない？」ジョージはまだ怒っている。

「怪我をしてたらどうしよう」スノーボールが言った。「とめようとしただけなのに」バーバラは自分からツリーのほうへ倒れこんだんだから、ぼくたちのせいじゃないけれど、気持ちはわかる。怪我をさせるつもりなんかなかった。でもぜったいにこれ以上バーバラが妨害しないようにしたかったんだから、考えようによってはこれでよかったのかもしれない。

Chapter 28

ぼくは仲間を連れて家に戻った。誰に伝えよう。

「よかった。玄関の外の明かりがついてる」でも家の外はクリスマスのイルミネーションライトでいっぱいで、近くへ行くまで誰かいるかわからなかった。やった！　ジョナサンがいる。「行こう。みんなで大騒ぎするんだ」ぼくはマットと話しているジョナサンに駆け寄った。

「なんだ？」マットが先に気づいた。それを合図にみんなで大声を出しながら跳ねまわり、ひたすら大騒ぎした。

「おいおい、またか、勘弁してくれ。あれ、なんでジョージのしっぽが赤いんだ？」ジョナサンがぼやいている。ぼくたちは門へ向かった。

「今度はなにを言おうとしてるんだ？」マットに訊かれ、ぼくたちはまた大声を出した。

「わかったよ。上着を取ってくる」ジョナサンが家のなかに入った。残ったマットは戸惑い顔でぼくたちを見ている。戻ってきたジョナサンが玄関を閉めたとき、グッドウィン家の玄関が開いた。

「何事だ？」ヴィクがまっすぐこちらへ歩いてきた。ヘザーも小走りでついてくる。「サーモン、どうした？」

「ミャオ」サーモンが答えた。

「さっぱりわかりません」ジョナサンが言った。「でも大声で鳴いてるから、ついていったほうがいい」

「こんな奇妙なことって、あるかしら」ヘザーに言われ、サーモンがひげを立てている。

残りの仲間は家へ帰ったが、サーモンとジョージとぼくはジョナサンたちを連れて会場の裏口へ向かった。ぼくの心は浮き立っていた。かなり複雑で、あえて言わせてもらえば危険な作戦だったけれど、どうやらうまくいったらしい。あとはなかに入ったジョナサンたちにめちゃくちゃになった舞台を見せ、バーバラがいることに気づいてもらえばいい。

「バーバラがいなくなってる」ジョージがつぶやいた。

「そんな、嘘だろ」サーモンが言った。ぼくはがっくり気落ちして、ジョナサンたちへ目をやった。

「誰がこんなことを？」ジョナサンが唖然《あぜん》としている。「新しいツリーを買う余裕なんてないぞ。シェルターに寄付するお金がなくなってしまう」

「猫がやったと思うか？」ヴィクが訊いた。

「ミャオ」違うよ。

「いや、この子たちのはずがない。それにスプレー缶が落ちてる。猫にスプレー缶が使えないことぐらいぼくでもわかる」笑いながら言ったマットが、しょげかえっているジョナサンを見て口を閉ざした。「ジョナサン、ツリーは直せるよ。でも赤いペンキは急いできれいにしないと。ジョージのしっぽとお尻もね」ジョナサンの肩を叩いて慰めている。

「ニャー」ジョージはかなり機嫌が悪い。

「家に帰ったら洗ってやるよ。その前に舞台を片づけよう」ジョナサンが言った。ヴィクとヘザーがキッチンへ行き、洗剤が入ったボウルを持ってきて舞台をごしごし拭き始めた。

「それにしても、猫たちはここでなにをしてたのかしら」ヘザーが不思議そうにこちらを見た。マットとジョナサンが倒れたツリーを起こすと、すぐに見た目ほど被害がないことがわかった。でもバーバラはどこへ行ってしまったんだろう。次はどうやって現場を押さえればいいんだろう。赤いペンキはわりと簡単に取れている。ジョージについたものも簡単に取れますように。

「そうだ」ヴィクがツリーを片手で持ったまま、いきなり動きをとめた。

「なにが〝そうだ〟なんですか？」とマット。

「ヘザー、なんでこれまで思い浮かばなかったんだ？　サーモンの首輪にカメラがついてるじゃないか。あれに全部映ってるはずだ。録音機能はないが、映像は見られる」

「猫にカメラをつけたんですか？」ジョナサンが耳を疑っている。ぼくも同じだ。それを知っていたら、作戦ははるかに簡単だったのに。ぼくはサーモンをにらんだ。

「なにをするものか知らなかったんだよ」サーモンが小声で話しかけてきた。「昨日つけられたばかりだ」

「うちの子が物置に閉じこめられたあと買ったんだ。行方不明になっても、カメラがついていれば見つけられるからな。まさか犯罪と闘うために使えるとは思っていなかったが、予想外のおまけだった」すっかりご満悦の様子で、今度ばかりはぼくもヴィクを褒めてあげたかった。なんでも知りたがるお節介焼きは、これからも思いがけない場面で役に立ってくれることがたくさんありそうだ。

「猫にカメラつきの首輪をつけたんですか？」ジョナサンが頭を掻きながらくり返した。

「警備会社にいる友人と猫好き仲間に話したら、勧められたんだ。自分の猫の安全を確認できるいい方法だし、猫がなにをしているのかわかっておもしろいらしい」

すごい、ジョナサンもぼくにカメラをつけてくれるだろうか。カメラでジョナサンたちと意思の疎通ができるようになれば、いろんなことがはるかに簡単になる。とはいえ、ぼくにもプライバシーを守りたいときがあるし、行動を知られたくないときもあるし……うーん、それを思うと本当につけたいのかよくわからない。だめだ、やっぱりだめ。カメラなんかつけたくない。

「どうやって録画されたものを見るんですか？」

「わたしの携帯にリンクしてる。なんだかわくわくするな。使うのは初めてだし、これで大きな謎が解けるかもしれない。だからいいアイデアだと言っただろう、ヘザー」

「ええ、ヴィク。あなたの言うとおりだったわ」ヘザーが答えた。

「じゃあ、今夜ここでなにがあったか見られるんですね？」マットがじれったさをこらえている。

「そうとも。さっそく見てみよう」携帯をいじりだしたヴィクのまわりにみんなが集まった。今度こそ犯人はバーバラだとわかってもらいたい。動画を見始めたみんなの横で、ぼくは緊張した。バーバラがしっかり映っているだろうか。それとも映っているのはぼくたちとツリーだけだろうか。これでだめなら、どうすればいいかわからない。

「かなり暗くてぼんやりしてるな」マットがつぶやいた。

「しょうがないわ。猫用カメラだもの」ヘザーが言い訳している。

「舞台の上で猫が騒ぎまわってるみたいだ」ジョナサンが言った。「おい、アルフィー、頭がどうかしてたのか？」

かちんときたけど、ぐっとこらえた。クリスマス会のためにやったことだし、ジョナサンはお金の担当だから怒るのもしかたない。

「なんでこのあたりの猫が勢ぞろいしてるんだろう？」マットが戸惑っている。「あ、ほら、人間の足が映ってる。大きくないぞ」

「どうやらこの子たちは犯人に舞台を荒らされないようにしてたようだな」ジョナサンが

また頭を掻いている。

「サーモン、それでこそうちの子だ。猫の隣人監視活動をしてたんだな」ヴィクが誇らしそうだ。いまは聞き流してあげよう。別に褒められたくてしたわけじゃない。でも、できればぼくを無視しないでほしい。

ついに待ちに待ったときがやってきた。足首から下だけではバーバラだとわかってもらえそうにないと不安になってきたとき、ジョナサンが叫んだ。

「あ、ほら、猫たちが犯人の足をすくったぞ。女だ。女が倒れたツリーの下敷きになってる」

「そんな、これって、まさか……バーバラ？」ヘザーは跳ねた白髪を見てわかったらしい。

「そう見えるな」ヴィクはまだ少し迷っている。

「ミャオ」ぼくは叫んだ。そうだよ。

「体の上にたくさんツリーが倒れてる」マットが言った。

「オーディションでわけのわからないことをしてから、なんとなく怪しいと思ってたんだ」とジョナサン。それはぼくも認める。バーバラに問題はないと言ったのはクレアだ。ジョナサンはずっとバーバラを信用していなかった。

「どうやら犯人を突きとめたようだな」ヴィクが言った。

「でも、なんでこんなことをするんだろう」とマット。

「証拠を突きつければわかるさ」ヴィクが答えた。「サーモンと仲間たちの大手柄だ」

ほんとは〝アルフィーと仲間たち〟と言うべきだけど、バーバラが映っていたおかげで作戦が見事に成功したんだから許してあげよう。もうへとへとどころじゃないから、カメラがあって本当によかった。犯罪と闘う猫は、弱気では務まらない。

Chapter 29

「つまり、監視カメラなんかつけなくても、アルフィーにずっとあそこにいてもらえばよかったんだよ」ジョナサンがクレアに説明している。

「じゃあ、アルフィーたちは犯人を阻止しようとして、その犯人はバーバラだったっていうの？　警察には連絡したの？」

「いや、みんなで相談してバーバラを直接問い詰めることにした。まあ、ぼくは仕事があるから実際にやるのはヴィクとヘザーだけどね。バーバラが逮捕されたりしたらクリスマス会のマイナスになりかねない。慈善目的でやるイベントを妨害するなんて卑劣極まりないから、まずはどうしてあんなことをしたのか本人に訊くべきだとヴィクが言ったんだ」

「ヴィクがそんなに理性的になれるなんてびっくりね。それにしても頭にくるわ。バーバラには親切にしてたし、このあいだの夜は一緒にアルフィーたちを探しに来てくれたのに、閉じこめたのはバーバラだったのね」

「ああ、あのときサーモンの首輪にカメラがついてなくて残念だ。でもこんなこともう終わりだ。ヴィクとヘザーが明日バーバラを問い詰めに行くから、きみも一緒に行けるように電話すると言ってた。アレクセイとコニーにも話さないといけないが、まずはバーバラの言い分を聞こう」

「ずいぶん物わかりがいいのね」クレアが意外そうにしているのも無理はない。いつものジョナサンは物わかりがいいとは言えない。

「マットから聞いたんだ。バーバラは夫を亡くしていて、ポリーの前で泣いたことがあったらしい。だから厳しい目で見るのは気の毒だと言ってたが、マットはやさしいからね。今後はバーバラをクリスマス会に近づかせない。その点に議論の余地はない」

「ああ、ジョナサン。とにかくこれでクリスマス会は無事ね」

「ぼくの予算もね」ジョナサンが応えた。「アルフィーとジョージと仲間の猫たちにはほんとに感謝しないとな。またしてもこの子たちのおかげなんだから。それに、首輪にカメラをつけるなんてどうかしてると思うけど、かなり役に立ったのは事実だ」

「明日ご褒美のイワシを買うわ。バーバラの話を聞いたあとで」クレアの言葉で、ぼくのおなかが期待で鳴った。「でもその前に、ジョージをお風呂に入れて赤い塗料を取らないと」

「ミャオ」ジョージはちょっと変わっていて、水もお風呂も気にしない。猫には珍しいが、好き嫌いはそれぞれだ。

　ジョージがお風呂に入れられているあいだ、ぼくは自分じゃなくてよかったと思いながらベッドで横になっていた。お風呂なんか大嫌いだし、以前入れられたときはすごくいやだった。でもしっぽとお尻が赤いのはたしかに変だから、どっちにしても洗ってもらうしかない。笑っていいのか泣いていいのかわからない姿だった。

ぐったり疲れていたが誇らしい気分でいると、ジョージがバスルームから出てきた。ほとんど元どおりになっているけど、しっぽの先がまだ少しピンクがかっている。

「しっぽを洗うのは大変だったんだよ」ジョージが訴えた。「そっと洗ってくれたけど、ぜんぜん楽しくなかった」

「よく我慢したね。でも今夜の被害が赤いペンキを少しつけられただけですんでよかった」

「サーモンのカメラつきの首輪ってなに？　聞いたこともないよ」

「ぼくもだよ。でも今回はそれがあってラッキーだった。てっきりバーバラは誰かを連れて戻るまでツリーの下敷きになってると思ってたからね」

「うん、どうやって起きあがったんだろう」ジョージが考えこんでいる。「クレアたちがぼくたちにもカメラをつけようと思わないといいけど。プライバシーがなくなっちゃう」

「ぼくも同じことを考えてた。でもサーモンは気に入りそうな気がする。あれがあれば、エドガー・ロードでもっといばれるからね」

「なんで？」

だろ」

「だって、もしカメラをつけたサーモンが近づいてきたら、行儀よくしてなきゃいけない

「見た目も最高にしなきゃいけない」とジョージ。そこまで考えていなかったが、ぼくはいつだって見た目を最高にしてる。

「とにかく、ぼくはクレアたちと一緒にバーバラの家に行くよ。ジョージも行く?」

「行きたいけど、朝一番にハナに会いに行かなくちゃ。約束したんだ。だから間に合わないかもしれない。でも、なんの被害もなくバーバラの仮面をはがせてよかったよね。ぼくのしっぽは別だけど」

「ちょっと赤くなっただけじゃないか」

「そうだけど、被害をこうむったのはぼくだけなんだから、今夜のヒーローはぼくだよ」

作戦のほとんどを指揮したのはぼくだという事実は言わないことにした。仲間を集めたのはぼくだし、実際にバーバラをつまずかせたのはサーモンとスノーボールだ。今夜の本当のヒーローはたぶんサーモンのカメラだが、それも言わないでおこう。

「ジョージはいつだってぼくのヒーローだよ」代わりにそう言い、顔をこすりつけた。

バーバラに証拠を突きつけるのが楽しみで、翌朝じりじりしながら待っていると、ようやくクレアがコートに手を伸ばした。ピクルスも一緒で、ぼくも外に出たのをクレアが意

外に思ったとしても顔には出さなかった。

外は静まり返り、夜のあいだに霜がおりていた。まずはヴィクとヘザーを迎えに行った。もちろんサーモンも。ゆうべはいろいろ大変だったから、ほかのみんなは朝寝をしているんだろう。その権利はある。

サーモンとぼくはひげを立て合い、クレアたちから少し離れたうしろを歩いた。

「悪かったな、カメラがついてるなんて知らなかったんだ。新しい首輪だとしか言われなかった」

「謝らなくていいよ。ぼくの手柄にしたいところだけど、うまくいったのは首輪にカメラをつけたヴィクとヘザーのおかげなんだから」ぼくはにやりとした。

「ああ、でもこれでずっと監視されることになった。心強い気もするが、なにをするにも、ありきたりなことをしてるだけでも、意識してしまう気がする」

「そうだね。ぼくもカメラがついてたら同じ気持ちになると思うよ。はずす方法があるんじゃないかな」

「また作戦か？」

「まあね」ぼくはまたにやりとした。ここ数日でサーモンとの絆が強くなった気がして、自分たちのことが誇らしかった。ただ、どうやって首輪をはずそう。あれこれ検討する必要がありそうだ。でももうバーバラのフラットに着いてしまったから、いまは急いでクレアたちに追いつかないと。

　エドガー・ロードの家のなかにはもうクリスマスの飾りつけを始めている家もあり、ここへ来るあいだにうっとり眺めてきたが、バーバラのフラットの窓には点滅するライトも光るモールもついていなかった。クリスマスが嫌いだから会を妨害したんだろうか。

　クレアたちがチャイムを鳴らし、バーバラを待ちかまえた。バーバラはあまり見た目がよくなかった。頬にあざがあり、髪にはところどころ赤い塗料がついている。

「おはよう」笑顔で挨拶するバーバラを見て、ぼくは足を踏みつけてやりたくなった。そんなことしちゃいけないのはわかっているが、ゆうべこの人はぼくたちを怒鳴りつけて追いかけまわしたのだ。それどころか、ジョージのしっぽを赤くした。

「バーバラ、深刻かつ重大な話がある」ヴィクが口火を切った。

「とても深刻な話よ」ヘザーがくり返した。

「なに？　なにかあったの？」髪を指で梳いている。間違いない。赤い塗料がついてる。

「クリスマス会を妨害していたのは、あんただったんだな」ヴィクが言った。

「違うわ、なにかの間違いよ。わたしじゃない」ほんとに演技がうまい。目に罪悪感のかけらもないし、嘘をついてる人がやりがちなぎこちなさもない。

「あなただということは、もうわかってるのよ」クレアが口を開いた。「確信してる。だから認めたほうがいいわ」

「どうしてわたしだと思うの？」まだとぼけているが、仮面がはがれ始めている。

「猫よ」ヘザーが言った。

「猫？　猫がわたしだと言ったとでも？」そこで初めてサーモンとぼくに気づいたらしく、いやそうにしている。

「まさか。猫はしゃべれない」ヴィクが答えた。「だが首輪についたカメラは違う」

「なにを言いたいのか、さっぱりわからないわ」

「バーバラ」クレアがいらだち始めた。「子どもじみた真似はもうやめて。あなたが舞台の上で猫たちを追いかけまわして、ツリーを倒すのがカメラに映っていたのよ。スプレー缶も。うちのジョージのしっぽとお尻は真っ赤になっていた。あなたがやった証拠があるの」

「猫にカメラがついてたの？」声が震えている。

「ええ、うちのサーモンにね」とヘザー。

「こうなったら警察に通報するしかない。だからこうして――」

「お願い、それだけはやめて。たしかに物は壊したけれど、逮捕されるようなことはしてないわ」

「そうかしら」ヘザーのバッグにはいつでも使えるように手錠が入っているに違いない。

「ああ、ごめんなさい、悪かったわ」バーバラは真っ青だ。でも女優だから、これも演技かもしれない。「本当にごめんなさい。これにはわけがあるの。ここに越してきてからずっと腹が立ってしかたなくて、どうしてそんなに腹が立つのかわからなくて、近所づき合いをするように娘に電話で言われたとき、クリスマス会のポスターを見たの。演技の経験があるわたしならいい役をもらえると思ったのに、端役に追いやられて、しかも演技指導やアドバイスを求められることもなかった。アマチュア劇団で経験を積んだと話したあとも。そのせいでいっそう怒りがつのってクリスマス会をぶち壊してやりたくなったのよ。言い訳にならないのはわかってる。でも辛すぎて頭がどうかしてたんだわ、きっと。引っ越すしかなくなって、家も友人も失ってしまった。それに娘にもめったに会えないし」一気にまくしたてられ、話についていくのがやっとだった。

ヴィクとヘザーとクレアが目配せし合っている。同情してるんだろうか？　ぼくはまだ演技じゃないと確信が持てない。

「大変気の毒だとは思うが、あんたがやったことは容認しかねる」ヴィクが言った。「しかもアレクセイとコニーは子どもなのに、シェルターの役に立とうとすごく立派なことをしている。おとなのあんたがそれをぶち壊そうとするなんて、理解に苦しむとしか言いようがない」

ぼくも自分の意見を言いたくてたまらなかったが、黙っていた。

「ええ、そうね。まともに考えられなくなっていたのよ。怒りのはけ口になってたんだと思う。病院で診てもらうわ。ずっと眠れなくて、自分が自分じゃない気がするって相談してみる。ほんとに恥ずかしいわ。とんでもないことをしてしまって、許してもらおうとは思わないけれど、せめてわたしには助けが必要だということはわかってほしいの」頰を涙が流れ落ちている。

クレアたちが玄関から少し離れ、なにやら相談し始めた。サーモンとぼくも加わった。

「病院で診てもらってクリスマス会には近づかないことを条件に、このままにしておけばいいんじゃないかしら」クレアが言った。「逮捕がいいとは思えない。それにクリスマス会の本番も近いし、事を荒立てたくないわ」

「そうだな。違法行為を見逃すことはできないし、正義は果たされるべきだが、いまのバーバラはどう見てもひどい状態だ」ヴィクが反対しないのが意外だった。いつもは逮捕するのが大好きなのに。

「じゃあ決まりね」ヘザーが言った。「誰かの助けを得るチャンスはあげるけど、クリスマス会には近づかせない。リスクは冒せないわ」

「ええ。それにアレクセイとコニーはそんなに簡単にバーバラを許す気になれないでしょうし。じゃあ、バーバラに話しましょう」

みんなで玄関先に戻った。

「今回は警察には通報しない」ヴィクが言った。

「ああ、ありがとう。ごめんなさい」反省しているように聞こえるし、反省の表情も浮かべているが、やっぱりまだ信用できない。

「ただし、クリスマス会には近づかないでちょうだい。それと、アレクセイとコニーに謝罪の手紙を書いたほうがいいと思う」クレアがつづけた。

「ええ、そうね、書くわ。会にも近づかない。夫のいないクリスマスを想像するだけで辛くてたまらなかったのも原因だと思う」頰に涙がこぼれているが、これも演技かもしれない。

「心から同情するわ」ヘザーが言った。「でもいまは、エドガー・ロードでこれからどう暮らしていくか考えて、もうみんなに迷惑をかけないようにしたほうがいいわ」ヘザーと意見が一致することはめったにないが、今日はそうだった。

「本当に心から反省してるわ。それに、あなたたちにばれなかったら、またやっていたかもしれない。考えただけでぞっとするけれど、本当に自分を見失っているの。一時的に正気を失っていたのかもしれない」

「お医者さんが力になってくれるといいわね」クレアが悲しそうに声をかけ、みんなでその場を立ち去った。

サーモンとたまり場に寄ると、ネリーとエルビスとロッキーとオリバーがいた。ぼくたちはたったいま見てきたことを話して聞かせた。

「それで、あなたの印象は？」ネリーが訊いた。

「よくわからないんだ」ぼくは正直に答えた。「反省してるみたいだったし、血迷ってた自覚もあるみたいだったけど、最初から本人も言ってたように女優だからね」

「でも反省してたと思う」サーモンが言った。「あれは本心だった気がする」

「いずれはっきりするさ」とロッキー。「ゆうべ舞台で追いかけまわされたときは、ほんとに殺されるかと思ったよ」

「まあ、殺すつもりはなかったんだろう」エルビスが言った。「ただ、鬼ごっこじゃなかったのはたしかだ」

「人間っておかしな生き物だよね」つくづくそう思う。「じゃあ、ぼくはスノーボールに会いに行かなくちゃ。話を聞きたがってるんだ」

「またな、アルフィー。それと、たしかに人間はたまにおかしなことをする。少しは猫を見習ってほしいよ」オリバーが言った。

Chapter 30

今年いちばんストレスを感じた週の終わりに家族で集まれるのがありがたかった。クリスマス会やなにやらで忙しいから、クリスマス前に集まれるのはこれが最後かもしれない。モールやライトや見事なツリーですっかり飾りつけがすんだわが家はすごくすてきになった。ツリーやいろんなところに蠟燭《ろうそく》が飾ってあるが、火はついていない。以前クレアがつけた火がジョージのしっぽに燃え移ったことがあるので、いまはあくまで飾りだ。

ぼくは寝不足を解消しきれず、まだ疲れが残っている。スノーボールや仲間に会ったり、劇のリハーサルをしたり、ジョージとピクルスの面倒を見たりで忙しいのだ。とはいえ、ジョージは面倒を見てもらっているとは思っていないだろう。それに、クリスマス会を救っても、心配の種は尽きない。

ジョージによると、ハナは相変わらず疲れがひどくて寝てばかりで、クリスマス会を楽しみにする気力もないらしい。もともと眠りが浅いからテオが泣くたびに起こされて寝不足なのはわかるけど、ずいぶん長引いている。ジョージはいつもの散歩に連れだすこともできず、ここ数日は会いに行っても眠ってしまうと話していた。わかってあげなきゃとアドバイスしたらジョージもうなずいていたが、以前のように楽しい時間を過ごせず寂しがっている。ジョージもハナも苦しんでいる。あの子たちの関係にひびが入らないように祈るばかりだ。マーカスとシルビーもテオが生まれたばかりのときは疲れて喧嘩が増えていたが、なんとか解決したから、ジョージとハナも解決できればいいと思う。

そんなあれこれがあるから、リハーサルがない今日またうちで家族が集まるのが楽しみでたまらない。わが家はけっこう広いのに、家族が勢ぞろいすると狭く感じるところが気に入っている。ハロルドとスノーボール。シルビーとマーカスとコニーとテオ。ポリーとマットとヘンリーとマーサ。フランチェスカとトーマスとアレクセイとトミー。もちろんピクルスもいる。ランチに集まったみんなで部屋はいっぱいだ。ハナは静かな家で寝不足を解消するために来なかったが、ジョージはハナの希望を尊重しているようで、ぼくはそんな息子が誇らしいと同時にちょっと安心した。家じゅうのクリスマスライトがつけられ、子どもたちはクリスマスソングをかけて一緒に歌っている。今日のわが家はかなり騒がしいから、ハナが来ないのは正解だ。

ランチのあと、子どもたちは二階へ行き、おとなと年長の子たちはリビングへ向かった。ピクルスとジョージは二階へ遊びに行ったが、スノーボールとぼくは一階に留まった。

「さて、ちびちゃんたちは二階へ行ったことだし、バーバラの話をしない？」ポリーが口を開いた。

「ものすごく腹が立ったけど、謝罪の手紙が届いたよ。なんでかわからないけど、読んだら悲しくなった」アレクセイは感受性が豊かで、心がとても広い。

「ぼくなら警察に連絡してたな」トミーが口をはさんだ。「牢屋《ろうや》に閉じこめて鍵を捨ててたよ」

「トミー、やり直すチャンスをあげる大切さは、あなたがいちばんよく知ってるでしょう」フランチェスカがたしなめている。

「そうだけど、ぼくはあそこまで……まあいいや、わかったよ。でも、反省してるふりをしてるだけだったらどうするの？」いい質問だ。

「そこまで演技は上手じゃないよ。オーディションで見たのが実力ならね」ジョナサンが答えた。

「手紙には、カウンセリングを受けると書いてあったわ。お医者さんに鬱に効く薬をもらってから、少しずつ気分も態度もよくなってるみたい」コニーが説明した。

「でもクリスマス会には出ないんだよね」とトミー。

「ああ、またなにかをつくり直すはめになったらたまらないからね」トーマスが冗談めかしている。

「みんなすごく頑張ってくれてるんだから、危険は冒せないわ。バーバラがまたなにかすることはないと思うけど、念のために会場を一日三回確認してるし、裏口のドアの鍵も今度こそしっかり確かめる」クレアが言った。

「わたしのせいよね。確認しなかったから」とポリー。「ほんとにごめんなさい」

「ぼくも悪かったよ」トーマスがつづけた。

「わたしがうかつだったわ。あなたに戸締まりを任せたのが間違ってた。しょっちゅう鍵をなくすんだもの」フランチェスカがトーマスに言った。

「もうやめましょうよ。終わったんだから」シルビーが口を開いた。「それに、幸い元どおりにできない被害はなかった。猫たちが無事でよかったわ」

それはどうだろう。しっぽがまだ少しピンク色のジョージは文句たらたらだ。このままでは本物の羊に見えないから、余計に不満らしい。

「でも、ひとつ問題ができたな」マーカスが言った。

「なに？」

「バーバラが抜けるとなると、誰が博士をやるんだ？」

「ジョナサンがやるしかないわね」クレアの返事を聞いて、ジョナサンが飲み物にむせた。

「だめだ。ぼくには仕事が――」

「会計係でしょ。でもそっちはもう終わってるじゃない」

「え？」

「だって必要なお金はもう使ったから、あとは入ってくるお金にだけ気をつけていればいい」アレクセイが答えた。

「そうだ。だからそれを管理しないと」とジョナサン。「ぼくには金額を正確に把握しておく責任がある」

「でも入金は全部オンラインだから、たいした手間はかからないんじゃないか?」マットが言った。

「観念しろ、ジョナサン」トーマスが茶化した。

「とにかく歌なんか歌うつもりはない」ジョナサンがうろたえている。

「それなら、しゃべるだけならどう?」コニーが持ちかけた。「いまからほかの人を探すのは無理だわ。最終リハーサルまで一週間しかないもの」

「それで思いだした。そろそろアドベントカレンダーを飾って、クリスマスの買い物もしないと。誰か一緒にやる?」

　クリスマスの買い物の相談が始まり、嬉しいことにクリスマスのランチの相談も始まったところで、ぼくは日曜日の昼食会のメンバーに出し物を見せる計画を立てていたことを思いだした。

　ぼくは一緒に来るようにスノーボールに合図した。

「どうしたの、アルフィー。なにかたくらんでる顔をしてるわよ」スノーボールが言った。

「お年寄りたちに出し物を見せるには、クリスマス当日がうってつけだってみんなに気づかせたいんだ。そうすれば、すごくすてきなクリスマスの締めくくりにもなる」

「そういえば、そんな話をしてたわね。でもどうやって伝えるの？」

「そこが問題なんだよ」ぼくは答えた。「クレアたちも考えてるはずだけど、いちばん気づいてくれそうなのはハロルドかアレクセイの気がする」

「そうね。ハロルドにはわたしが伝えてもいいし、アレクセイはあなたが伝えればいいけど、どうやればいいかしら」たしかにこれを伝えるのは難しい。でもやるしかない。

リビングに戻ると、トミーがクリスマス会用につくったばかりの動画を見せていた。

「すごくいいよ。それにいい宣伝になる。初回のチケットはほとんど完売してるし、残りの二回もかなり売れ行きがいいんだ」アレクセイが言った。

「それに寄付もずいぶん集まってるから、今年のクリスマスはシェルターの財布も潤いそうだ」ジョナサンがつづけた。

「アルフィーに猫用のカメラを買ってもいい？」トミーが訊いた。

「ニャー！」とんでもない。

「なんで？」とジョナサン。

「撮れた動画をSNSにあげられる。猫の視線で見たクリスマス会の様子を伝えるんだ。きっとおもしろいよ」トミーが畳みかけている。雲行きが怪しくなってきた。

「でもかなり画質が悪いぞ。粒子が粗くて見づらい。そうとうお金をかけないと――」マットが口を開いた。

「それならぜったいだめだ」ジョナサンがさえぎった。

「じゃあ、あきらめるしかないわね」フランチェスカが微笑んでいる。手に負えない存在になりかけていた息子が元のかわいい息子に戻って嬉しそうだ。

「そう、あきらめろ」ジョナサンが断言し、ぼくはほっとした。

「それはそうと、明日は昼食会よ」ポリーが言った。「うちはふたり呼んでるの。クリスマス会についていろいろ訊かれるのに、見せてあげられなくて申し訳ないわ」

「ええ。クライブとドリスも同じ」とクレア。「でもわたしたちは会場にいるから、お年寄りの送迎やお世話ができない」

ぼくはスノーボールに目配せした。

「ミャオ、ミャオ、ミャオ」スノーボールがかわいらしく鳴きながらハロルドに顔をこすりつけた。

「どうした?」ハロルドが困ったように首を振っている。

「ミャオ」ぼくも加わった。

「おいおい、まさかまだ悪者がいると言おうとしてるんじゃないだろうな」ときどきジョナサンには絶望させられる。

「ニャー」ぼくは走ってアレクセイの膝に飛び乗った。そして驚いているアレクセイに向かって軽く首を傾げ、アイデアを伝えようとした。

「きっと、なにかアイデアがあるはずだって言いたいんだよ。そうか……お年寄りのためにクリスマス当日に出し物をやるのはどう？　ランチのあとで。どうせぼくたちはそろってるんだし」アレクセイが言った。

「ミャオ」よかった。それを伝えたかったんだよ、すごくいいアイデアでしょう？

「でもクリスマス当日はやることがたくさんある。子どもたちの世話やらランチやらで忙しいから、普段はそのあとのんびりしてる」マットが言った。「みんなの仕事がさらに増えることになる」

「だけど、お年寄りのために最後の公演ができたらすてきだと思わない？　もし出演する人のなかに誰か連れてきたい人がいたら、無料にすればいい。きっと友だちと家族のクリスマス会みたいになるよ」思いがけない発言をするトミーにぼくは目をやった。本当にいい子に戻っている。

「きっと最高だよ。のんびりするのは夜でもできる。ねえ、やろうよ」アレクセイはあきらめていない。ぼくは喉を鳴らして応援した。

「これ以上ない会の締めくくりになるし、お年寄りがどれだけ喜ぶか想像して。あの人たちに集まってもらうにはこうするしかないわ。出演者が舞台用の衣装に着替えているあいだ、ほかの人はお年寄りとおしゃべりして楽しんでもらえばいい。すばらしいアイデアだと思うわ」コニーも加勢している。

「わたしも彼らのために喜んでサンタをやろう」ハロルドが言った。「それどころか、ずっと衣装をつけたままでもかまわない。着替える手間が省ける」

それはあまりお勧めできない。大きなひげをつけたままでいたら、ランチのほとんどがひげについてしまうかもしれない。

「それにぼくが動画を撮れば、昼食会のこともSNSにあげられる。これまでやってなかったでしょ。ハロルド、昼食会を思いついたそもそものきっかけをインタビューさせてよ」トミーはすっかり夢中になっている。

「いいとも。だがそれならジョージとスノーボールとアルフィーにもインタビューしないとな。全部この子たちのおかげなんだから」

「ぼくはかまわないよ」トミーがにやりとしている。

「どっちみちお年寄りの送り迎えはするんだから、レストランから会場へ連れていくのはわけないな」ジョナサンが言った。「それにエドガー・ロードの家族と過ごすお年寄りは、簡単に来られるんじゃないか？　歩いてすぐの人が多いだろう？」反対意見が出るならジョナサンだろうと思っていたが、嬉々《きき》としている。

「クリスマス当日にみんなに集まってもらうには、申し分ない方法だ。それにわたしたちと過ごしたあといつも誰もいない家に帰らなきゃいけない年寄りたちに、クリスマスぐらい楽しい時間を過ごさせてやりたい」ハロルドが主張した。

「みんな同じ気持ちだよ、父さん」マーカスが父親をハグした。

「よし、ヴィクとヘザーにはわたしから話そう。ラルフ牧師にも。アレクセイとコニーはダンスクラブと学校の合唱団とシエンナに連絡してくれ」

「シエンナにはぼくが連絡してもいいよ」トミーの頰がちょっと赤くなっている。

「じゃあ決まりね。ランチのあと最後にもう一度衣装に着替えましょう」クレアが言った。

「きみには衣装なんかないじゃないか」ジョナサンはやっと自分が博士をやるはめになったことに思い当たったらしい。

「そうだわ、バーバラの衣装じゃサイズが合わないだろうから、急いで直さないと」シルビーに言われ、ジョナサンが顔をしかめている。思いどおりになってぼくは喉を鳴らした。それどころか、期待していたよりはるかにうまくいった。

Chapter 31

　ぼくはスノーボールとたまり場でのんびり満ち足りた時間を過ごした。このところ朝は寒くて霜がおり、エドガー・ロードに停まる車も朝はうっすら白くなっていることが多くなった。雪は降っていないが、いまにも降りそうな日が増えている。そこらじゅうクリスマスムード一色で、家々の飾りつけもすみ、室内にも外にもライトをつけている家もあって、そういう光景がエドガー・ロードのみんなの笑顔を前より少し増やしているのは明らかだ。クリスマスは本当にみんなを夢見心地にする。窓の前で足をとめ、きらめくライトやきれいな飾りつけをうっとり眺めるのはすごく楽しい。胸がほっこり温かくなる。クリスマスはもうすぐそこで、ぼくは日ごとに気持ちが高ぶっていた。

　クリスマス会は守られたので、ぼくも少し自分の時間が持てるようになった。リハーサルやクレアたちがおかしなことをしないように目を光らせるので忙しいことに変わりはないが、最後のリハーサルが迫っているので、みんな同様ぼくも張り切っている。クリスマスツリーの下にはすでにいくつかプレゼントが置かれ、誰もが心からクリスマスを楽しんでいる。クリスマスのにおいまでする。クレアがケーキを焼こうと決めたからかもしれないが、いまのところうまくいっていない。もともとケーキづくりは得意じゃないし、あのピクルスでさえ鼻をそむける出来栄えだから、それがなにかの証拠なんだろう。

スノーボールとハロルドの家へ行く途中、ジョージに会った。

「もううんざりだよ」ぷりぷりしている。

「どうしたの?」

「ハナの様子が変なのに、自分では認めようとしないんだ。疲れていて、いつもなにか食べてるし、ぼくが体重についてとやかく言う筋合いはないけど、ぜったい太った」

「ジョージ、原因はテオだよ。ぼくにも経験がある」サマーが赤ちゃんだったころはくたくたになったし、疲れると普段より食べてしまう。それに運動も減る。単純な話だ。

「疲れると普段より食べてしまうものよ、ジョージ」スノーボールがぼくの思いを口にした。「クリスマス会が終わってもハナが元気にならないようだったら、なにか考えましょう。でもテオが眠るようになれば、ハナも元気を取り戻すわ」

「ぼくも我慢してるんだけど、今日は疲れて散歩に行けないって言われて、さすがに頭にきちゃったんだ。リハーサル以外で最後に一緒に出かけたのがいつか思いだせないぐらいだから、ついきつい言い方をしたら、ハナも言い返してきた。そんなことこれまでなかったのに」

「ジョージ、しばらくハナをひとりにしてやって、あとで様子を見に行ってあげるんだよ。ぼくたちはハロルドの家に行くから、一緒に来れば?　ハロルドもきっと喜ぶよ」

「少なくともハロルドはぼくに会って喜んでくれそうだね」まだ機嫌が悪い。無理もない。若い恋は厄介で、本物の恋も厄介だ。ぼくはどちらにもかなり詳しい。

バーバラのフラットが近づいても前より平気になったので、いつもはそのまま通り過ぎるが、今日は足をとめた。玄関前の階段にバーバラが座っていたのだ。両手に顔をうずめている。

「だいじょうぶか確かめたほうがいいかな」ぼくは言った。

「なんで? 追いかけられるか、もっとひどい目に遭うのがおちだよ」ジョージはまだ少し機嫌が悪い。

「アルフィー、様子を見てきてくれない? でも、あまり近づきすぎないでね」スノーボールが前足で押してきた。ぼくはちょっと迷ったが、恐る恐るバーバラに近づいた。少し離れたところで足をとめると、バーバラが顔をあげた。ぼくは少し緊張したけれど、その場に留まった。涙で顔が濡れているし、ひどく打ちひしがれた様子だ。

「ミャオ?」警戒しながら声をかけてみた。

「ああ、もう無理。ぜったい無理よ」バーバラがまた泣きだした。体を震わせてすすり泣いていて、かわいそうになる。これはぜったい演技じゃない。ぼくはふたりのところへ戻った。

「かなり取り乱してるみたい」

「どうする?」スノーボールが訊いた。

「誰か呼んできたほうがいい気がする」困っている人を見捨てるなんてできない。なにをした人であろうと。

「ハロルドを呼んでこよう」ハロルドといちばん仲がいいのはジョージだ。それにもしハロルドが来られなくても、ほかの誰かに連絡してくれるだろう。

ぼくたちはハロルドの家へ急ぎ、猫ドアからなかに入った。ハロルドはいつもの肘掛け椅子に座っていた。

「ああ、お帰り。どこに行ったのかと思ってたんだ」スノーボールに気づいたハロルドが話しかけてきた。スノーボールが鳴き始め、ぼくに言われたとおりハロルドの足を叩き始めた。

「ミャオ、ミャオ、ミャオ」

「どうした?」ハロルドに訊かれ、ぼくたちはそろって玄関へ向かった。「何事だ?」それでもハロルドはコートをはおり、杖を手に取ってくれた。玄関が開いたとたん、ぼくたちはバーバラのフラットへ駆けだした。

でもすぐスピードを落とした。ハロルドはぼくたちより進むのが遅く、寒い外に出るはめになってぶつぶつ文句を言っている。必要に迫られない限り、出かけたくないのだ。ようやくフラットに着くと、バーバラはまだ玄関先に座ったままだった。ぼくたちに目を向けたハロルドの顔が寒さでちょっと赤くなっている。

「やあ、こんにちは」ハロルドが声をかけた。顔をあげたバーバラは目が真っ赤だった。ずっと泣いていたんだろう。

「こ、こんにちは」バーバラがたどたどしく応えた。

「そんなところにいたら凍死してしまうぞ。うちに来ないかね。紅茶でもいれるから、どうしたのか話してくれないか」

「でもわたしはクリスマス会を台無しにした女よ。少なくとも台無しにしようとした」

「わたしには、深く悲しんでいる人に見える。だからうちに来なさい。断ろうとしても無駄だ」

バーバラは少しだけ抵抗したが、最後には立ちあがって涙をこらえながらハロルドについていった。ぼくたちもあとにつづいた。どういうことなのか突きとめようとしているのか、またバーバラが取り乱した場合にハロルドを守るためなのか自分でもわからなかった。たぶん両方だろう。

リビングに着くと、ハロルドがお気に入りの肘掛け椅子に座るよう勧めた。

「暖炉の前に座って体を温めなさい」数年前に初めて会ったときから、ずいぶんやさしくなったものだ。

「ありがとう」バーバラが小さく応えた。

「お湯を沸かしてくる。紅茶でいいかね？」ハロルドが尋ねた。バーバラがうなずき、また泣きだした。

しばらく時間がかかった。バーバラが途中で何度も泣き崩れたせいだが、最終的には突っこんだ長い会話ができた。それは喪失の話だった。パートナーを失うのがどういうことかよく知っているハロルドは、いまは耐えられないと思っても、必ず乗り越えられると言い聞かせていた。とてもうまく慰めていて、心から誇りに思った。やさしくて思いやりにあふれ、ジョージに向かって杖を振りまわしたむかしとは大違いだ。

「寂しくてたまらないの」バーバラが言った。「ひとり暮らしは初めてで、ここにはひとりも友だちがいないし、友だちになりたかった人は、わたしがばかなことをしたせいで離れてしまった」

「あんたは自分を見失ってたんだ。それにいまは正しいことをしている。カウンセリングを受けてるじゃないか。そんなものなんの役に立つんだと思っていたが、いまはそれがいちばんいいとわかる。ひと晩で解決するようなものじゃない。それに友だちについて言えば、たしかにあんたは取り返しのつかないことをしたが、やり直すことはできる。実際、もうわたしという友だちができている」すごい、ぼくでもこんなにうまくできなかっただろう。

「この猫たちは、いつもそばにいるのね」いきなりバーバラが話題を変えた。ジョージがまだ少しピンクのしっぽを立てた。まだ本気で信用する気になれないのだ。

「ああ、実を言うと、まさか自分が猫好きになるとは思っていなかった。うちにジョージが来るたびに追い払っていたが、ある日倒れたわたしのために助けを呼んできてくれたんだ。エドガー・ロードの猫はすばらしい子ばかりだ。なかでもここにいる三匹は。猫を好きにならない理由がわからない」

やっぱりぼくでもこんなにうまくできなかっただろう。

「夫は猫が好きじゃなかったの。だからわたしも好きになれなかったんだと思う。犬と違って役に立たないと夫は言っていたけれど、わたしがやったと気づいたのはここにいる猫だったんでしょう？　だったら役に立たないわけじゃないのね」

つまりぼくたちを好きになったという意味だろうか。猫は役に立たないと思う人がいるなんて心外だが、いまは腹を立てずにいよう。

「慣れるまで少し時間がかかるかもしれないが、わたしたちと友だちになりたければ、この子たちを好きになることから始めるといい。この子たちは家族の一員なんだ」ハロルドが含み笑いを漏らしている。

「ああ、家族がいなくて寂しいわ」バーバラがまた泣きだした。

ぼくはちらりとジョージに目配せした。そろそろ家に帰りたい。バーバラを慰めるのにかかりきりのハロルドがぼくたちにおやつをくれるのを忘れているからおなかが空いているのもあるけど、ここはすごく暖かいから、眠ってしまいそうだ。ぼくたちはキッチンへ行った。

「もう帰ろう」ぼくはジョージに言った。「スノーボール、あとで出かけられたら、このあとどうなったか教えてよ。無理だったらリハーサルで会おう」

「わかったわ」スノーボールがさよならの挨拶代わりに顔をこすりつけてきた。「それとジョージ、ハナに我慢してあげてね。大事にしてあげて」

ジョージがひげを立てた。「悲しそうなバーバラを見てたら、大切な相手を手放さないようになんでもやるべきだって気づいたよ」しんみりしている。本当にそうだ。そして大切な相手を永遠に手放さずにいられるほど運に恵まれない場合もあるから、できるときにそうするべきなのだ。

そのあとはぐっすり眠り、クリスマスやごちそうやおやつ、幸せな時間やクリスマス会の夢を見た。それらすべてがひとつに溶け合っていた。目が覚めたとき最初に頭に浮かんだのはバーバラのことだった。ひどく落ちこんでいるみたいだったし、あれはぜったい演技じゃない。でもどうやってクレアたちがまたバーバラを受け入れるようにすればいいんだろう。クリスマス会に戻すのは無理でも、友だちに戻れないだろうか。ハロルドとはもう友だちになったようだから、ハロルドが力になってくれるかもしれないが、バーバラも昼食会に参加できればいいのに。自分がこんなふうに考えるのが信じられなかった。思ったより許すのが得意らしい。

「パパ」しっかり目が覚めたころ、ジョージが話しかけてきた。

「なに？」

「バーバラを許してあげるべきだと思うんだ。タイガーママが天国に行ってしまったときどれほど辛かったか、そのあとどれほど悲しかったか、ずっと考えてた。ぼくは感じよくできないこともあったよね？」

「ぼくも同じだったよ」

「だからバーバラにもう一度やり直すチャンスをあげるべきなんじゃないかな。バーバラの場合は何度めになるかわからないけど」

「そうだね。それに、タイガーママならどうすると思う？　これまでもそんなふうに考えてきたよね。そうすればぼくたちの心のなかだけでなく、現実でもタイガーが生きつづけるから」

「ママだったらやり直すチャンスをあげてたよ。ただし、一回だけだろうけど」ジョージの言うとおりだ。タイガーならぜったいそうする。

「でも、クレアたちにどうやってそれを伝えればいいかな」

「ぼくたちがやる必要はないよ。きっとハロルドがやってくれる」なるほど、おもしろい。もしジョージの言うとおりなら、ぼくは幸せものだ。

ふたを開けてみたら、まさにジョージの言うとおりになった。その日の夕方のリハーサルでハロルドが舞台にあがり、頼りにするようにスノーボールを抱きしめたままみんなに話しだしたのだ。

「バーバラがひどいことをしたのはわかっている。本人もよくわかっている。だが腹を割って話したら、心から後悔していた。いまは助けを得ているが、いちばん助けになるのは友情だ。わたしはそれをここにいるみんなに、なかでも猫たちに教わった。だから友情の手を差し伸べてやってはくれないだろうか」

「だがバーバラのせいでクリスマス会が台無しになりかけたんだぞ」ヴィクが反論した。

「そうよ。信用できないわ」ほかにも反対する人がいる。

「聞いてくれ」ハロルドがつづけた。「たしかにバーバラは悪いことをしたが、その償いをしようとしている。経済的な余裕はないが、ご主人の服をすべてシェルターに寄付し、おわびの印にボランティアにも通うそうだ。本気で努力しているから、またクリスマス会に参加させて、友だちとしてやり直すチャンスを与えれば、本当に変わったのがわかるはずだ。変わったと言うより、本来の姿に戻ると言うほうが正しいと思う」

「この劇は神のお話で、神がわれわれになにをしてくださったか忘れてはいけません。神もイエスも許しを大切にしておいでです」ラルフ牧師がつけ加えた。

「バーバラにやり直すチャンスをあげるべきよ。クリスマスだもの」シエンナが立派なところを見せた。

「そうだね。ぼくもトラブルばかり起こしてたけど、やり直すチャンスをもらった」トミーはバーバラの心配よりシエンナにいいところを見せたいんだろうが、別にかまわない。

「わかった」ジョナサンが両手を打ち鳴らした。「多数決で決めよう。バーバラにやり直すチャンスをあげれば監視もできることをお忘れなく。賛成の人、挙手願います」

「それでもしっかり鍵がかかってるのを確認せずにここを離れる気にはなれないでしょうけど、やり直すチャンスはあげるべきだと思うわ」フランチェスカがつけ加えた。

次々に手があがるのを見て、ぼくは胸が熱くなった。最後には全員の手があがった。バーバラが戻ってくる。ジョナサンがにやにやしながらクレアに近づいた。

「これで衣装のサイズも直さずにすむな」ウィンクしている。

Chapter 32

「ピクルス！　やめなさい」ポリーがつくり物のプレゼントを食べようとしているピクルスを抱きあげた。

「あなたに任せるわ」断る間もなく押しつけられたジョナサンの腕のなかで、ピクルスがもがいている。クリスマスらしくなるようにツリーがついた新しい首輪をしてもらってるのに、ピクルスはそれさえ食べようとした。

　そこらじゅうごった返している。でもわくわくする。ようやく衣装をつけてやる最後のリハーサルに漕《こ》ぎつけ、舞台裏は大混乱だ。リハーサルのあいだ、出番じゃない人は客席にまわって舞台を見てもらうしかなさそうだが、今夜の客席は招待した人でいっぱいだ。さすがのクレアも手に余っているようだけど、みんな興奮して早く始めたくてうずうずしているから、しょうがない。

　会場はこれ以上ないほど見事な出来栄えになった。そこらじゅうに飾りつけがされてライトがきらめき、舞台には期待を持たせるようにカーテンがかかり、パイ（焼いたのはクレアじゃない）とクッキーの香りがあふれている。

　ヘレン・ストリート・シェルターの利用者は、グレッグやほかのボランティアと一緒にもう到着している。彼らで客席がいっぱいになると、現実感が増してきた。ぼくたちは本当にやり遂げたのだ。目の前の光景がその証拠だ。ぼくは胸が詰まりそうだった。

今夜は初めて全員がしっかり衣装をつける。ダンスクラブと合唱団は着替えをすませ、クリスマス柄のセーターやレギンスやTシャツを身につけているが、劇の出演者には役にふさわしい衣装がある。子どもたちはトナカイになり、ぼくたちは羊になるけど、詳しい話はまたあとで。

「じゃあ、ダンスの用意をして。裏は人でいっぱいだから、終わったら舞台の前に座ってちょうだい」クレアがクリップボードを手に進行の指示を始めた。クレアはこういうことがすごくうまい。冷静でありながらきっぱり言うべきところでは言えるのだ。舞台裏は興奮するみんなでかなりにぎやかだった。

「みんな、静かに」フランチェスカが両手を打ち鳴らし、みんな声を落とし始めた。

静かになると、アレクセイとコニーが舞台に歩み出た。見逃すわけにはいかないのでぼくは舞台袖に立つ人の脚のあいだに割りこみ、カーテンの隙間から頭をのぞかせた。全部とは言えないが、少しは見える。

「こんにちは。いえ、こんばんは」アレクセイがたどたどしくしゃべりだした。

「みなさん、今日はようこそお越しくださいました」コニーの挨拶で、客席から拍手があがった。「楽しんでもらえたら嬉しいです。ただリハーサルなので、手違いがあっても大目に見てくださいね」みんな笑っている。

「終わったあと、温かい飲み物と軽い食事を用意していますので、どうぞ」アレクセイがつけ加えた。「では、クリスマス会を始めます！」

無事にカーテンがあがってダンサーたちの姿が見えると、拍手があがった。

いまいるところからだとよく見えないが、内容のほとんどは見たことがある。それでも衣装をつけているとさらに見事だった。音楽もすばらしくて、お客さんたちも楽しんでくれている。緊張がほぐれてきたところでアレクセイの顔を窺うと、アレクセイもほっとしているのがわかった。これ以上ないほどうまくいっている。

トナカイになったかわいらしい子どもたちとピクルスが登場するころには、大いに盛りあがっていた。これを見逃すわけにはいかないので、ぼくはまた舞台が見えるところへ移動した。子どもたちは夢中で歌ったり踊ったりしているのに、ピクルスはトナカイの角を取るのに一生懸命で、たぶん角を食べようとしてるんだろうけど、何度もくるくるまわっているうちに舞台から落ちてしまった。

ちょっとした騒ぎになったが、ダンサーのひとりがピクルスをつかまえて舞台に戻してくれた。懲りずに角を取ろうとしているから、怪我はなさそうだ。子どもたちはかつてないプロ意識を見せて歌と踊りをつづけ、これまででいちばんの喝采を浴びた。

劇の時間が近づいても、すべて順調に進んでいた。スノーボールもジョージもハナもぼくも準備万端だ。みんな羊に見える。同じ衣装をつけているスノーボールたちが羊に見えるからぼくも羊に見えるはずだ。手編みの帽子さえ羊らしさを増してくれている。小柄でぽっちゃりしたハナがいちばん羊に似ているが、みんなかなりいい線をいっている。普段は衣装をつけるのは好きじゃないが、例外があってもかまわない。人のためになることなんだから。

「脚を折って！」出番の直前にジョージが言った。

「なんでそんなことするの？」スノーボールが戸惑っている。

「違うよ、演劇の世界ではこう言うんだ。成功を祈るって意味だよ」ジョージが小声で答えた。「でも出番の前に成功を祈るって言うのは縁起が悪いから、言っちゃいけないんだ。あ、まずい、二回も言っちゃった！」

「落ち着いて、ジョージ。だいじょうぶだよ。それにしても、なんでそんなこと知ってるの？」

「ぼくはここにいる誰よりも舞台経験があるからね」はいはい。

劇はつつがなく進んだ。ほぼつつがなく。マリアとヨセフはふたり乗りの自転車で民泊に着いた。マリア役のシルビーは衣装の下にクッションを入れておなかをふくらませ、テオは舞台裏でコニーが抱いている。

「空室はないわ。わたしの民泊はすごく人気があって繁盛してるのよ。トリップアドバイザーでいつも星を五つもらってるぐらいなんだから。だからあなたたちに貸せる部屋はないの」ポリーのせりふにみんなが笑っている。ぼくには意味がわからなかったが、どうやらそうとうおもしろかったらしい。

あっという間にぼくたちと羊飼いの出番になった。舞台にあがったときは正直かなり緊張して、脚が震えていた。スノーボールに励ましの視線を送るぼくの横でジョージが前に駆けだしたので、すかさずぼくたちも羊の真似をした。ジョージは舞台の中央で跳ねまわり、ぼくたちはうしろのほうで草を食べるふりをしたりうろうろしたりした。注目の的になっているジョージの邪魔はしたくない。観客はもっと見たがっているみたいだからなおさらだ。照明が暗くなってラルフの聖歌隊の美しい歌が始まると、ぼくたちは動きをとめた。そしてイエスが生まれたというお告げを受け、トーマスに導かれてイエスのもとへ向かったが、顔に少し髪が垂れかかったかつらをつけているトーマスにしっぽを踏まれた。「ニャッ」これっぽっちも羊に聞こえない声が出てしまった。

「ごめん」トーマスが小声で謝りながらかつらを直した。これをのぞけば、かなり台本どおりにできたと思う。それに最初の出番の締めくくりに羊のぬいぐるみをジャグリングしたピーターも、一度しか落とさなかったから確実に上達していた。

ふたたび聖歌隊の歌があり、アレクセイがインターバルと呼ぶ間をはさんで舞台のセットが変わり、劇の最後の場面になった。

馬小屋に着いたぼくたちは、赤ちゃんのイエスをまじまじと見つめた。羊がそうするのかわからないが、ぼくたちはそうした。いきなりテオが大声で泣きだしたのでうしろに飛びすさってしまったが、シルビーがおしゃぶりをくわえさせると静かになった。イエスの時代におしゃぶりはなかったはずだけど、アレクセイが言うように背に腹は代えられない。

最後の場面で舞台に現れたハロルドのサンタが肘掛け椅子に腰をおろし、眠ったふりをすると、子どもたちがやってきた。とてもかわいらしいひとこまで、目を覚ましたサンタが客席にお菓子を投げるとみんなそれを取ろうと集まり、そのあとできるだけ大勢が舞台にあがって『おめでとうクリスマス』を合唱した。会はあっという間に終わり、客席から大きな拍手と歓声があがるなかカーテンがおりた。ふたたびカーテンがあがり、みんなでお辞儀した。ぼくたちもしようとしたが、猫がお辞儀するのはけっこう大変だった。

すごく疲れたけど、なぜかまたやりたくてたまらなかった。

「大成功だったよね、パパ」ジョージの瞳がきらきらしている。

「うん。ジョージが舞台に夢中になる理由がわかったよ」

舞台裏は着替えをする人と片づけをする人でまたしてもごった返していた。

「猫たちの世話はわたしがしましょうか？」バーバラが訊いた。ぼくは目を細めた。いやだ。

「助かるわ、ありがとう」クレアが答えた。バーバラに抱きあげられたぼくは逃げたい気持ちをこらえた。悪事をあばいたあの日からバーバラの態度にはなんの問題もないし、いい人だとハロルドは確信している。バーバラはやさしくぼくの衣装を脱がせ、床におろした。ああ、すっきりした。さっぱりした気分だ。

「上手だったわよ、アルフィー」バーバラがやさしく声をかけてきた。「立派な羊に見えたわ」

やっぱりそんなに悪い人じゃないのかもしれない。

トミーとチャーリーが、SNSにあげた写真と予告動画に寄せられた反響をアレクセイに見せていた。ヘザーはキッチンを取り仕切ってエドガー・ロード合唱隊のメンバーと温かい飲み物をつくり、フランチェスカは食べ物を用意している。観客はみんなおしゃべりに花を咲かせているから、本当に楽しんでくれたんだろう。若い出演者もその輪にまじり、サマーとマーサはリードをつけたピクルスを紹介してまわっている。シエンナとトミーは食べ物を配り、アレクセイとコニーはみんなと握手をしておしゃべりしている。百点満点とはこのことだ。バーバラは誰よりもかいがいしく動きまわっているし、シェルターでボランティアも始めたから、顔見知りがたくさんいるらしい。静粛を呼びかける声が聞こえ、みんなが顔をあげると、シェルターから来たと思われる男性が舞台にあがった。

「これだけ言わせてください」声がちょっと震えている。シェルターの責任者のグレッグが舞台にあがり、励ますように男性の肩に腕をまわした。「今夜のことは決して忘れません。わたしたちは顧みられないことが多く、自分を顧みないことさえあります。生きるだけで精一杯で、楽しむことなど考える余裕がないからです」また声が震えだした。グレッグがやさしく背中を叩いて励ましている。胸が痛み、まわりに目をやるとジョナサンを含めて大勢の人たちが涙をぬぐっていた。「でも今日のみなさんは、すばらしいことをしてくださいました。わたしたちのためにクリスマス会を開いてくれただけでもお礼の言葉が見つからないほどなのに、わたしたちを招待までしてくれた。コミュニティの一員のような気分を味わわせてもらうなんて、ホームレスのわたしたちにはめったにないことです。ですからヘレン・ストリート・シェルターと世界中のホームレスを代表してお礼を言わせてください。わたしたちに目を向け、わたしたちの話を聞き、すばらしい時間に加えていただいて、ありがとうございました」

拍手喝采があがり、その男性がクリスマス会の真のスターの座を獲得した。

それから少しして、ぼくは初めて見る女の人がアレクセイとコニーの写真を撮っていることに気づいた。ぼくはそちらへ向かった。

「今週の新聞に載せるわね」女の人が言った。そうか、地元の新聞の人か。記事になるような話をクレアがしていた。「いい写真がたくさん撮れたし、クリスマスにはもってこいの記事になるわ」意気込んでいる。

「ありがとうございます。楽しんでもらえましたか？」アレクセイが尋ねた。

「ええ、とっても。それに読者は羊になった猫やかわいらしいトナカイをぜったい気に入るだろうから、シェルターの人たちの写真に加えて、そっちも載せるわ。ＳＮＳからチケットの購入や寄付にリンクできるようになってるのよね？」

「ええ」コニーがにっこり微笑んだ。「詳しく説明します」

「帰る前に、ひとこと言わせてください」アレクセイが言った。シェルターから来た人たちはもう帰り、出演者しかいない。ずっと観客の相手をしていたので長い夜になっていたし、興奮と甘いものの食べすぎで疲れきった子どもたちはいまにも寝てしまいそうで、それはぼくも同じだった。それでも全員が真剣に耳を傾けた。羊になったぼくたちについてなにか話すつもりだろうか。うまくやったはずだけど……。ぼくは息を詰めてつづきを待った。

「みんなすばらしかったわ！」コニーのひとことで、歓声があがった。ぼくはミャオと鳴いただけだけど、言いたいことはわかってもらえたと思う。

「しかもチケットはほぼ完売です」アレクセイの言葉で、さらに歓声があがった。

「みんな頑張ってくれて、本当にありがとう。今夜招待したホームレスの人の話を聞いて、自分には価値があると感じることが、気にかけてくれる人がいると感じることがどれほど大事かよくわかったわ」クレアがつけ加えた。

「この機会にまとめ役にお礼を言いましょうよ」ポリーが言った。「アレクセイとコニーとクレアがいなかったらクリスマス会はできなかったもの。だからみんなで拍手を送りましょう」

ぼくはあたりを見渡した。誰もぼくの名前を出そうとしない。誰ひとり。でも自分のアイデアが見事に実を結んだだけで満足できる。それがわかっただけでじゅうぶんだ。少なくともそう思うしかなさそうだ。

家に帰るあいだ、みんな今夜は自分がすごく大事なことをやり遂げた気分でうきうきしていたが、同時に帰る家のない人たちのことが頭から離れなかった。考えると胸が締めつけられるほど切なくてたまらなかった。

Chapter 33

今日はいくつかの点ではいつもどおりだった。朝起きて、朝食を食べ、そのあとアドベントカレンダーの小窓を開けていいと言われた。子どもたちは小窓のなかにチョコレートを見つけて大喜びしていた。ジョージとぼくは、トビーとサマーが猫用カレンダーの小窓を開け、猫にとってのチョコレートにあたるものをくれるのを辛抱強く待った。もらったおやつはすごくおいしかった。これはクリスマス恒例の行事のひとつで、一年じゅうこんな日がつづけばいいと思う。

その一方、いつもと違うこともあった。なにしろ今日はクリスマス会の本番初日なのだ。みんな期待と不安と意気込みがごっちゃになっている。衣装をつけたリハーサルがうまくいったので自信がつき、みんな前向きな気分でいる。必ず成功できるという確信もはるかに強くなった。ぼくが気づかないぐらい小さなミスはあったようだが、観客はそれも含めて楽しんでくれたし、楽しんでもらうことが大事なのだ。なによりも、三回分のチケットが完売した。地元新聞に〝クリスマスムード満載〟という記事が載ったおかげでチケットが全部売れたのだ。寄付も続々と集まっている。わが家はホームレスの人たちのためにラッピングを終えたプレゼントであふれ、あまりに数が多いのでトーマスにヴァンで取りに来てもらい、会が終わったあと届けることになっている。そうすればぎりぎりクリスマスに間に合う。

クリスマス会の終わりが近づいているんだと思うと、複雑な気分だった。いろんな意味で悲しくなるだろうけれど、いいこともある。クリスマスをじっくり楽しむことができる。七面鳥は注文してくれたようだからよかった。子どもたちはサンタに宛てた手紙を書き終えて期待に胸をふくらませているが、クリスマス会に加えて学校でもいろんな行事があるので疲れてもいる。それを言うなら、みんなへとへとだ。リハーサルをくり返し、ついに終わりが近づいている。残念だけど、嬉しくもある。クリスマス会のあとにも楽しみなことはたくさんあるけれど、羊ができなくなったら寂しくなるかもしれない。拍手を浴びれなくなるのは間違いなく物足りない気がするだろう。

「全部終わったら、へとへとになりそうね」スノーボールが言った。

「もうへとへとよ」ハナが応えた。かわいそうに、たしかにぐったりしている。

「クリスマスが過ぎれば、テオももっと寝るようになるよ」ぼくは明るく声をかけた。

「そうだといいけど」ハナは本当にちょっと元気がなくて、ジョージが迷惑をかけていなければいいけれど、ジョージはいま飛び跳ねる練習をしに行っているから確かめられない。

カーテンの隙間からのぞくと、会場は人であふれていた。みんなお金を払ってまでぼくたちを見に来てくれたのだ。出演者の家族や友だちがいるとしても、誇らしくて胸が熱くなった。ジョージが舞台の世界に夢中になるのがよくわかる。数年前にほんの少し舞台にあがっただけのジョージがどうしてそうなったのか謎だが、ライトや観客や音楽にはやみつきになるものがある。きっとぼくには舞台の世界が向いているのだ。

バーバラはおかしな発声練習をしていて、こうすると喉が温まると聞いたみんなも真似をしている。ヴィクとヘザーはすでにバーバラを完全に許しているから、合唱団のほかのメンバーもそうなるだろう。

「ミヤァァァオ」ぼくもやってみたがうまくできず、みんなに笑われた。

「アルフィーったら、ほんとにおかしな子ね」バーバラが言った。ぼくたちを好きになったようで、その事実にまだ馴染めない。一度ならず襲ってきた相手を信用するのは難しいが、努力はしている。

「ぼくたちもウォーミングアップしよう」ジョージが言った。

「どんな?」

「しっぽを振って、ひげを立てて、脚を伸ばしてミヤオミヤオミャオって言うんだよ」

ぼくもスノーボールもハナもそんなことをしても意味はないと思ったが、調子を合わせておいた。

やがてカーテンがあがってライトがつき、音楽が流れてダンスが始まった。

正式なクリスマス会の一回めの始まりだ。

三回の長い公演を終えたぼくは、やっぱり舞台の世界は向いていないと観念した。もうくたくただ。最後の公演は順調に進み、ピクルスが舞台から落ちることもなかったが、何度か角をなくしたうえに、なぜか全身ラメだらけになっていた。テオはシルビーに抱かれているときもどしてしまったが、少しだけだったし、二回の公演のあいだはずっとぐっすり眠っていた。ただ、それはこのあと夜通し起きているという意味らしい。

バーバラは独唱でも合唱でもちょっと声が大きかったものの、誰も気にしていないようだった。博士役はまだいくらか物足りないらしく、「贈り物を持ってきました」というせりふを言う声が心持ち大きかった。ただラルフ牧師に聖歌隊に誘われ、喜んでいたらしい。ぼくたちの演技は完璧で、ミスひとつなかった。自分で言うのもなんだけど、見事な羊ぶりだった。全体的にみんな上出来だったと思う。

ついに最後の公演の最後のシーンになった。

「いいこと思いついた」羊の衣装から解放されたぼくたちにジョージがささやいた。「最後にぼくたちも舞台に出て、暖炉の前で眠ってるふりをしようよ。そして目を覚ましてみんなと最後の歌を歌うんだ」

「いいね。行こう」横になってひと休みしているスノーボールとハナには断られてしまったので、ジョージとふたりで舞台に向かい、暖炉の前で寝たふりをしているとカーテンがあがった。

ほのぼのしたいい雰囲気だった。炉床では偽物の炎が赤く輝き、マントルピースには靴下が吊るされ、暖炉の前にパイとミルクが置いてある。ピクルスに何度も食べられそうになったつくり物のプレゼントが根元に並ぶ大きなツリーはライトと飾りできらめき、そばに肘掛け椅子がある。

ハロルドはサンタ役を楽しんでいた。「ホー、ホー、ホー」と言いながら登場し、肩にかついだ袋を床におろした。そしてパイとミルクをおいしそうに平らげるあいだ、飛び入りしたぼくたちを見ても平然としていた。きっと友だちになったばかりのバーバラから演技指導を受けたんだろう。やがてハロルドが肘掛け椅子に腰かけ、いびきをかきだした。本物に聞こえるいびきは、どことなく貨物列車を思わせる。客席からくすくす笑う声が聞こえた。

パジャマ姿のトビーとヘンリーとマーサとサマーが舞台に出てきた。起きたばかりみたいにあくびをしたり伸びをしたりしている。

「サンタが来たか見てみようよ」ヘンリーが言った。

「来たわ！　プレゼントがある」とマーサ。

「あれ？　でもまだいるよ」サマーが大声をあげた。

「うわあ、びっくりだ」トビーが締めのせりふを口にした。ところが思わぬ事実が発覚した。ハロルドは本当に眠ってしまっていて、トビーとヘンリーにつつかれてもいびきをかきつづけている。演出だと勘違いした観客が笑っている。

「起こしに行こう」ぼくはジョージに声をかけ、起きあがってサンタの膝に飛び乗り、思いっきり大声を出した。

「なんだ?」ハロルドがぎょっとして跳び起きた。客席からまた笑い声があがった。「ホー、ホー、ホー。見つかってしまったな」あわてて言い直している。

子どもたちとサンタが舞台の中央で最後の歌を歌い始めると、ぼくとジョージも仲間に加わり、ハロルドが客席にお菓子を投げるころにはすっかり感傷的な気分になってしまった。お年寄りのためにもう一度やるとはいえ、全員がそろうわけじゃないから、ちゃんとした公演はこれが最後だ。しかもすばらしい出来だった。観客から拍手喝采を浴び、ジョージとぼくもお辞儀した。まだ完璧にはできないが、いまこの瞬間、ぼくたちは間違いなく舞台の世界の猫だ。

アレクセイとコニーとクレアが舞台にあがり、そこにグレッグも加わった。

「まだ寄付が集まっているので最終的な金額はわかりませんが、当初の目標の少なくとも三倍になっています」アレクセイの発表に拍手があがった。

「今日はお越しいただいてありがとうございました。このクリスマス会を計画できて本当によかったと思ってます。一生懸命練習してくれた出演者と、見事な仕事をしてくれた裏方スタッフに感謝します。そして、会を成功に導いてくれたすべての人に心から感謝します」コニーが言った。アレクセイと握手している。クリスマス会の準備を通してふたりとも驚くほど自信をつけた。まばゆい笑みを浮かべ、誰もが喜びに満ちている。この瞬間は一生忘れないだろう。

「ヘレン・ストリート・シェルターを代表して、ひとこと言わせてください。みなさんには感謝の言葉もありません。すばらしい舞台を楽しませていただいたうえに、集めてくださったお金はシェルターに大きな変化をもたらすはずです。ここはすばらしい町で、この会がそれを疑問の余地なく証明したと思います」グレッグの言葉にまた拍手があがり、写真が撮られた。どうやらまた新聞に載るらしい。褒められてもうぬぼれないようにしないと。でもそれは難しい気がする。

「あなたたちを見に来たの」最後の舞台のあと、ネリーが言った。クレアたちはまだなかでおしゃべりしているが、ぼくたちは新鮮な空気と余裕のあるスペースを求めて外に出てきた。

「見てくれたの？」感激だ。

「いい舞台だったし、おまえたちの羊もよかったぞ。本物の羊は見たことないが」エルビスが褒めてくれた。

「それにあの歌、あれは格別だった。気に入ったよ。うちの家族も来てたが、おれたちは隠れてたんだ」とロッキー。

「チケットを買ってなかったからでしょ」ジョージがにやりとしている。

「買えるわけないだろ、猫なんだから」

「成功したのはみんなのおかげだよ。それももうおしまいだ」なんだか寂しい。

「たいしたことはしてないさ」ロッキーが言った。

「そんなことないよ。クリスマス会を救ってくれたじゃないか。そういえばサーモンは?」

「来てたわよ。でももう帰った。首輪についたカメラをチェックされるといけないから」あのカメラをどうやってはずしてあげられるかまだわからないので、しばらくつけたままでいるしかなさそうだ。サーモンがいつもちゃんとしてる猫でよかった。「それに、あなたたちが最後の公演をするクリスマス当日は、家族に連れていってもらえそうだと言ってたわ」

「それが最後になるんだよね」ジョージが言った。「残念だな」

「ほんとのこと言うとね、わたしもそうなの」ハナが打ち明けた。「羊になるのはいい経験だったもの」

「きっと来年もあるわよ」とネリー。冗談だろうか。

「毎年これをこなせるか自信がないな」

「また今年みたいな大騒ぎになったら無理ね」スノーボールが話を締めくくった。

ぼくはあれこれ考えながら家へ向かった。

「アルフィー、見て」スノーボールが言った。「雪が降ってきたんじゃない?」見あげると、冷たい雪がひとひらぼくの鼻にふんわり着地した。

「うん、雪だ。すごい、嘘みたい」ぼくはぐるぐる走りまわった。まだちらちら降っているだけだけど、それでもクリスマス気分がいっそう盛りあがった。今日ばかりは雪も悪くない。

Chapter 34

今日は二十五日。ついにクリスマスだ。一日じゅう興奮が薄れないこの日の一瞬一瞬を、ジョージもぼくも思う存分楽しんだ。朝はいつもよりかなり早く起きた子どもたちがサンタが来たか確かめにリビングへ行った。このあとは家族や友だちがランチに集まり、そのうえ今年は楽しみなクリスマス会というおまけまである。舞台にあがるのもこれで最後だ。みんなはチケット代をもらった三回めの公演が最後と思っているだろうけど、それはあのときは出演者が全員そろっていたからだ。予想どおり今日は都合がつかない人もいる。ダンスクラブと学校の合唱団のメンバーはそれぞれ予定があって無理だったけれど、それ以外は集まれそうだ。ヴィクとヘザーの合唱団は短い曲をいくつか歌う予定で、ラルフの聖歌隊もほとんどが来てくれる。もちろんぼくたちはみんな行くし、天使役のシエンナも来てくれるのでトミーは大喜びだ。シエンナの祖父母がクリスマスのあいだ泊まりに来ているから、見に来ることになっている。シエンナに夢中のトミーは見ているとなんとも微笑ましくて、ぼくはふたりをくっつける方法をずっと考えている。縁結びはやめられない。根っから好きなのだ。

こっそり外に出ると、雪が積もっていたがそれほど深くないとわかってほっとした。これならタイヤがスリップしたり雪にはまったりせずにみんなランチに集まれそうだ。今日はバーバラも来る。ジョージはまだ完全には許していないが、ぼくはよかったと思っている。

ハロルドとバーバラはずいぶん親しくなっていて、今後のふたりの関係が気になる。バーバラはまだ夫を亡くした悲しみから立ち直っていないから、いますぐというわけじゃないけれど、将来のことは誰にもわからない。来年はぼくがまた縁結びをすることになりそうだ。

さしあたってクリスマスを満喫しよう。ずっとストレスの多い疲れる日がつづいたけど、それもこれもすべてこの日を迎えるためで、今年のクリスマスはこれまでで最高のクリスマスになりそうだ。毎年同じことを言ってるけど、たいていはそうなる。

子どもたちがプレゼントを開けたあと、クレアとジョナサンにおいしいスモークサーモンの朝食をもらったジョージとぼくは、別行動をとった。ハナにはランチで会えるのに、ジョージはその前にメリークリスマスを言いたいのだ。若いから待ちきれないんだろう。ジョージはもうハナについて文句を言わなくなったから、元どおり仲良くなったのかもしれない。そうであってほしい。たまり場へ行くと、ネリーとエルビスとロッキーとオリバーがいた。

「メリークリスマス」ぼくは声をかけた。

「メリークリスマス、アルフィー」みんなが一斉に応えた。

「今年のクリスマスはどう？」

「いつもどおり猫用のクリスマスストッキングをもらったよ、まあ文句は言えない」ロッキーが答えた。

「わたしは朝食に魚をもらったわ」とネリー。

「おれは棒の先にネズミがついた例のおもちゃをもらった。まったく、仔猫だとでも思ってるのかね」エルビスが言った。

「おれは新しいベッドをもらったよ。すごく寝心地がよさそうだが、まだ試してない」オリバーが最後に答えた。そのあとはみんなで感想を言い合い、楽しく情報交換をしてから、残りのクリスマスを過ごすためにそれぞれの家に帰った。


ぼくの心はまだクリスマス気分でいっぱいだった。おなかもスモークサーモンでいっぱいだ。家のなかは大騒ぎになっている。クリスマスなんだからとうぜんだ。子どもたちはさっきから着替えの真っ最中だ。本当は一日じゅうパジャマでいたいのに、ランチに行くし、そのあとクリスマス会もある。ジョナサンはクライブとドリスを迎えに行く用意をしている。レストランまで全員を送迎できるように打ち合わせてあるが、それはまるで軍事作戦をまとめるようなものだとジョナサンが話していた。実際、ぼくがいつも家族みんなをまとめるのと同じぐらいややこしそうに聞こえた。いや、そこまでややこしくないかもしれない。出かける用意ができたころには、秩序もほぼ戻ったように見えた。うちの前に勢ぞろいしたおとなのほとんどはプレゼントを抱え、子どもたちは順番にピクルスのリードを持った。みんなのうしろにつづいたぼくは、よっぽどテオのベビーカーに飛び乗って楽をしようと思ったが、そのまま歩きつづけた。寒いけど雪は降っていないし、よく晴れている。

「メリークリスマス、アルフィー」スノーボールが追いかけてきた。ハロルドはマーカスが車で送っていったから、珍しくひとりだ。マーカスはバーバラやお年寄りの何人かも迎えに行ってからレストランに来ることになっている。

「メリークリスマス、スノーボール」

「今日はきっとすてきな一日になるわね」嬉しそうに瞳をきらめかせているのを見ると、ぼくの胸は幸せでいっぱいになった。もうすてきな一日になっている。ぼくは世界中でいちばん幸せな猫になった気がした。

レストランに入ると、またしても大騒ぎになった。あちこちでハグとキスが交わされ、プレゼントが山積みになっている。もちろんピクルスが届かないところに。全員が座れるようにあちこちでテーブルがくっつけてある。今日はずいぶん人が多い。ぼくは新旧取り交ぜた友だち全員に挨拶してから、スノーボールと一緒にそっと裏庭に出てごみばことアリーに会いに行った。

「一日ぐらい休めないの?」クリスマスのたびに同じ質問をしてる気がする。

「ネズミは今日がクリスマスなのを知らないからな。だから休めない」ごみばこの返事に、みんな笑ってしまった。

「でもあとで見に行くわ」アリーが言った。

「ほんと？　よかった、嬉しいよ」ほんの思いつきでラストシーンに参加したぼくたちを見て——まあ、正確に言えば思いついたのはジョージだけど——アレクセイがこれからもそうするべきだと言ったので、今日も同じようにやることになっている。やるのが遅くなってもやらないよりましということだろう。

「いちばん演技がうまいのはぼくだと思うけど、パパたちもそれほど下手じゃないよ」ジョージがやってきた。

「ハナに付き添ってたんじゃなかったの？」ぼくは訊いた。

「ちょっと横になってるんだ。ここまで歩いてくるだけで疲れちゃったんだって」

「ハナはほんとにだいじょうぶなの？」スノーボールが心配している。ハナは三回の公演をなんとかこなしたが、それ以外めったに姿を見ていない。

「疲れてるだけだよ。クリスマスが終わればまた元気になるって言ってた」ジョージは心配していないようなので、ぼくも心配しないことにした。クリスマスにほしいプレゼントはこれだ。心配のない一日。

レストランがいっそう騒がしくなり、全員そろったのがわかった。ぼくたちはなかに戻った。

「プレゼント交換を始めるわよ」クレアが宣言した。せっかくランチに大勢集まるのでプレゼントを交換することになり、みんなちょっとした贈り物を持ってきている。

「あたしたちが配ってもいい？」サマーが訊いた。ハロルドが一日じゅうサンタの衣装でいるのをあきらめてくれてよかった。さもなければプレゼントを配るのは自分の役目だと言い張ったかもしれない。

「もちろんいいわよ」子どもたちがプレゼントの山に駆け寄り、みんなに配り始めた。プレゼントの中身はチョコレートやお風呂で使うもの、マフラーなどさまざまで、みんな大喜びしている。バーバラでさえ嬉しそうだ。でもぼくたちはまぜてもらえなかった。

「猫ちゃんにも持ってきたのよ」ドリスが言った。やった！　今年はプレゼントをもらえそうだ。わくわくする。

「まさか手編みの帽子じゃないよね」ジョージが小声で言った。そうか、それは考えていなかった。でもドリスがつくってくれたのはサンタの帽子で、それをかぶるはめになった。

ぼくの帽子は何度も目にずり落ちてきていらいらさせられたが、ドリスをがっかりさせたくないので我慢した。ジョージはちくちくすると文句を言っている。

「今日だけだよ」そう言ってなだめるぼくを見て、スノーボールが笑いをこらえていた。

「ぼくもほしいな。トナカイの角をつけるのは楽しかったもん」ピクルスが言った。ジョージが譲れるものなら譲りたそうな顔をしている。

「ピクルス、あとでまた角をつけられるよ」ぼくは断言した。

「やった！」嬉しそうにお尻をもぞもぞさせている。

「アルフィー、ジョージ。帽子をかぶった写真を撮るから、こっちに来てよ。きっとSNSで受ける」トミーが携帯電話でぼくたちの写真を撮った。どうやらぼくたちはインスタグラムで有名になっているらしい。インスタグラムがなにか知らないけど。

ぼくがいちばん楽しみにしているのはこの次だ。クリスマスのごちそう。七面鳥をもらい、みんなおなかがいっぱいになるまで食べた。ごみばことアリーも裏庭でもらっていた。ハナはおいしく食べたあともどしてしまったようだけど、食べすぎたと言ってよちよち隅へ行って横になった。たしかにおなかがぱんぱんに見えるが、クリスマスは誰だって少し食べすぎてしまうものだ。人間も猫も。

ゲームが始まり、トミーとアレクセイが取り仕切っている。お年寄りのなかには椅子に座ったまま眠りこんでいる人もいて、ぼくも寝たい気持ちはやまやまだったが、まだやることがたくさんあるから、なにひとつ見逃したくない。フランチェスカとトーマスは数人に手伝ってもらって片づけを始めている。とにかくものすごく楽しかった。

「ひとことといいかしら」バーバラが言った。ジョージがぼくに目配せしてきた。

「もちろんいいわよ」クレアが応えた。

「またハムレットの独白が始まるんじゃないだろうな」そうつぶやいたジョナサンの脇腹をクレアがつつき、マットが笑っている。

「わたしにとって、今年は人生で最悪と言える年でした。そのせいでひどいことをしてしまった。許しがたいほどひどいことを。それなのにみんなはわたしを受け入れ、許してくれた。それどころか、こんなにすてきなクリスマスを一緒に過ごさせてくれた。どうお礼を言っていいかわからないけれど、わたしにできることがあればなんでもするわ」バーバラが泣きだし、ぼくは〝やさしくしてあげるんだよ〟と書いてある顔でジョージを見た。ハロルドがバーバラに近づき、肩に腕をまわしている。

「あのふたり、つき合うかもしれないと思う？」ジョージが訊いた。

「どうかな。ご主人を亡くしたばかりのバーバラはまだそんな気分になれないんじゃないかな」

「よかった。バーバラが人間の継母になったらスノーボールがかわいそうだもん」

「ジョージ、バーバラは本気で反省してて、もういい人になってると思うよ」

「でもまだピンク色のぼくのしっぽは、そうじゃないって言ってる」

間もなくここを出る時間になった。これから、今度こそ最後になる舞台をやるのだ。

みんなコートをはおり、送迎の車が用意され、それぞれがプレゼントをしまうと、みんなで会場へ向かった。これまでの舞台も一生懸命やってきたけれど、今度の舞台は全力を尽くそう。羊になることは二度とないだろうから。

Chapter 35

今回は舞台裏にいる人数が少ないので用意も楽だったが、本当にこれで最後だと思うと寂しくもあった。出演者が着替えをするあいだ、クリスマスソングが流れるなか楽しそうにおしゃべりするお年寄りたちに問題がないかクレアが確認していて、それには眠ってしまっている人を起こすことも含まれていた。ランチでおなかがいっぱいになれば眠くなってとうぜんだし、できればぼくも寝たいところだけど、これから舞台がある。寝ている暇はない。

オープニングのダンスはなく、子どもたちとピクルスの出し物から始まった。いまではすっかりおなじみになった演技が始まると、客席が拍手に包まれた。

最後の場面が近づくころには、ぼくはまたしても複雑な気分になっていた。またうまくいって嬉しいのと、これで最後だと思うと悲しいのと、クリスマスが終わりに近づいているのが残念なのと。でも明日は家族だけで集まるから楽しみだし、夕方からシェルターにボランティアに行くアレクセイたちは立派だと思う。ぼくも一緒に行こう。

カーテンがおりたときアレクセイとコニーはすごく嬉しそうで、大喜びのトミーはシエンナをハグしたほどだ。ふたりとも赤くなっているところを見ると、シエンナもついにトミーの魅力に気づいたらしい。しかも手をつないでいる。どうやらぼくが縁結びをするまでもなさそうだ。また楽しみにできるティーンエイジャーの恋が生まれた気がする。それにぼくたちはみんなシエンナを気に入っている。とても愛くるしい子なのだ。

ハグとおめでとうの声があふれ、みんな想像以上に楽しんでくれたらしい。やがて温められたワインとパイが配られると、ぼくはよくみんなまだ食べられるものだと思いながらあちこち歩きまわり、楽しげな会話に耳を傾けた。幸せそうな人間を見るのは大好きだ。心がほっこり温かくなる。これでこそクリスマスだ。

クリスマスは本当に大好きだけど、終わりが近づくといつもちょっと悲しくなる。クリスマス会を成功させるためにずっと頑張ってきて、実際うまくいったとはいえ、あっという間だった気がする。この瞬間を忘れないようにひとつ残らず記憶に留めておこう。いろんな出し物、二度と見ることがないかもしれない、少なくともしばらく見ることはないセット、ひとりぼっちではなく大勢で楽しく過ごしているお年寄りたち、微笑んだり笑ったりしているぼくの家族、これ以上ないほど誇りに思っている息子のジョージ、大好きなスノーボール。ぼくがいる世界は完璧だ。いま目にしているすべてを決して忘れない。今日という日にこれ以上望むものはひとつもない。ただのひとつも。

「パパ、ハナがどこにもいないんだ」あわてふためいたジョージに感傷的な気分が断ち切られた。

「そんなに遠くには行ってないはずだよ」まわりを見渡しても姿がない。ぼくたちはそこらじゅうを探しまわった。椅子の下、キッチン、舞台裏。やっぱりどこにもいない。そんな、よりによって今日、最悪の事態になるなんて。

「どうしよう」ジョージがますますうろたえている。

「コニーに伝えに行こう。大騒ぎすればハナを探してくれるかもしれない」

「なにかあったのか？」舞台の奥に隠れていたごみばこがアリーと出てきた。

「ちなみに、すばらしい舞台だったわよ」アリーが言った。

「急いでハナを探してくれない？　ぼくたちはコニーに伝えてくる」

コニーは数人のグループと話していた。

「ミャオ」ぼくは声をかけた。

「ミャオミャオミャオミャオミャオ」スノーボールも叫んだ。

「ニャー！」ジョージがつづく。

「どうしたの？」コニーがぼくたちに振り向いた。「あら、ハナはどこ？」

「ミャオ！」わからないんだ。コニーがあたりを見渡している。

「誰かハナを見ました？」大声で声をかけている。話し声がぴたりとやみ、みんなでハナを探し始めた。どこを探せばいいかわからない人は、困ったように周囲に視線を走らせている。でもハナの姿はどこにもなかった。ふらふら出かけるタイプじゃないが、疲れていたから、どこかで眠りこんでいるのならいいけれど、いったいどこで？　思いつく限りの場所を探しまわった。ああ、ハナ。まさかバーバラになにかされたんじゃないよね。

「ハナを見かけましたか？」アレクセイがバーバラに尋ねた。

「いいえ、見てないわ。あなたたちがかわいがってる猫に手を出したりしない」あわてている。

「責めてるんじゃなくて、訊いてるんです」アレクセイが言った。

「必ず見つかるから心配するな」ハロルドがアレクセイの肩に手を置いた。バーバラの仕業じゃないかという疑いが心をよぎった人もいるはずで、ぼくの心にもよぎった。

「ハナ、ハナ」フランチェスカとシルビーが大声で呼んでいる。それでもハナの姿はなかった。

　探すうちにどんどん焦りが増した。霞《かすみ》になって消えてしまうはずがない。

「おい、ジョージ、アルフィー。こっちへ来てみろ」ごみばこに声をかけられた。「舞台裏だ」最後はサンタの場面だったので、劇で使ったセットが舞台の奥に動かしてある。そちらへ近づくと、聞き覚えのない不思議な音が聞こえてきた。

「なんなの？　ハナを見つけたの？」ジョージが訊いた。

「ええ、まあね。ここに来てごらんなさい」アリーが答えた。ああ、よかった。ごみばことアリーが約束どおり舞台を見に来てくれてよかった。行方不明になった誰かを探すのがすごく上手なごみばこは、むかしスノーボールが行方不明になったときも助けてくれた。

大声で鳴いてコニーを呼ぶと、アレクセイもやってきた。ごみばこに連れられて馬小屋の飼い葉おけに近づいていくジョージを見ながら、ぼくはなにも問題ありませんようにと祈った。あの飼い葉おけは、赤ちゃんのイエス役をしたテオが干し草アレルギーだといけないので、ついさっきまで柔らかい毛布の上に寝かされていた場所だ。

「嘘でしょ」ジョージが言った。「ハナ、だいじょうぶ?」ぼくにはなにがなんだかわからなかったが、ジョージの目はお皿みたいにまん丸だ。

ハナが小さく答えた声はだいじょうぶそうには聞こえなかった。ぼくはもっと近づこうとしたが、コニーたちが前にいるのでなかなか近づけなかった。

「ママ、ちょっと来て!」コニーの大声を聞きつけみんなが駆け寄ってきた。そのせいでぼくはさらにうしろへ押しやられてしまい、なにが起きたかわからずパニックがつのった。

「まあ、仔猫が生まれてる」シルビーの声がした。ジョージはその場に立ち尽くしたまま、じっと飼い葉おけをのぞきこんでいる。

仔猫? いったいどういうこと?

「ジョナサン!」クレアが叫んだ。

それからしばらく大騒ぎになった。

「獣医さんはいますか?」テオを抱いたマットが叫んでいる。

「どうしてこんなことに？」ジョナサンがクレアに訊いた。「てっきりきみがジョージを、その……」指をはさみみたいに動かしているが、どういう意味だろう。

「わたしはてっきりあなたが獣医さんに連れていったと思ってたわ」クレアが頭を掻いている。

「それに日本にいるあいだハナは室内飼いだったから、必要ないと思ってた……」シルビーがつづけた。

お年寄りがひとり、みんなをかき分けて近づいてきた。たしかバーカー家に招待されている人だ。「わたしは元獣医だ。診てみよう」

ぼくはその場で腰をおろした。仔猫？　びっくりしすぎて声も出ない。どうやらジョージも同じらしく、さっきから身じろぎひとつしていない。

「見てもいい？」子どもたちも見たがって人だかりをかき分けようとしている。

「ちょっと待ってね。少しそっとしておいてあげましょう」ポリーが子どもたちをとめた。

「母親も三匹の仔猫も問題ない」獣医さんが断言した。早く見たくてたまらないぼくは、ようやくなんとかみんなの脚のあいだをすり抜けてジョージのところへ行った。飼い葉おけのなかにぐったり疲れたハナが横たわり、その横にジョージとハナのどちらにも似た仔猫たちがいる。ぼくは胸が詰まった。息子のジョージに仔猫が生まれたのだ。

「クリスマスの奇跡だね」トビーが言った。

「クリスマスに仔猫が生まれたんだね。イエスさまみたいに飼い葉おけのなかで」とサマー。「イエスって名前にしてもいい？」

できればそれはやめてほしい。外にいるその男の子を呼ぶときのことを想像してほしい。仔猫のなかに男の子がいるのかわからないけど。すごく小さくて、すごくかわいらしい。まさに奇跡だ。

「信じられない、ジョージとハナがパパとママになるなんて」クレアが涙をぬぐっている。

「まさに奇跡だわ」

「誰も妊娠に気づかなかったとはね」ジョナサンが呆然としている。

「ずっとテオにかかりきりだったから。かわいそうなことをしたわ」シルビーも泣いているが、嬉し泣きだ。マーカスがハグしてあげている。

「なにも問題はないよ。あとはそっと家に連れて帰って母子ともに食事ができるようにしてやればいい。そしてクリスマス明けにかかりつけの獣医できちんと診てもらいなさい」

元獣医はとてもいい人に見えた。むかし迷惑なところをつついたり探ったりしていた人のわりに。

「最高のクリスマスの、最高の締めくくりになったわね」ハナと仔猫たちに乾杯するみんなのなかで、誰かが言った。

目を潤ませているフランチェスカの肩をトーマスが抱き、そのそばにアレクセイとトミーもいる。シルビーはテオを抱き、隣にマーカスとコニーが立っている。ポリーとマットはヘンリーとマーサを抱きかかえている。そしてクレアとジョナサンとトビーとサマーは寄り添っている。勢ぞろいした家族に、新しい家族が加わった。

ジョージとぼくは少し離れたところに立ち、仔猫たちをきれいにしてやっている元獣医さんを見ていた。ハナと仔猫は飼い葉おけに入れたまま運ぶことになった。そこがいちばん柔らかそうだから動かさないほうがいいらしい。

「男の子が二匹と女の子一匹だ」獣医さんが言った。

「抱っこしてもいい？」マーサが訊いた。

「まだだめよ。でもすぐ抱っこできるわ」ポリーが言い聞かせている。飼い葉おけのまわりはすごい人だかりで、近づけなくなったジョージとぼくは少し余裕のある場所まで離れた。

「だいじょうぶ？」ぼくはジョージに尋ねた。

「もうびっくりだよ。パパ、ぼくパパになったんだよ。本物のパパに。思ってもみなかったよ……。ハナはずっと疲れてたまに気分が悪そうで、そのうち太ってきたけど、まさかこんなことになるなんて」

「ジョージがパパになるなんてね。かわいい仔猫たちの。男の子がふたりと、女の子がひとり。ほんとにまさかだよ」まだ信じられない。

「こういうわけだったのね。きっとハナも知らなかったんだわ」スノーボールもやってきた。

「おめでとう、ジョージ。これ以上のことはないじゃないか」ごみばこが言った。

「ああ、ほんとに。まさにめでたい」サーモンも来た。

「なにがあったの？」ピクルスが尋ねた。ばたばたしているあいだにみんなリードを放してしまったらしい。おとなしくしてくれているといいけど。

「ハナに赤ちゃんが生まれたんだよ」ぼくはそう説明したが、まだ実感がなかった。

「赤ちゃん？　食べられるの？」ピクルスが訊いた。

「だめ！」ぼくたちは同時に叫んだ。

どういうわけか、全員がシルビーの家に集まってきた。みんな仔猫が元気にしてるか確かめたいらしい。ハナと仔猫たちはフランチェスカの車に乗せられ、シルビーとジョージと一緒に帰ってきた。そのあと親子は飼い葉おけからハナの柔らかいベッドに移された。

「女の子をホリーって呼んでもいい？」サマーが訊いた。

「ええ、いいわよ。女の子にぴったりのすてきな名前だわ」コニーが答えた。ぼくもすごくいい名前だと思う。

〝イエス〟という名前もあがった。

「だめよ。それだけはだめ」ポリーが却下した。

「サンタはどう？」とフランチェスカ。

「あら、すてきじゃない」シルビーの意見にみんな賛成した。「サンタとホリーと……」

ジョージがぼくに振り向いてまばたきした。ぼくにはすぐわかった。どうやって伝えればいいかわからないままジョナサンの足を踏みつけた。

「おい、今度はなんだ？」ジョナサンが言った。

「ミャオ」ジョナサンのズボンを引っかくと、ジョージもやってきた。片脚ずつ引っかくぼくたちを見てマットは笑っているが、ジョナサンは振りほどこうとしている。

「なにを言いたいのかしら」クレアがつぶやき、ジョナサンがぼくをじっと見た。どうやらやっと伝わったらしい。

「おい、三匹めの子はタイガーと呼ばないか？　ほら、アルフィーとジョージが大好きだった猫の名前をもらうんだよ。バーカー家の亡くなった猫の」

「それはいい」マーカスが言った。「タイガーはいい名前だ」

「でも、あの子は女の子じゃなかった？」とクレア。

「ニャー」そんなのどうでもいい。

「男の子の名前にもなるよ」アレクセイが言った。

「ミャ」ハナが小さな声を出した。

「ミャオ」ジョージが言い添えた。

ぼくも喉を鳴らしてみせた。

タイガーはまさにふさわしい名前だし、感謝の印としてもこのうえなくふさわしい。ぼくはジョナサンに顔をこすりつけて褒めてあげた。

「ジョージがパパとはね」みんなから少し離れたところでぼくは言った。「こんなことになるなんて思ってもみなかった。早く仔猫たちに挨拶したくて待ちきれないよ」胸がいっぱいだ。ぼくの息子が、ぼくの子どもがパパになるなんて。もう子ども扱いしないほうがよさそうだ。

「ジョージはここにいたいだろうけど、ぼくはちょっと新鮮な空気を吸ってくるね」クリスマスの夜に空にいるタイガーに話しかけるのが毎年の恒例になっている。今年はいろいろあったけれど、これだけははずせない。

「わたしは残るわ」スノーボールは察しがいいから、ぼくがひとりになりたいと、少なくともジョージとふたりだけになりたいとわかっているんだろう。

「ぼくも行くよ。ちょっとだけだけど」ジョージが言った。

ぼくたちは外で腰をおろし、夜空でいちばん明るい星を探した。

「ぼくパパになったよ、タイガーママ」ジョージが星に話しかけた。「そのうちひとりにママの名前をつけたよ」ぼくは胸がはちきれそうだった。

「ジョージなら立派なパパになれるよ」間違いない。

「なんだかまだ実感がないな。仔猫が生まれたってことは……」

「めちゃくちゃ忙しくなるってことだよ。ぼくにはジョージしかいなかったのに、ハラハラしっぱなしだった」

「パパは世界一のパパだよ」

「これからはジョージが世界一のパパになるんだ」

「じゃあ、パパは世界一のおじいちゃんになるんだね」

「信じられないな、自分がおじいちゃんになるなんて」

「手を貸してね。そして仔猫たちにパパが知ってることを全部教えてあげてよ。ぼくにしてくれたみたいに」

「きっとみんなあの子たちに夢中になるよ。ぜったいに」もうなっている。あのちっぽけなふわふわした毛のかたまりに、これからしばらくジョージもぼくもハラハラさせられるに違いない。ぼくはジョージに顔をこすりつけた。ジョージも顔をこすりつけてきた。

　胸がいっぱいになって、これ以上ふくらまないほどいっぱいになったと思ったとたん、胸がいっそう大きくふくらんだ。

謝辞

アルフィーのお話も七冊めを迎え、この場を借りて感謝を伝える人が品切れになってきた気がしています。いつものチームは相変わらず感動的な働きを見せてくださいました。エージェント、編集者、広報担当者、マーケティング担当者、原稿整理担当者、校正係など、一冊の本が世に出るまでにはたくさんの人がかかわっています。

アルフィーはわたしだけでなく、家族にとってもすごく大きな存在になっています。アルフィーのお話を書くたびに生涯の友のような存在が生まれ、登場する全員をこのうえなく大切に思っています。わたしは自分が大切に思っているものを書く機会を得ました。優しさ、友情、家族、愛、仲間、そして誰かの力になることです。

アルフィーのお話を書きつづけることができて、こんなに幸せなことはありません。けれど、それはひとえに読んでくださるみなさんがいるおかげです。書きつづけられるのは、なにからなにまでみなさんあってこそです。インスピレーションをもらい、温かい言葉でもっと書きたい気持ちにしてもらえます。このシリーズを楽しんでいただけたら、これ以上の喜びはありません。読者のみなさん、アルフィーの冒険の仲間になり、七冊めまでつきあってくださってありがとうございます。どうかこれからも楽しく読みつづけていただけますように。みなさんのひとりひとりに感謝申しあげます。

訳者あとがき

苦しんでいる誰かを見ると放っておけず、助けるために律儀なほど頑張ってしまうアルフィーのシリーズも七作めになりました。今回は、前作『通い猫アルフィーのめぐりあい』からほぼ一年が経過した翌年の秋から冬にかけて繰り広げられる物語です。

前の年には目の敵にしていた犬が家族に加わったり、引っ越してしまってもう二度と会えないと思っていた初恋相手のスノーボールに再会したりと、アルフィーにとって目まぐるしい一年でしたが、それもようやく落ち着いてきたころ、新たな問題が勃発します。トミーがトラブルを起こすようになったのです。

本来はいたずら好きの明るい性格で、年下の子たちの面倒をよく見るやさしい少年だったのに、最近はずっと不機嫌で、家や学校でも態度が悪くて両親や先生を困らせているようなのです。おとなと子どものはざまの年齢に入ったために、家族の集まりでも居心地の悪さを感じているのはみんな気づいていましたが、そんな気持ちを持て余して本人もどうしていいかわからずにいるのかもしれません。

ここはまた自分がひと肌脱ぐしかないかとアルフィーが思っていたとき、アレクセイも悩みを抱えていることがわかります。活発で楽しいことが大好きなトミーと、感受性が豊かで繊細なアレクセイ。幼いころから知っている兄弟それぞれが抱える悩みをなんとかしようと知恵を絞るアルフィーの努力もあって、間もなくふたつの問題をまとめて解決できそうな作戦が動きだしたころ、エドガー・ロードにふたたびクリスマスが近づいていました。町全体がほのぼのした幸せなムードに包まれ、家族みんなで楽しい時を過ごし、なによりもごちそうをもらえるクリスマス。アルフィーにとって一年でいちばん好きな胸躍る季節ですが、今年は町をあげての大きなイベントが行われることになったので楽しさもひとしおで、人間たちの気分も大いに浮き立っていました。

ところが、これで一件落着といかないところがさすがは平穏とは無縁のエドガー・ロードというところでしょうか。みんなが楽しみにしているイベントを妨害しようとする者が現れたのです。盛りあがるクリスマスムードに水を差すようなことを、いったい誰がなんのためにするのでしょうか。

ここからアルフィーの本格的な奮闘が始まります。ジョージや仲間の猫たちに協力してもらいながら、犯人を見つけて妨害を阻止しようと四苦八苦する毎日。それだけでも大変なのに、いつもどおり大事な家族に気を配ったり、イベントの準備が順調に進んでいるか見守ったりと、アルフィーには相変わらず休む暇もありません。それに息子のジョージとハナのカップルの仲が少しぎくしゃくしているのも気になります。しかも、猫を毛嫌いする新たな住人までエドガー・ロードに越してくる始末。てんやわんやの末に迎える今年のクリスマスはどんなものになるのでしょうか。

シリーズ一作めの『通い猫アルフィーの奇跡』でベビーカーに乗っていたトミーもすっかり大きくなり、作品中のアルフィー同様、時の流れの速さを実感します。孤独や悲しみは人間を変えてしまうことがあるとアルフィーは知っています。そして孤独や悲しみでめちゃくちゃになった心が癒されると、その人が本来の姿に戻ることも。ひどいことをする人間はえてして不幸なだけだと信じるからこそ、誰も寂しい思いをしないように、みんなが笑顔で暮らせるようにと願い、その素直で純粋な願いを叶えるために骨身を惜しまず努力を重ねます。そんな健気なアルフィーの物語は、毎回、愛と幸せと友情と家族と笑いと涙にあふれたお話になっていますが、今回はラストでシリーズ最大と言っても過言ではない嬉しいサプライズもありますので、アルフィーたちと一緒に、ちょっぴり早いクリスマスムードに浸っていただければ幸いです。

二〇二一年九月

中西和美

訳者紹介　中西和美

横浜市生まれ。英米文学翻訳家。おもな訳書にウェルズ〈通い猫アルフィーシリーズ〉やプーリー『フィリグリー街の時計師』(以上、ハーパーBOOKS)などがある。

ハーパーBOOKS

通《かよ》い猫《ねこ》アルフィーの贈《おく》り物《もの》

2021年10月20日発行　第1刷

著　者　レイチェル・ウェルズ

訳　者　中西和美《なかにしかずみ》

発行人　鈴木幸辰

発行所　株式会社ハーパーコリンズ・ジャパン
東京都千代田区大手町1-5-1
03-6269-2883 (営業)
0570-008091 (読者サービス係)

印刷・製本　中央精版印刷株式会社

ISBN978-4-596-01531-0